我们诚意地向生活致敬，
我们耐心倾听你的人生。

为什么读小说
系列01

岁月向暖

赖和 杨逵 等著

向阳 主编

北京时代华文书局

图书在版编目（CIP）数据

岁月向暖 / 向阳主编; 赖和等著 . -- 北京 : 北京
时代华文书局 , 2020.12
ISBN 978-7-5699-3979-8

Ⅰ.①岁… Ⅱ.①向… ②赖… Ⅲ.①短篇小说—小
说集—中国—当代 Ⅳ.① I247.7

中国版本图书馆 CIP 数据核字 (2020) 第 245761 号

北京市版权局著作权合同登记号　图字　01-2020-6713

本著作物经北京时代墨客文化传媒有限公司代理，由联合文学出版社
股份有限公司独家授权北京时代华文国际传媒股份有限公司，在中国
大陆出版、发行中文简体字版本。

岁月向暖

SUIYUE XIANGNUAN

主　　编 | 向　阳
著　　者 | 赖　和　杨　逵等
出 版 人 | 陈　涛
选题策划 | 刘　平　王慧敏
责任编辑 | 周海燕
装帧设计 | 所以设计馆
责任印制 | 郝　旺
出版发行 | 北京时代华文书局 http://www.bjsdsj.com.cn
　　　　　北京市东城区安定门外大街 136 号皇城国际大厦 A 座 8 楼
　　　　　邮编：100011　电话：010 - 83670692　64267677
印　　刷 | 北京盛通印刷股份有限公司　010-52249888
　　　　　（如发现印装质量问题，请与印刷厂联系调换）
开　　本 | 880mm×1230mm　1/32
印　　张 | 9.5
字　　数 | 220 千字
版　　次 | 2021 年 1 月第 1 版
印　　次 | 2021 年 1 月第 1 次印刷
书　　号 | ISBN 978-7-5699-3979-8
定　　价 | 45.00 元

第一章

我们与悲剧的距离

一杆"称仔"

赖 和

> 这一幕悲剧，看过好久，每欲描写出来，
> 但一经回忆，总被悲哀填满了脑袋，不
> 能着笔。

镇南威丽村里住的人家，大都是勤俭、耐苦、平和、顺从的农民。村中除了包办官业的几家势豪，从事公职的几家下级官吏，其余穷苦的占多数。

村中，秦得参一家，尤其穷困得惨痛，当他生下的时候，他父亲早就死了。父亲在世，虽会赚得几亩田地耕作，他死了后，只剩下可怜的妻儿。若能得到业主的恩恤，田地继续赚给他们，雇用工人替他们种作，犹可得稍少利头，以维持生计。但是富家人，谁肯让自己的利益，给人家享。若然就不能成为富户了。所以业主为多得几斗租谷，就转赚给别人。他父亲在世，汗血换来的钱，亦被他带到地下去。他母子俩的生路，怕要绝了。

邻右看他母子俩的孤苦，多为之伤心，有些上了年纪的人，就替他们设法，因为饿死已经不是小事了。结局因邻人做媒，他母亲就招赘一个夫婿进来，本来做后父的人，就很少能体恤前夫的儿子。他后父，把他母亲亦只视作一种机器，所以得参，不仅不能得到幸福，反而还

多挨些打骂，他母亲因此和后夫就不十分和睦。

幸他母亲，耐劳苦，会打算，自己织草鞋、畜鸡鸭、养猪，辛辛苦苦，始能度那近于似人的生活。好不容易，到得参九岁的那一年，他母亲就遣他去替人家看牛、做长工。这时候，他后父已不大顾到家内，但他们母子俩靠自己的劳力，已经可免冻馁的威胁。

得参十六岁的时候，他母亲叫他辞去了长工，回家里来，想赎几亩田耕作，可是这时候，赎田就不容易了。因为糖的利益大，农民们受到制糖会社苛亏、剥夺，不愿意种蔗，会社就加"租声"向业主争赎，业主们若自己有利益，哪管到农民的痛苦，田地就多被会社赎去了。有几家说是有良心的业主，肯赎给农民，亦要同会社一样的"租声"，得参就赎不到田地。若做会社的劳工呢，同牛马一样，他母亲又不肯，只能在家里，等着做些散工。因他的力气大，做事勤敏，就每天有人唤他工作，比较他做长工的时候，劳力轻省，得钱又多。得参又得他母亲的克俭，渐积下些钱来。光阴似矢，容易地又过了三年。到得参十八岁的时候，她母亲唯一未了的心事，就是为得参娶妻。经她艰难勤苦积下的钱，已够娶妻之用，就在村中，娶了一个种田的女儿。幸得过门以后，和得参还协力，到田里工作，不让一个男人，又值年成好，他一家生计，暂不觉得困难。

得参二十一岁那一年，得了一个男孩子，此后得参的母亲脸上已见时现着笑容，可是她亦已衰老了。她心里的欣慰，使她责任心亦渐放下，因为做母亲的义务，已经克尽了。但她有限的肉体，再不能支持。亦因责任观念已弛，精神失了紧张，病魔遂乘虚侵入，病卧几天，她面上现着十分满足、快乐的样子归到天国去了。这时得参的后父，和他只存了名义上的关系，况他母亲已死，就各不相干了。

可怜的得参，他的幸福，已和他慈爱的母亲，一并失去。

翌年，得参的妻子又生下一个女孩子。家里头因失去了母亲，须他妻子自己照管，并且有了儿子的拖累，不能和他出外工作，进款就减少一半，所以得参自己不能不加倍工作。这样辛苦着，过了四年，他的身体，就因过劳，伏下病根，在旱季收获的时候，他患着疟疾，病了四五天，才诊过一次西医，花去两块多钱，虽则轻快些，手脚尚觉乏力，在这繁忙的时候，而又是勤勉的得参，就不敢闲着在家里，耐着苦到田里去。到晚上回家，他就觉得有点不好过，睡到夜半，寒热再发起来，翌天也不能离床，这回他不敢再请西医诊治了，他心里想，三天的工作，还不够吃一服药，哪得那么些钱花？但亦不能放他病着，就煎些不用钱的青草，或不多花钱的汉药服食。虽非全部无效，但隔两三天，总发一回寒热，经过好几个月，才不再发作。但腹已很胀满。有人说，他是吃过多的青草所致，有人说，那就叫脾肿，是吃过西药所致。得参总不介意，只碍不能工作，是他最烦恼的所在。

当得参病的时候，他妻子不能不出门去工作，只有让孩子们在家里啼哭，和得参呻吟声相和着，一天或两餐或一餐，虽不致饿死，一家人多陷入营养不良，尤其是孩子们，犹幸他妻子不再生育……

一直到年末，得参自己才能做些轻的工作，看看"尾牙"到了，尚找不到相应的工作，若一至新春，万事停办了，更没有做工的机会，所以须积蓄些新春半个月的食粮，得参的心里，因此就分外烦恼而恐慌了。

未了，听说镇上生菜的贩路很好。他就想做这项生意，无奈缺少本钱，又因心地坦白，不敢向人家告借，没有法子，只得教他妻到外家走一遭。

一个小农民的妻子，哪有阔的外家，得不到多大帮助，本是情理中的事，总难得她嫂子，待她还好，把自己唯一的装饰品——一根金花——借给她，教她去当铺里，押几块钱，暂作资本。这法子，在她当得带了几分危险，其外又别无法子，只得从权了。

一天早上，得参买一担生菜回来，想吃过早饭，就到镇上去，这时候，他妻子才觉到缺少一杆"称仔"。"怎么好？"得参想，"要买一杆，可是官厅的专利品，不是便宜的东西，哪儿来的钱？"他妻子赶快到隔邻去借一杆回来，幸邻家的好意，把一杆尚觉新新的借来。因为巡警们专在搜索小民的细故，来做他们的成绩，犯罪的事件，发现得多，他们的高升就快。所以无中生有的事故，含冤莫诉的人们，向来是不胜枚举。什么通行取缔、道路规则、饮食物规则、行旅法规、度量衡规纪，举凡日常生活中的一举一动，通在法的干涉、取缔范围中。——他妻子为虑万一，就把新的"称仔"借来。

这一天的生意，总算不坏，到市散，亦赚到一块多钱。他就先籴些米，预备新春的粮食。过了几天粮食足了，他就想："今年家运太坏，明年家里，总要换一换气象才好，第一厅上奉祀的观音画像，要买新的，同时门联亦要换，不可缺的金银纸、香烛，亦要买。"再过几天，生意屡好，他又想炊一灶年糕，就把糖米买回来。他的妻子就忍不住，劝他说："剩下的钱积下，待赎取那金花，不是更要紧吗？"得参回答说："是，我亦不是把这事忘却，不过今天才二十五，那笔钱不怕赚不来，就赚不来，本钱亦还在。当铺里迟早，总要一个月的利息。"

一晚市散，要回家的时候，他又想到孩子们。新年不能有件新衣裳给他们，做父亲的义务，有点不克尽的缺憾，虽不能使孩子们享到幸福，亦须给他们一点喜欢。他就剪了几尺花布回去。把几日来的利益，一总花掉。

这一天近午，一下级巡警，巡视到他担前，目光注视到他担上的生菜，他就殷勤地问：

"大人，要什么不要？"

"汝的货色比较新鲜。"巡警说。

得参接着又说：

"是，城市的人，总比乡下人享用，不是上等东西，是不合脾胃。"

"花菜卖多少钱？"巡警问。

"大人要的，不用问价，肯要我的东西，就算运气好。"得参说。他就择几茎好的，用稻草贯着，恭敬地献给他。

"不，称称看！"巡警几番推辞着说，诚实的得参，亦就挂上"称仔"称一称说：

"大人，真客气啦！才一斤十四两。"本来，经过"称仔"称过，就算买卖，就是有钱的交关，不是白要，亦不能说是赠予。

"不错吧？"巡警说。

"不错，本有两斤足，因是大人要的……"得参说。这句话是平常买卖的口吻，不是赠送的表示。

"称仔不好吧，两斤就两斤，何须打扣？"巡警变色地说。

"不，还新新呢！"得参泰然点头回答。

"拿过来！"巡警赫怒了。

"称花还很明了。"得参从容地捧过去说。巡警接在手里，约略考察一下说：

"不堪用了，拿到警署去！"

"什么缘故？修理不可吗？"得参说。

"不去吗？"巡警怒叱着，"不去？畜生！"噗的一声，巡警把"称仔"打断掷弃，随抽出胸前的小账子，把得参的名姓、住处记下，气愤地回警署去。

得参突遭这意外的羞辱，空抱着满腹的愤恨，在担边失神地站着。

等巡警去远了，才有几个闲人，近他身边来。一个较有年纪的说："该死的东西，到市上来，只这规纪亦就不懂？要做什么生意？汝说几斤几两，难道他的钱汝敢拿吗？"

"难道我们的东西，该白送给他的吗？"得参不平地回答。

"唉！汝不晓得他的厉害，汝还未尝到他青草膏的滋味。"那有年纪的嘲笑地说。

"什么？做官的就可任意凌辱人民吗？"得参说。

"硬汉！"有人说。众人议论一回，批评一回，亦就散去。

得参回到家里，夜饭前吃不下，只闷闷地一句话不说。经他妻子殷勤地探问，才把白天所遭的事告诉她。

"宽心吧！"妻子说，"这几天的所得，买一杆新的还给人家，剩下的犹足赎取那金花回来。休息吧，明天亦不用出去，新春要的对象，大概准备下，但是，今年运气太坏，怕运里带有官符，经这一回事，明年快就出运，亦不一定。"

得参休息过一天，看看没有什么动静，况明天就是除夕，只剩得一天的生意，他就安坐下来，绝早挑上菜担，到镇上去。此时，天色还未大亮，在晓景朦胧中，市上人声早就沸腾，使人愈感到"年华垂尽，人生顷刻"的怅惘。

到天亮后，各担各色货多要完了，有的人已收起担头，要回去围炉，过那团圆的除夕，偿一偿终年的劳苦，享受着家庭的快乐。当这时得参又遇到那巡警。

"畜生，昨天跑到哪儿去？"巡警说。

"什么？怎的随便骂人？"得参回说。

"畜生，到衙门去！"巡警说。

"去就去吧，什么畜生？"得参说。

巡警瞪他一眼便带他上衙门去。

"汝秦得参吗？"法官在座上问。

"是，小人，是。"得参跪在地上回答说。

"汝曾犯过罪吗？"法官。

"小人生来将三十岁了，曾未记过一次法。"得参。

"以前不管他，这回违犯着度量衡规则。"法官。

"唉！冤枉啊！"得参。

"什么？没有这样的事吗？"法官。

"这事是冤枉的啊！"得参。

"但是，巡警的报告，总没有错啊！"法官。

"实在冤枉啊！"得参。

"既然违犯了，总不能轻恕，只科罚汝三块钱，就算是格外恩典。"法官。

"可是，没有钱。"得参。

"没有钱，就坐监三天，有没有？"法官。

"没有钱！"得参说，在他心里的打算：新春的闲时节，监禁三天，是不关系什么，但是三块钱的用处大，所以他就甘心去受监禁。

得参的妻子，本想洗完了衣裳，才到当铺里去，赎取那根金花。还未曾出门，已听到这凶消息，她想：在这时候，有谁可央托，有谁能为她奔走？愈想愈没有法子，愈觉伤心，只有哭的一法，可以少（稍）舒心里的痛苦，所以，她只守在家里哭。后经邻右的劝慰，教导带着金花的价钱，到衙门去，想探探消息。

乡下人，一见巡警的面，就怕到五分，况是进衙门里去，又是不见世面的妇人：心里的惊恐，就可想而知了。她刚跨进郡衙的门限，被一巡警的"要做什么"的一声呼喝，已吓得倒退到门外去，幸有一十四来岁的小使，出来查问，她就哀求他，替她探查，难得那孩子，童心还在，不会倚势欺人，诚恳地替她说法，教她拿出三块钱，代缴进去。

"才监禁下，怎么就释出来？"得参心里，正在怀疑地自问。出来到衙前，看着他妻子。

"为什么到这儿来？"得参对着妻子问。

"听……说被拉进去……"她微咽着声回答。

"不犯到什么事，不致杀头怕什么。"得参快快地说。

他们来到街上，市已经散了，处处听到辞年的爆竹声。

"金花取回未？"得参问他妻子。

"还未曾出门，就听到这消息，我赶紧到衙门去，在那儿缴去三块，现在还不够。"妻子回答他说。

"唔！"得参恍然地发出这一声就拿出早上赚到的三块钱，给他妻子说：

"我挑担子回去，当铺怕要关闭了，快一些去，取出就回来吧。"

围过炉，孩子们因明早要绝早起来"开正"各已睡下，在做他们幸福的梦。得参尚在室内踱来踱去。经过妻子几次的催促，他总没有听见似的：心里只在想，总觉有一种不明了的悲哀，止不住漏出几声的叹息："人不像个人，畜生，谁愿意做。这是什么世间？活着倒不如死了快乐。"他喃喃地独语着，忽又回忆到母亲死时，快乐的容貌。他已怀抱着最后的觉悟。

元旦，得参的家里，忽哗然发生一阵叫喊、哀鸣、啼哭。随后，又听着说："什么都没有吗？"

"只银纸备办在，别的什么都没有。"

同时，市上亦盛传着，一个夜巡的警吏，被杀在道上。

注：这一幕悲剧，看过好久，每欲描写出来，但一经回忆，

总被悲哀填满了脑袋，不能着笔。近日看到法朗士的《克拉格比》，才觉这样的事，不一定在未开明的国里，凡强权行使的地上，总会发生，遂不顾文字的陋劣，就写出给文家批判。

——本篇作于一九二五年十二月四日夜，原载于《台湾民报》九十二号、九十三号，一九二六年二月四日、二十一

【导读】

赖和，原单名"河"，亦名"葵河"，一八九四年生于彰化市街市仔尾，一九四三年逝世。台湾总督府医学校毕业，于彰化开业悬壶济世。赖和兼治新学与旧学，故能汉诗与新文学创作并行。曾前往厦门由总督府建立的博爱医院行医，其间接触新文化运动。一九二一年，赖和加入"台湾文化协会"，并当选为理事。亦主持《台湾民报》文艺栏，培育过不少新文学作家。一生尝两次入狱，为日据时期台湾新文学运动的重要开创者，素有"台湾新文学之父"的尊称。

此作是讨论赖和对警察与法律暴力问题的看法时最常被引为例证的小说。主要叙述一个因租不到土地耕种，而被迫去卖菜的农民秦得参（谐音"真的惨"），由于不谙日本警察勒索免费青菜的"暗示"，遂被诬指为使用不合法的称仔营业，并横加污辱的事件。

赖和在小说中，直指日本殖民警察挟种种"法"的虎威对台湾人生活的干涉："举凡日常生活中的一举一动，通在法的干涉、取缔范围中。"称仔，原本是度量衡规则通过的标准工具，原应受到号称文明、公平的法律的认可，但却因殖民警察徇私（欲望）而被折断（暴力），并且殖民警察对秦得参加以"畜生"的责骂，加上法庭上法官所谓"巡警的报告，总没有错啊"，充分说明殖民主义下所谓具有现代意义的法律、公平等概念不过是殖民者（强权）的文字把戏而已，法有维持正义的任务，但受保障的却只有殖民者而已。

　　只不过，赖和的抗争意识使秦得参觉悟到自己的命运，这无疑是赖和自己反殖民思想的作用，但他刻意让秦得参思索的问题（所谓人不像人），未尝不是全部台湾人都应该思考的问题，正是在这里赖和显现了启蒙者的姿态。赖和以暗示的手法，让被殖民统治的台湾人看"觉悟"后的代价与尊严，警察死于路上，而秦得参同时传出死讯。

　　从这篇小说可以明显地看到，法国的诺贝尔文学奖获得者作家法朗士的《克拉格比》（一九〇一）使赖和有所领悟而写下这篇作品。赖和从法朗士那里看到，所谓"国家""法律""警察"已形成一种巩固统治秩序的三角关系，法律是国家制定来维持社会秩序的，警察为国家执行法律，国家的权威则具现在警察的权力之上，为了统治秩序的确立，警察的权威也被"上纲"到无可怀疑的地步，这就是近代资产阶级统治的特点。法朗士的《克拉格比》的故事中，菜贩克拉格比因等待买主来付一丁点的菜钱，想要请警察法外开恩不得，在争执中被指为辱骂警察而便被送进法院。

　　总之，现代国家的法具有的统治阶级性格，是赖和所看到的殖民地异象，在这里"法"已失去正义、公平的价值，而给台湾多数的下层民众带来无数的灾难。换言之，赖和对"法"的思考，最终其实是指向一个批判的目标：资本家与统治者。

——陈建忠撰文

先生妈

吴浊流

> 历史的力量会冲走一切，你一个人超然
> 观望着也落寞吧？

后院那扇门，咿哑地响了一声，开了。里面走出一个有福相的老太太，穿着尖细的小鞋子，带了一个丫头；丫头手提着竹篮仔，篮仔里放着三牲和金银纸香。

门外有一个老乞丐，伸着头探望，偷看门内的动静，等候老太太出来。这个乞丐知道老太太每月十五一定要到庙里烧香。然而他最怕同伴晓得这事，因此极小心地隐秘起来，恐怕泄露。他每到十五那天，一定偷偷到这后门等候，十年如一日，从来不缺一回。

当他见到老太太，恰似遇着活仙一样，恭恭敬敬地迎过去。白发蓬蓬，衣服褴褛补了又补，只有一支竹杖油光闪闪，他到老太太跟前，马上发出一种悲哀的声音：

"先生妈，大慈大悲！"

先生妈听了怜悯起来，立刻将乞丐的米袋拿来交给丫头，命令她：

"米量二斗来。"

但丫头踌躇不动。先生妈看了这情形，有点着急，大声喝道：

"有什么可怕的，新发不是我的儿子吗？零碎东西，不怕他，快快拿来。"

"先生妈！对是对的，我总是没有胆子，一看见先生就怕得要命。"

说着，丫头小心翼翼地进去。她瞻前顾后，看看没有人在，急急开了米柜，量米入袋，仓仓皇皇退出厨房，走到先生妈面前，将手掌抚了一下胸前，才定了心。因为厨房就在钱新发房间的隔壁，量米的时候如果给钱新发看见，一定要被他臭骂一顿。他骂人总是把人骂得无容身之地，哪管他人的面子。

有一次，丫头量米的时候，忽然遇见钱新发闯进来，他马上发怒，向丫头喝道：

"到底是你最坏了。你不量出去，乞丐如何得到？老太太说一斗，你只量一升就成了。"

丫头听了这样说法，不得不依命量出一升出来。先生妈问明白这个缘故，马上发怒骂道：

"蠢极了！"

借了乞丐的杖子，气汹汹地奔了进去。钱新发尚不知道他的母亲发怒，仍在吵吵闹闹，说了一篇大道理。

"岂有此理，给乞丐普通一杯米最多，哪有施一斗米的！"

母亲听了这话，不分皂白，用乞丐的杖子乱打一顿，骂道：

"新发！你的田租三千多石，一斗米也不肯施，看轻贫人。如果是郡守、课长一来到，就大惊小怪，备肉，备酒，不惜千金款待他们。你成走狗，看来不是人了。"

老太太骂着，又拿起乞丐的手杖向钱新发打下去。家人大惊，七口八嘴向老太太求恕，老太太方才息怒。钱新发敢怒而不敢言，气无所出，只怨丫头生出是非。做人最难，丫头也无可奈何，不敢逆了老太太，又难顺从主人，每月到了十五日不得不依然慌慌张张，量出米来交给乞丐。

后来战局急迫，米粮开始配给。先生妈因时局的关系不能施米，不得不用钱代了。丫头每月十五日的忧郁，到了这时候，才解消。

钱新发是 K 街的公医，他最喜欢穿公医服外出，旅行、大小公事、会葬、出诊，不论何时一律穿着公医服。附近的人没有一个能够看见他穿着普通衫裤。他的公医服常用熨斗熨得齐齐整整，像官家一样，他穿公医服好把威风摆得像大官一般。他对医术，并没有精通过人，只能算是最普通的，然而他的名声远近都知道。这伟大的名声是从什么地方来的呢？那是因为，他对患者假亲切、假好意。百姓们都是老实人，怎能懂得里面文章，个个都错认了他。于是一传十、十传百，所以他的名声也不胫而走。这个名声得到后，他就能够发财了，不出十四五年，赚得三千余石的家财。钱新发，他本是贫苦人出身，在学生时代，他穿的学生服补了又补，缝了又缝，学生们都笑他穿着柔道衣。他的学生服，补得厚厚的，实在像柔道衣。这样的嘲笑使他气得无言可对，羞得无地自容，但没有办法，只得任他人嘲弄了。在他学生时代时，父亲做工度日，母亲织帽过夜，才能够支持他的学费。他艰难刻苦地过了五年就毕业了。毕业后，聘娶有钱人的小姐为妻，蒙妻舅们的援助，开了一家私立医院。开院的时候，又靠着妻舅们的势力，招待官家绅商和地方有势者，集会一堂，开了极大的开业祝宴，来宣传他的医术。这个宴会，也博得当地人士的好感，收到意外的好成绩。于是他愈加小心，凡对病人亲亲切切，不像是普通开业医，仅做事务的处置。病人来到，问长问短说闲话。这种闲话与病毫无关系，但是病人听了却也高兴。老百姓来，他就问耕种如何；商人来，他就问商况怎么样；妇人来了，他就迎合女人的心理。

"你的小相公，斯文秀气，将来一定有官做。"

说的总是奉承的话。

又用同情的态度，向孩子的母亲道：

"此病恐怕难医治，恐怕发生肺炎，我想要打针，可是打针价钱太高，不敢决定，不知尊意如何？"

他用甜言商量，乡下人听见孩子的病厉害，又听见这些顺耳的话，再怎么高价的打针费，也情愿倾囊照付。

钱新发不但这样宣传，同时他出诊的时候，对人无论童叟，一样低头敬礼，若坐轿，到了崎岖的地方也不辞劳苦，下轿自走，这也博得轿夫和老百姓的好感。

他在家里有闲的时候，总爱把来访问的算命先生和亲善好事家作为宣传羽翼。他的宣传不止这两三种，他若有私事外出也不忘宣传，一定抱着出诊的皮包来装装声势。所以，他的开水特别畅销。

钱新发最关心注意的是什么呢？就是银行存折，存款自一千元到了二千元，二千元不觉又到三千元，日日都增加了，他心里也是日日增加了喜悦，盘算着什么时候才能够上万。预算已定，愈加努力，愈发对患者打针获利。到了一万元了，他就托中人买田立业，年年如是。不知不觉他的资产在街坊上也已数一数二的了。

然而，钱新发少时经历贫苦，竟养成了一种爱钱癖，往往逾过节约美德的界限。他干涉母亲施米，就是这种癖性的暴露。虽然如此，对某种事也算大方。这是什么呢？凡有关名誉地位的事，他不惜千金捐款。但这种捐款也只是为了业务起见，终不出于自利的打算。所以他博得人们的好评，不知不觉成为地方有力的士绅了。当地的名誉职，被他占了大半。公医、矫风会长、协议会员、父兄会长，其他种种名誉的公务上，没有一处会漏掉他的姓名。所以他的行为，成为 K 街的推动力。他率先躬行，当局也信任他。"国语（指日语）家庭"，改姓名，也以他为首。

可是，"先生妈"总不能如他的意，他不得不常劝他母亲：

"知得时势者，方为人上人，在这样的时势，阿妈学习日本话好不好？"

"……"

"我叫金英教你好吗？"

"蠢极了，哪有媳妇教妈妈的！"

"阿妈不喜欢媳妇教你，那么叫学校里的陈先生来教你。"

"愚蠢得很，我的年纪比不得你。你不必烦劳，我在世间不久了，不会常常累你。"

钱新发没有法子，不敢再乱言，徒自增了郁闷。

钱新发的郁闷不单这一件。他的母亲见客到来，一定要出来客厅应酬。她身穿台湾衫裤，满口说出闽南话，声又大，音又高，全是乡下人的样子。不论是郡守来或是街长来，她都不客气。钱新发每遇官客来到，看了他母亲这样应酬，心中便觉不安，暗中祈求"不要说出话，快快进去"。可是，他母亲全不应他的祈求，仍然在客厅上与客谈话，大声响气，统统用闽南话。钱新发气得没话可说，只在心中痛苦。钱妈在家里没有对手谈话，因此以出客厅来与客谈话为快。台湾人来的时候不敢轻看她，所以用闽南话来寒暄，先生妈喜欢得好像小孩子一样。日本人来的时候也对先生妈叙礼，先生妈虽不懂日语却还用闽南话应酬。钱新发每看见他的母亲这样应酬，忍不住痛苦，感到不快极了，又恐怕因此失了身份，认为官客一定会轻视他。不单这样，他对母亲身穿台湾衫裤也恼得厉害。

有一天，钱新发在客人面前说："母亲！客来了，快快进后堂好。"先生妈听了，立刻发怒，大声喝道："又说蠢话，客人来，客人来，

你把我看作眼中钉，退后，退后，退到哪里去？这不是我家吗？"

　　骂得钱新发没脸可见人，脸红了一阵又一阵，地上若有洞，就要钻进去了。从此以后，钱新发再也不敢干涉母亲出客厅来，但心中常常恐怕会因此失了社会的地位，丢了自己的面子。

　　当局来推荐"国语家庭"的时候，钱新发以自欺欺人的态度对调查员说他母亲多少晓得日本话应酬，所以才得通过了。钱新发家已被列为"国语家庭"，而对此他感到无上光荣，马上改造房子，变为日本式。设备新的榻榻米和纸门，光线又好，任谁看到也要称赞的。可是这样纯粹日本式的生活，不到十日，又惹了先生妈发怒。先生妈根本不喜欢吃早餐的"味噌汁"，但得忍着吃，她也忍不住在日本草席上打坐的苦楚。先生妈吃饭的时候，在榻榻米上强将发硬的脚屈已坐下，坐得又痛又麻，饭也吞不下喉，没到十分钟，就麻得不能站起来了。

　　先生妈又有一个习惯，每天一定要午睡。日本房子要挂蚊帐，蚊帐又大，又难挂，不但难挂，又要昼晚挂两次，恼得先生妈满腔郁塞。这样生活到第九天晚饭的时候，桌上佳味，她吃久了，脚子麻得不能动，按摩也没效。钱新发无可奈何，不得不把膳堂和母亲的房子仍然修缮如旧，只是敢怨不敢言，暗中频频叹气。他一想起他的母亲，心中就像被阴云遮了一片。他想要积极地进行自己的主张，又难免与母亲冲突。他的母亲固执得很，钱新发怎样焦急，怎么敦促，也难改变他母亲的性情。若要强行，一定受他母亲打骂。不能使母亲觉悟，就不能实现自己的主张。虽然如此，钱新发并不放弃自己的主张，在能实现的范围内不断尽力，不肯落人之后。台湾人改姓名也以他为首。日本政府许可台湾人改姓名的时候，他更怕落后，立刻把姓名改为金井新助，并且挂起新的门牌，同时家族开始了穿"和服"的生活。连他年久爱用的公医服也丢开不问。同时又建筑纯日本式的房子。这个房子落成的时候，他喜欢极了，要照相作纪念。他又想要母亲穿和服，奈何先生妈始终不肯穿，只好仍然穿了台湾服拍照。金井新助心中存了玉石同架的遗憾，但他不敢说出来，只得自怨自尤。然而先生妈拍照后，不知何故，将当时准备好的和服，用剪刀剪断了。旁人吓得大惊，以为先生妈一定是发了狂。

"留着这样的东西，我死的时候，恐怕有人给我穿上了，若是穿上这样的东西，我也没有面子去见祖宗。"

说了又剪衣服，剪得零零碎碎的，旁人了解先生妈的心事，也为她的直肠子感动了。

当地第一次改姓名只有两位。一位是金井新助，一位是大山金吉，大山金吉也是地方的有力者，又是富家。这两个人常常共处，研究日本生活，实现日本精神。大山金吉没有老人阻碍，万事如意。金井新助看了大山金吉又快又顺利，又恐怕落后，焦虑得很，无意中又想起母亲的固执来，恼得心酸。

第二次当局又发表了改姓名的名单，当地又有四五个，总算是第二流的家庭。金井新助看了新闻，眉皱头昏，感觉自尊心崩了一角。他的优越感也被大风摇动一样，急急用电话来联络同志。一会儿，大山金吉穿了新做的和服，手拿一支黑柿杖子，脚穿着一双桐屐，嘚嘚响着来到客厅。

"大山君，你看到了新闻吗？"

"没有，今天有什么东西发表了？"

"千载奇闻，赖良马改了姓名，不知道他们有什么资格呢。"

"唔！岂有此理……呵呵！徐发新、管仲山、赖良马……同是鼠辈。这班猴头老鼠辈，也想学人了。"

金井新助忽然拍案怒吼："学人不学人，第一没有'国语家庭化'，又没有榻榻米，并且连'风吕'（日本浴桶）也没有。"

"这样的猴子只想学人，都是スフ（原文 Staple Fiber 人造纤维，非真货之意）。"

"唔！"

"当局也太不慎重了。"

二人说了，愤慨不已，沉痛许久，说不出话来。金井新助不得已，乱抽香烟，将香烟和叹气一齐吐出来，大山金吉弄着杖子不禁忧郁自嘲地说："任他去吧。"说罢，叹出一口气来，就将话题换过。

"我又买了一个茶橱子，全身是黑檀做的，我想乡下的日本人都没有。"

"日后借我观摩。我也买了一个日本琴，老桐树做的。这桐树是五六百年的。你猜一猜值多少钱呢……花了一千两百块钱了。"

大山金吉听见这话，就上去看装饰在"床间"的日本琴，拿来看，拿来弹。

郡守移交的时候，新郡守到地方来巡视。适逢街长不在，"助役"代理街长报告街政大概。接见式后，新郡守就与街上的士绅谈话，金井新助也在座。他身穿新做的和服，这件和服是大岛绸做的，风仪甚好，一见谁也认不出他是台湾人。新郡守是健谈的人，态度殷勤，问长问短。这时候，助役一一介绍士绅，无意中说出金井新助的旧姓名。新助听了，脸色红了一阵又一阵，心中叫道："助役可恶。"他的憎恨勃勃涌起来了，同座的士绅没有一个知道他的心事。他用全身之力压下自己的感情，随后又想到他在职业上与助役抗争不利，不如付之一笑，主张已定，仍然笑眯眯的，装成谦让的态度谈话。助役虽然又介绍了金井氏的好处，然而终难消除他心里被助役污辱了的感情。

第三次改姓名发表了，金井比从前愈加忧郁。人又多，质又劣，他气成哑巴一样，心里有说不出的难苦。不久又发表了第四次改姓名，他看了新闻，站不得，坐不得，只得信步走出，走到大山氏家里。看到大山氏就大声叫道："大山君，千古未闻，从没有这样古怪，连剃头的也改了姓名。"大山金吉把金井拿的新闻看了，哑然连声都喘不出，半晌，只吐出一口大气。金井新助禁不得兴起，破口骂出闽南话来，"下流十八等也改姓名"。他想，改姓名就是台湾人无上的光荣，家庭同日本人的一样，没有逊色。一旦改了姓名，和日本人一样，丝毫无差。然而剃头的、补皮鞋的、吹笛卖艺的也改了姓名。他迄今的努力，终归水泡，觉得身份一落千丈，坠入泥泞中，竟没有法子自拔。他沉痛许久，自暴自弃地向大山氏说："衰，最衰，全然依靠不得，早知这样……"不知不觉地吐出真言。他的心中恰似士绅的社交场所，突然允许褴褛的乞丐闯入来一样。

有一天，在"国民"学校校园，金井良吉与石田三郎，走得太快了，突然相碰撞，良吉马上握起拳头，不分皂白向三郎打去。三郎喝道：

"食人戆子，我家也改了姓名。不怕你的。"

喝着，立刻向前还手。

良吉应声道：

"你改的姓名是スフ。"

三郎也不该他，骂道：

"你的真真是スフ。"

二人骂了乱打一场。

三郎力大，不一会良吉便被三郎推倒在地。三郎骑在良吉身上乱打，适逢同校六年级的同学看到，大声喝道："学校不是打架的地方。"说罢用力推开。良吉乍啼乍骂："莫迦野郎，没有日本浴桶也改姓名，真真是スフ。"

"你有本事再来。"

二人骂了，怒目相视，又向前欲打，早被六年级学生阻止不能动手，良吉愤恨难消，大声骂道：

"我的父亲讲过剃头的是下流十八等，下流，下流末节，看你下流！"良吉且骂且去了。

金井良吉是公医先生的小相公。石田三郎是剃头店的儿子。这两个是"国民"学校三年级的同学，这事情发生后的二三日，剃头店剃头婆，偷偷来访问先生妈。

"老太太，我告诉你，你的小贤孙在学校里，开口就骂下流，下流，スフ，スフ，想使我家的小儿，没有面子见人。老太太对先生说一说好不好？"

剃头婆低声下气，拜托了先生妈。

晚饭后，金井新助的家庭通常以他夫妇俩为中心，一家团聚一处娱乐。大相公、小姐、太太、护士、药局生等，个个也在这个时候消遣。到了这时候，金井新助得意扬扬，满口谈论日本精神，说怎样洗脸，怎样吃饭，吃茶，走路，应酬做法，这样使得，这样使不得，一一举例，说得明明白白，有头有尾，指导大家做日本人。金井先生说过之后，太太继续提起日本琴的好处，插花道之难，且讲且夸自己的精通。药局生最喜欢电影，也常常提起电影的趣味来讲。大学毕业的长男，懂得一点英语，常常说些半懂不懂的话来。大家说了话，小姐就拿日本琴来弹，弹得叮叮当当，最后大家一齐同唱日本歌谣。此时护士的声音最高最亮。这样的娱乐每夜不缺。

独有先生妈绝不参加，饭后她一个人冷冷淡淡在自己的房里。有时蚊子咬脚，到了冬天也没有炉子，只在床上，凭着床屏，孤孤单单拉被来盖脚忍寒。她偶然也到娱乐室去看看，听见大家说日本话，她听不懂，感到没什么意思，只听见吵吵嚷嚷，他们在那里做什么是不知道的。所以吃完饭，她独自到房间去。然而听了剃头婆的话，这夜饭后她不回去房间。等大家齐集了，先生妈才大声喝道：

"新发，你教良吉骂剃头店下流是什么道理？"

新助吞吞吐吐，勉勉强强地辩解了一番，然而先生妈摇头不信，指出良吉在学校打架的事实来证明。说明后就骂，骂后就讲。

"从前的事，你们不知道，你的父亲做过苦力，也做过轿夫，你骂剃头是下流，轿夫是什么东西哪？"

被大声教训后，新助此时也有点觉悟了，只有唯唯而已。

但是过了数日，仍然是木偶儿一样，从前的感情又来支配他的一切。

十五日早晨，先生妈轻轻地咳嗽着，要去庙里烧香，老乞丐仍在后门等候，见了先生妈，吃了一惊，慌忙问道：

"先生妈，你好像脸色不好，不知哪里不舒服？"

先生妈听了也不介意，马马虎虎应道：

"年纪老了。"

说了就拿出钱来给乞丐。

次日，先生妈坐卧不安，竟成病了。病势逐日加重。虽也有进有退，药也不能医真病。

老乞丐全不知此事，到了来月十五日，仍在后门等候。然而没有人出来，乞丐愈等愈不安，翘首望内，全不知消息。日将临午，丫头才出来。

"先生妈病了，她忘了今天是十五日，方才想起，吩咐我拿这个钱来给你。"

说罢将二十元交给乞丐就要走。乞丐接到一看，往常是五元啊！

他顿觉先生妈病情不好了，马上向丫头哀求着要看先生妈一面。丫头受了感动，将他偷偷带进去，乞丐恭恭敬敬地站在先生妈的床头。先生妈看乞丐来了，就将瘦弱不支之身躯用全身的力撑起来坐。

"我想不能再见了，来得好，来得最好。"

说罢喜欢极了，请乞丐坐。乞丐自忖衣服褴褛，不敢坐上漆光洁亮的凳子，谦让了几次，然而先生妈再三劝他坐，乞丐也就坐下来。先生妈这才安心和乞丐聊起来，谈得很愉快，好像遇到知己一样，把心事全抛开了。

"老哥，我在世上一定不长久了，没有什么所望的，想再吃一次油条，死也甘心。"

先生妈想起在贫苦时代吃的油条的香味，想再吃一次，叫新助买，他又不买，因为新助是"国语家庭"，只吃味噌汁，不吃油条的。

次日，乞丐买了油条，偷偷送来。先生妈拿起油条吃得很快乐，嚼得很有味，连连称赞几声好吃。"老哥，你也知道的，我从前贫苦得很，我的丈夫做苦力，我也每夜织帽子到三更。吃番薯签过的日子也有。我想那个时候，比现在还快活。有钱有什么用？有儿子不必高兴，大学毕业的也是个没有用的东西。"

先生妈说了，叹出气来。乞丐听到心酸。先生妈感到凄凉的半生，一齐涌上心头，只觉得要下泪。乞丐怜悯地，安慰她道：

"先生妈不必伤心，一定会好的。"

"好，好不得，好了又有何用呢？"

先生妈自嘲自语，语罢找了枕头下的钱，拿出来给乞丐。乞丐去后，先生妈叫新助到面前，嘱咐死后的事。

"我不晓得日本语，死了以后，不可用日本和尚。"

先生妈嘱咐了一番。

到了第三天病状急变，先生妈忽然逝去。然而新助是矫风会长，他不依遗嘱，葬式不用台湾和尚，依新式举行。会葬者甚众，郡守、街长，街中的有力者没有一个不来。然而这盛大的葬礼，没有一个人痛惜先生妈，连新助自己也不觉悲伤，葬礼不过是一种事务而已。虽然这样，其中也有一个人真心悲痛的，那就是老乞丐。出丧当日，他不敢近前，在后边遥望先生妈的灵柩啼哭。从此以后，每月到十五日老乞丐一定备办香纸，到先生妈的墓前烧香。烧了香，老乞丐看到香烟缭绕，不觉凄然下泪，叹一口气说：

"呀！先生妈，你也和我一样。"

——一九四四年四月发表于《民生报》

【导读】

吴浊流，本名吴建田，新竹新埔人，一九〇〇年生，一九七六年逝世。受日语教育，毕业于台湾总督府"国语"（指日语）学校师范部。任教时因郡视学凌辱台籍教员，抗议无效愤而辞职，结束了近二十年的教师生涯。一九四一年到南京担任《大陆新报》记者，一年后返台继续做新闻工作。国民党时代转任机器同业公会专门委员（一九四九—一九六五）。战前创作小说，战后写较多游记与汉诗。一九六四年创办《台湾文艺》杂志，一九六九年设立"台湾文学奖"，代表作品有《亚细亚的孤儿》《波茨坦科长》《狡猿》等。

《亚细亚的孤儿》之外，吴浊流最受注目的小说，该是这篇不到一万字的短篇。《先生妈》描写台湾日据时代"皇民化"阶段，某医生家庭一位热衷日本化的儿子与他母亲的故事。明白内容便知题目"先生妈"三字，该用闽南语发音——"先生"可以是医生，也可以是有地位男士的通称。"妈"因此不发第一声，而应发第四声，读成"骂"。

小说里的确有好几处母亲"痛骂"儿子的场面，通篇《先生妈》里，事实上充满了"先生骂"，题目也可以说是一语双关的。

题目所指"先生"——主角钱新发贫寒出身，父母当苦力培养他读书求学。毕业后娶富家女为妻，女家帮他开业行医，从此平步青云，成为地方士绅。在"皇民化"时期，他穿和服，说日语，改姓名，努力把自己一家建设为模范的"国语家庭"。但他种种守财奴行径，受到母亲的坚决抵制。女主角先生妈，直到临终都不肯过日本式生活，她日常只讲闽南话，睡台湾床。有一次还用剪刀亲手剪断了儿子买给她的日本和服，当面给这位医生大人难堪。我们注意吴浊流给男主角取的名字，别的不姓却姓钱，又叫"新发"，作者对这类暴发户型人物的批判可说跃然纸上。

这位"先生妈"并非一般文艺小说中那种慈祥的母亲典型。正相反，先生妈虽然年纪老大却凶悍而泼辣。有一天乞丐来讨食，小气的钱新发竟去阻止正在送米的女仆，使母亲勃然大怒，"用乞丐的杖子乱打一顿，骂道"（看她打儿子的用具能如此就地取材，可见反应灵敏；又能边打边骂，定然身手矫捷，毫无老态），她的骂词如下：

新发！你的田租三千多石，一斗米也不肯施，看轻贫人。如果是郡守、课长一来到，就大惊小怪，备肉，备酒，不惜千金款待他们。你成走狗，看来不是人了。

这段口白连用短句，既有口语的自然韵律，又显出骂者的性格，义正词严，让读的人也觉十分痛快。作者借女主角嘴巴，痛骂趋炎附势的台湾士绅当日本殖民政府"走狗"的企图相当明显。大陆评论家解读成：作者表现了中国人不屈的"民族气节"。但阅读《先生妈》只看到这一层"谴责性"是不够的。殖民政府透过教育如何让殖民文化深入人民骨髓？对"殖民性"有深刻反思是吴浊流小说最引人之处。

——应凤凰撰文

瑞生

杨守愚

永远的流浪者。

时候是已过八点钟了，电灯也都照耀得格外光亮，虽然没有台北市街的繁华，但，行人还是来往不断，男的女的，一阵阵，有的像是饭后无事，特意跑出来散一会儿步的，安闲地谈笑着，有的又像是为买东西来的，哗然杂沓，有时，几声店里头的伙计们的招呼，倒也有几分热闹。

"到哪里去？"瑞生夹在这一大堆人丛中，分明是别具一副心肠，面色显有几分憔悴，两只手总是紧叉在胸前，行起路来，就像不胜困倦的样子，无目的地蹒跚着，两只眼睛又是凶凶的要进出火花，正如找不到食物的野兽一样可怕，一望而知为饥饿得发慌的穷人了。

他彷徨于这一条市街，单算今天，已经是第七次了，为找寻职业，他自从早晨起来，就赶忙出门，一直到了现在，朋友也找过几家了。但，总是摇着头，真是一点办法也没有，有些个，还不是同他自己一样闲着吗，有的，更是一睬不睬地，一点帮忙的诚意也没有，饿！这真有点使他伤心愤怒了。

"到哪里去呢？"他再想起今晚的宿底问题，惘然了，本来就只有借宿于友S处，但，还好意思再去打扰人吗？他不也在苦于房子的逼仄，一家人五个，仅有低湿狭小的一厅一房，是的，前天不是为了自己的借宿，以至他的妻和两个孩子，都偷偷地睡到板凳上去吗？不，况且现在他的父亲又在害病，那还好意思再去扰人吗？真是教他为难了："那么！今晚不就在街上跑一整夜吗？唉！天呀……"

天气是这样的晴朗，没有片云的天空，星星在微微闪烁，凉而不冷的初秋季节，确是最教人心悦神爽。虽然，瑞生却像这样大好的夜景与己无关的，总是郁郁不乐，行人车马，在穿梭般地来往，电灯在他四周明照着，瘦长的影子在他脚下伸伸缩缩，除却这阴森的影子，随伴着他孤独的一个身子之外，在他，就像这市街是冷寂到一无所有。

"烧米糕！"

"来呀！大面，米粉。"

饥肠在辘辘地绞着，好多的食物担子又是尽量地在向他诱惑，不买吗，肚子是空得有点发哮，买，钱呢？……唉！这更加使他难熬。两只眼睛总是不能自制地看着食物担子注视着。热的、冷的、甜的、咸的，哪一件不是很可口的呢？下意识地，他放下一只手到裤袋里去，摸、摸。哦！那不是钱吗？摸，不错，的确是一个五钱的镍币，哈！脑子怎么倒坏到这步田地，是的，昨天才向K借来了一角，怎么倒忘记了，呔，没脑儿，要不然，那又何至挨饿了一天，虽然——他乐极了。

"肉丝粥呀！杂菜面！"

"烧面羹呀！便宜的，一大碗一钱！"

小贩们又是高着嗓子叫起来了，这分明像一服消化剂，愈教瑞生觉得饿不可当。

"来！一碗。"站近面羹担子，瑞生局促地这样喊，因为他以为这是唯一适宜他的经济状态的食物了。

为避熟人的注目，他拣了靠近消费市场底围墙的一面蹲着，一碗又是一碗，许是饿狠了，他一吃就是三大碗，看来就像是很好吃的。他想：吓！我当时何以不晓得吃这个呢？既便宜，又好吃，是的，比一碗一角银的杂菜面都要有味，要不是顾虑到明天的食，他真想把五钱统吃完呢。虽不怎够饱，然而，比较有活气多了。站起来，伸伸懒腰，一面伸手到裤袋里去取他仅有的全部财产，一面问：

"几个钱？"

"三碗吗？三钱。"

瑞生像是惋惜地徐徐把钱交过去，因为赝币充斥的缘故，照例，小贩接过钱，总得向板上一掷，咦！沉哑的，觉得有点儿异样。

"唔！这个使不得呢。"旋过头来，小贩向还在揩油嘴，等找钱的瑞生说。手里的钱，又退过来要向他兑换，"请换一个，先生！"

"什么？"这把瑞生弄呆了。

"是一个赝货呢。"

"奇！"瑞生也是把钱照样一掷，果然，沉哑的，他真慌了，"不，我也是向别处找来的呢！"

"唔！请再换一个，这的确使不得。"

怎么办呢？袋子里不是再找不出一个铜币了吗？换！哪里有钱呢？不换，又怎样能够？这真把他弄成僵局了。况且这哑板赝货，又不知昨天是向哪一个小贩找来的，就是想取换，也是枉然了。

"喂！怎么啦？"在于瑞生沉吟着瞬间，突然，那小贩好像板起脸来了，在他，或者以为瑞生是有意图赖，"使不得，再换一个。"

"我……对不住得很，再没有钱了呢！"一阵燃烧，他脸都羞红了。

"哼！没有钱，难道你想把我的面白吃了吗？"小贩恼了，吵得有点劲儿。

"……"还有话说吗，如坐针毡，瑞生只有惨切与不安。

人是有些围拢来了，眼光灼灼地，谁也在向他鄙夷地注视着。

"是哪里来的无赖？不是专门在使用赝货的吗？送官去！"

"岂有此理，没有钱吃东西，倒找个赝货来胡混。"

人多话就多，有些个闲人，也插起嘴来。

"朋友，就再换给一个吧。"这是忠厚脸的中年劳动者在向瑞生说，"仅仅三钱……"

"真的，老板！我确是一个铜币也没有呢。一失业就是两三个月，这些钱，还是昨天向一个友人借来的呢。"穷极之余，也只能尽抒衷曲。

"哼……"人堆中，又是几声刻薄的冷诮。

"可是我的面，总不会是该配给你白吃的哪。"小贩愤愤地咕噜着。

"不过，我这钱也是明明从别的小贩找来的，也不是我……"

"我管不了这个。"

"算了吧，三钱吗？"还是那中年劳动者问。

"三钱！"

"归我代还吧。"中年劳动者的钱，才算多少把小贩的气平了一点："找钱，真是不小心点不行。"

这是叫瑞生感激呀，又是羞愧到再没有站住一会儿的勇气，顾不得向那中年劳动者道谢，摆脱一切鄙视的眼光，急忙地低着头儿，他拣人稀路暗的一条小巷溜跑了。

跟着祝生会的解散，当了外务员的瑞生也失业了，一个月十八元的薪水，要维持一家的生活，虽说很是困难，但，在物价日趋低廉的这年头，倒还聊可度日，现在，那就窘极了。失业，本来就不是大规模的事业，况兼又是经营失败，所以他没有像官衙、役场、银行、组合……的职员们那样拿到暂时可以维持生活的退职赏与金（奖金），不，就为了解散前的纠纷，还被欠了一个半月的薪呢！

不景气是日见深刻，失业军更是洪水般地愈见膨胀，嗷嗷于饥寒线下的人，全台湾至少该有三五十万吧，一时，又哪里找来饭碗呢？莫说斯文一点的职业没有空缺，就是一元四天工的粗笨的劳动，也不是容易找到。

然而，家是不能不维持，人更是不能饿着肚子过日，自己虽然年纪轻轻的，还能忍受起苦头，但，母亲是那么老迈而衰弱了，还有病的妻，幼小的儿子，这又怎样设法呢？没法子，那不是只好平白地坐视其毙吗？唉！于心何忍呢？为了这，瑞生也就苦恼到日形瘦削了。

失业已经半个月了，瑞生也由都市回到乡下来了。虽有妻在编草帽，但，一只一角多任务钱，济事吗？还要把一切家事拖累到眼花手颤的老母身上，想来，更不能不教瑞生感到多大悲哀。

"×产业道路在明天就要修筑了。"是前天他的一个邻居说的，这个人是已经把工找妥了。

"好，就做工去！"在绝望中，他也只能下这样一个决心了。

老母和妻子，虽然担心他不能胜任，经不起这苦头，无用的同情，横竖挨饿的苦痛是有甚于此。

"就试试看。"他很乐意地回绝了家人，因为他以为只有这是生之希望的光。

托那邻居的引荐，终于说妥了，食事自备，每天工钱三角半，他快活到几乎流出眼泪来了。虽然是一种不会习惯的劳动，但生之希望，却鼓起他忘怀一切艰难的勇气，是，他决定在明天早晨六点就去上工。

是翌日的早晨，时当仲夏之末，天气是异常酷热，一轮红红的太阳，在赫赫地照耀着，谁的额上背上都被晒得汗如淋雨。

工人虽不多，二三十个聚作一团，倒也有些嘈杂，万绿丛中一点红，况有几个年轻的女工插足其间，更能鼓起人气，掘土块，搬石子，有的拿着锄头铲子在做修理道路的工作。

虽然生长于乡下，瑞生担负粗重的劳动，这却还是头一次，勿论是有点不惯，其实，也有点吃力，一担百斤左右的土石，挑着跑距离一百多步的一段路，颠颠倒倒蹒跚着，气都有点喘不过来了，脸红红的，汗在不断地渗出。

"瞧，那个斯文人……"从他白皙的肤色，从他带都市气的穿着，一望，谁也能够认出他不会是一个粗人，况且见到他挑起担子来就是那么一颠一蹶，这使一个女工笑了。

"哈、哈、哈！"停着工作，谁也向他放出奇异的眼光。

这使瑞生的脸更羞得通红了，他很不好意思地低着头，因为除却那个邻居，他再不认识另外一个人，这搭讪，于他是只有羞惭。

"哈哈！一担子土石都挑不上肩，还想做工。"

"是的，像这样挑一步停一顿，不是一天还做抵不上半工吗？"

"那只好当店伙，做书记，怎么倒也跟着咱粗人到这里干吗？"

不知是同情，是嘲笑，有些个是这样纷纷议论了。

真的，在这样一团之中没有一个不是肤色赭黑，臂力粗壮，就连那素被目为孱弱无用的女子，挑起担子，都是如拾草芥地轻易矫捷，这不能不教瑞生惊服不置，更不能不教他内心怀惭。

"唉！我倒会不中用到这步田地。"心中一阵悲哀，眼眶几乎湿透泪水哩，失业是何等的痛苦，为了生活而操那不合于己的工作又是何等的艰辛，这一想，他惆怅了。

"瞧，那一副苦脸，怕在担不起苦吧！"

"着实有点可怜相。"

虽然同伴们的谑弄，是与工作同样使他难忍，但，不做工挣钱，一家人不是要饿死了吗？一转念，教他只好忍耐着。

勉勉强强，总算把一天挨过了。

但，人是困倦了，筋疲力尽的，回到家里，晚饭也顾不得吃，潦潦草草地洗一洗汗污，爬上床，便鼾鼾地睡熟了。

半夜醒来，觉得周身骨节都微微在发酸痛，直像遭了一顿毒打，竟痛到连翻身都有点不自然。

"呀！"带呻吟地，瑞生时时哼着。

"怎样？儿呀！"是母亲从隔房传来的问话，因为老人家总是比较浅眠的。

"不，没有什么，妈，你老人家还没睡吗？"为不使母亲担心，瑞生把苦痛隐蔽着。

"唉！总是家里穷，才教你吃了这好多苦，我也曾劝你不要如此刻苦，横竖这样笨重的工作，你是做不来的，呀！明天不用去了。"

"……"

但是，这办得到吗？不去，不是要教全家的人都挨饿了吗？不，况歇息了一晚，身子的疲乏也减轻了一点了，吃过早饭，劲着头皮，挑起从间壁借来的一担畚箕，又跑出去了。

天气许比昨天来得酷热，工作却是照着昨天一样进行着，瑞生的操作，也不会因为有了一天训练而稍惯，就是同伴们的嘲谑，更是同样使他难堪，但，他却一切容忍着。

是将近歇午的几十分前，不晓得真的耐不住劳作，还是中了暑，瑞生的脸色，像是渐见惨白了，担子也渐见无力挑上。

"瑞生！歇了吧！你的神色有点不对呢！"是那邻居劝告着。

"……"头晕眼花，瑞生像疲倦到惭于作答，勉强弯下腰，侧着肩膀，仍把土石挑起。

正在这当儿，他砰地跌倒了。

"喔！怎么……"

"快！那斯文人病倒了。"

一时把同伴们都吓慌了，放下工作，谁也走拢来。

"提筋，快，痧（中暑）呢！"女工中一个这样喊。

"拿点清水来。"

忙忙乱乱的，大家都急于设法救治。

"哎……哟……"过了一刻，瑞生也渐次清醒，大家这才把心放下。

"怎么啦？好了些吗？"工友中有几个这样问。

"头……"很简单的，又是很困难的，瑞生这么答，脸色还是很惨白，汗也在浍浍地流。

"抬你回去，好吧？"像是工头的，也俯下身子轻声地问。

"……"虽然没有作答，从那放射出来的眼光中，可以明白这正是他在期望的。

结局，还是由他的邻居和另外两个工友把他扶着回去，家人的悲愁，用不着说，谁也可以推想得到的吧。

这一次虽然病得不甚厉害，但一天半的工钱终于是花完了，不，还把家具抵押了几件，再向邻家借了三四块钱来贴上。

直调治到一个星期，才算恢复了健康，这时道路已经是修筑完工了，其实，就算还有工作，他也不敢再去尝试。

"看看还是再跑到外面找职业去。"这一决心，瑞生又跑回从前当过外务的这个街来了。

一到这条街，又是半个多月了。

当他初来时，原想此地系繁华的市街，贸易的商埠，什么行，什么店，都是林立着，总该容易找到一个位置，只要欲望不太过奢的话，莫说这里原是他曾经活动过的地方，帮忙也比较容易得人，谁知道梦想竟成画饼呢。

这半个多月来，一些朋友的家，三天五天的，差不多都寄宿过了，毕竟只是个朋友，还好意思久住吗？况且大家也都是靠着劳动挣钱养家的，的确也没有多少能力照顾他。

职业，不能说是不勤于找寻了，天天都出门去，问了一处又一处，都是摇着头连答复都懒于出嘴，有些个甚至瞪着眼睛，表示着有些讨厌的神色，呀！这真把他弄得没有办法了。

"那么，这里一家饼店，要雇一名跑街的，愿意吗？"

又是过了一两星期，瑞生的友人Ｓ才跑来报告了这好消息。

"好的，哪一家呢？"拨开阴霾见天日，瑞生的喜慰，从他的脸上也可以看出。

"×× 斋，听说食宿都由老板供给，一个月要给八元钱薪呢。"

"不妨事，那可以的，几时进店呢？"瑞生之急于找寻饭碗，可于他的口吻觉出。

"我还得问一问老板，因怕你弃嫌，我倒没有这样真切地同他谈过呢。"

"就请你老哥鼎力鼎力。"

但，不到一星期，瑞生又是被辞退了。

一天都得载两大箱果饼到各村下去售卖，或者是人家订购的，也得天天去运配，这虽然不怎么轻可（轻松），但是有了自转车（自行车）跑，也就比较快点了。

不过，在这经济恐慌，失业者日渐增加的年头，找寻职业的，真是比肩接踵。

碰巧几日来，老板的家里来了两个客人，一个女的，是已过中年了，还有一个少年，说是老板娘的什么堂姊、姨甥，当然也是为了失业，特来远地相托的，这真教老板娘有点为难了。

"唉！很凑巧的，近两天才新雇了一个跑街的，要是你俩早点来，那就刚有缺儿了。"皱着眉头，老板表示遗憾之意。

"但是，妹丈，你是做得到的，我们母子俩特地跑那么远来相托，总望……"语中带些哽咽，那妇人真有点失望。

虽然，总不会就怅怅而回。

"难道不可以再多让出一个缺儿吗？"夜半无人私语时，老板娘再向丈夫提起，一并还把自己少时如何受堂姊照顾，日本领台当时，为避免反乱，还一次到过她那里去逃难，又是如何受她殷勤接待，述说了出来，想以有恩报恩的苦衷，获得丈夫的同情。

"我不是不肯提拔他，但，景气是这么坏，一天还赚不到支持店里的花费，实在难于安插。"丈夫说来，也自有他的难处。

"那么就索性把新雇来的那个跑街开掉（辞掉），不就得了吗？"是老板娘出的好主意。

"好意思吗？进来不到五六天，就把人又开掉，有什么话好说呢？况且这个人看来也还勤奋。"老板终于陷于进退维谷。

"哼！不好意思！"老板娘的脸都沉了。

这更教老板手足无措。

"怎么倒缺少了一角银呢？瑞生！"受了老婆的埋怨，这真教老板不能不找出瑕疵来刁难瑞生，是核账的晚上，板着脸，老板问。

"是，因为天气太热了，我多喝了几杯冰水花掉了。"看见老板的脸，真有点叫瑞生愤慨，但，领受过失业的苦味，他只好忍受着。

"难道你可以这样擅自用钱吗？哼，进来不到十天八天就这样……"又是一顿白眼。

"不，真渴得难忍了，不过，这钱原是由我负担，不会缺损一个。"

"不，这种人我怕，看看还是跑开好。"

从此大街小巷，又是有瑞生的足迹了。

"我不可以做个小生意吗？"有一晚，当他在 K 家里睡觉时，辗转反复，忽然想起了这，摸摸袋里，不是还剩有一块多钱吗？就做个零食生意也够了。

翌晨等不及天亮，叫起 K，便将自己的新计划，向他说明。

"可是可以的，不过……"一面揩着蒙眬的睡眼，K 慢吞吞地说。

"什么？我还剩有一块多钱呢！"

"不是只有两元薪吗？你。"

"是的，不过我除却饭食三顿外，总不会花过什么。"拿起钱来，一张一元钞票外，还有四角多银角与铜币，数过，他又说："这不就够了吗，我想贩一些糕饼糖果之类。"

"惯吗？"K 还担心他不习惯于沿街唤卖。

"唔！"这一问，瑞生也不大有把握，但，他觉得挑土石那样笨重的劳动，还敢于尝试了，何况这，"不惯，也没有法子啦！"

临时准备一个担子，拿那一元四角余去买了些糕饼糖果，居然把计划实现了。

"硼砂……"真的，挑起担子，刚开了口，一阵烧热，脸红了。

一天虽只有两三角银赚，但，他一身的生活，总算暂时得到安定了。

"再几天，总得寄两三块回去，哦！妈不晓得在家里怎样担心着，还有妻和儿子，不知他们近况如何。"为了穷忙，一向就不会想起的家庭，现在也想到了，母亲是那么年老了，家又是恁困穷，真教他想来万分伤心："大家可会康健不？日子不知又是怎样过着？"

这一晚他做了一个归乡之梦，醒来时，眼眶有些泪水，是喜是悲，作者不欲明写出来，就留待诸君去吟味。

　　从瑞生做了小本生意，已经匆匆又过两天了，这日子，他当然是很愉快地过着，虽然有点儿疲倦，和逃避警察捉拿的恐惧，但，歇一下，又是忘怀了。

　　这是第四天，瑞生刚挑起担子出门，还没跑完一条街，警察便光顾了，就因为不是十字街头，所以他有点疏忽。

　　"卖糖果的，买一钱。"是从巷里，跑来一个小孩，喊着要买。

　　"哦！要什么？"放下担子，接过钱来，瑞生微笑地向小孩问："这个好吗？甜的、脆的、酥糖，或是这个白糖糕……"

　　"喂！"

　　觉得肩膀被重重地扳了一下，瑞生心里一怔，转过头来，呀！不好了。

　　"郡役所（郡公所）去！"语带威风，不问而知说者是谁。

　　"唉！大人！恩典，可怜咱穷人！"

　　拍拍，连那小孩子也吓哭了。

　　"跑！快点！"一举足，担子也在翻筋斗。

　　无事不入三宝殿，一进去，就是罚金两元，等到出了衙门，人不亡，而财已散矣。

　　从此，一直地，他就只有饿着肚子东巷跑，西街窜了。

　　一条狭长的小巷，看来真有几分荒凉，一盏十灼的街灯，似明非明地照来，反见有些阴阴鬼气，况且又是人迹稀少的一个地方。

　　"呀！"一口气从许多鄙夷的眼光中逃亡出来的瑞生，至是才松了重担般地放下了心，这世间给予他冷酷的待遇的一切往事，不禁又使他油然愤怒了，"钱，这世间真是要不得了，没有钱就得到处受人家鄙视、糟蹋，金权横行，这还成什么世界？唉！"

　　"失了业，真是可怜，挨饿挨苦没得说，还要没来由地到处受到人家的奚落。"踽踽地行来，一心上都被刚才发生的事苦恼着，他想："卖面羹的小贩，为了挣钱顾血本，咆哮那是怪不得他，干吗连旁人也落井下石，作威作福，那又是干什么事呢？无赖，惯用赝货。呀！天呀！那哑板我又何尝不是从别人手里找来的？然而他们吃饱饭偏爱管闲事，硬要把一个穷人冤枉了，那不太可恶吗？"

跳了一道沟渠，转了一个弯，前面仍是一条暗黑的小巷，但，这里却连闪烁不明的小街灯也没有，路又是年久不修，行来更有点儿颠蹶了。

"前途真是黑暗！"不知是为嫌恶那小巷，或是为自己的身世而嗟叹，瑞生仰起头儿，激昂地，又是低声地说出了这一句。

"家里的人，近两月来，不晓得又怎样了呢？"一阵伤心，瑞生又想起家来了，这一来，真要教他暗暗流出了眼泪，他记得两月前在家时，为了维持家里的生活，病的妻也只好整日整夜坐在小凳上编草帽，一直地就到打瞌睡也还擦擦眼皮，振作精神忍耐着编下去，人是愈见枯黄了，夜里又要经起儿的哭吵。母亲呢，那更是可怜了，眼是昏花了，两只手又是时时打战。唉！要是富贵人家的老太太，不就早该坐享清福了吗？可是命定的穷人家，又是自己不中用，现在又失了业，累得她老人家，吃不饱，还要把一切家庭琐事都推到她身上去麻烦。不，忧愁，苦痛，更把她弄得万分憔悴老弱了，"唉！横竖职业是不容易找到啦，在这里一味流浪着也不是办法，就回乡下去吧，至少这可以让老母少为我担心点，或者还可以教她老人家得些儿慰藉，是的，我要回去，我要回去。"

眼前微现光明，再进一步，又是跑上另外一条大街了。街虽然比较宽广坦平，电灯也较小巷里照得格外光明，瑞生的心，却不就因此而爽适点。

这时，至少也有十点多钟了，虽然是清爽的初秋之夜，路上还有不少行人来往着，然而已不似方才之拥挤了。悠悠几声鼓乐随风传来，是戏院里漏出来的余响，这把瑞生的心思打断了："唉！数个月前，我不是也曾时时进去过吗……"就像着了迷，随着这悠扬的乐声，不自主地，瑞生跑到戏院前面来了。

强烈的电光在照耀着，把庞大的建物，显得愈见巍峨壮丽了，外面是冷清清的，除却几个小孩在等着看"末场戏"，和几担零食外，也只有那守门的在喊着：

"来呀！山伯探英台，很好看，现在进去，只要五个铜币，很便宜的……"

呆呆地站着的瑞生，被这叫声吓醒了，又是本能地伸手到裤袋里摸，但，这一次可教他失望，就连想一个哑板都摸不到。

里面的歌声，又是无端地窜进他耳朵里来了。嘹亮的、婉转的、娇柔的，哦！新哭调，这不是他所最喜欢倾听的吗？还有，那个女伶，是的，闻其声而知其人，一定是一个艳冶的少女，灵活的秋波，醉人的浅笑……魂销了，痴迷了，忘怀一切地，瑞生旧日的青春的心，在这声色的刺激之下复活了。

"我要进去进去，我要找到一点陶醉，我需要这声色的慰藉……"

忘却家庭、自己，忘却挨饿与无归宿，更忘却被鄙视、糟蹋的痛苦，这时的瑞生，人真有点变了，痴迷，在这声色的诱惑之下，他竟成为痴迷的蝴蝶，尽想向镜屏里的彩画的花朵儿绕缠，他失了神似的，然而又像很兴奋，他尽管来回踱步，目不转睛地，又是频向那放射着强烈的光芒的戏院注视着。

像在找寻什么似的，他忽又跑近那五尺多高的围墙，仰起头总是望顶上看，有时又是慌张地东张西望，就像防备人们眼光的侦探，偷偷地，有时也举起右手摸墙顶。

"那是什么新歌调？"弦歌急转，里面又是唱出另一种最新歌调，这更把瑞生的心急得忙乱了，直像一只不羁的小鹿儿在滚滚跳跳。

"好！我要进去。"一下决心，双手一攀，用尽力气，纵身便欲跳上去，砰……

"那是什么？"把旁人惊动了。

"偷……"

一轰动，人都围拢来了。

"妈的，小偷。"拍拍，守门的气愤了，一脸横肉，把跌倒在地上的瑞生，揪住便打。

"哎……哎哟……""该打该打。"是旁人在凑热闹。

"没有钱，也想玩戏院。"又是一声嘲讪。

"妈的，我瞧到你在院口呆头呆脑地放野眼，我就有点疑心了，哼！好厉害……"拍拍，守门的又是一排仙人掌。

"哎哟！我，哎……"见红大吉，瑞生的鼻管流出血来了。

"哪一个？"维持安宁秩序的巡查也来了。

"这个，大人，泥棒（小偷），墙那边跳跳，大人，歹人。"说着不成腔的半日本话，守门的报告真不失为一个忠实的奴仆。

"你！喂！起来，衙门去。"皮靴踢处，哪能教瑞生不急忙起来呢？

"大人！我……"战战兢兢。

"闭嘴。"拍拍，巡察的一下巴掌，瑞生的脸愈见发烧发红了。

"……"在这有权威的官吏之前，瑞生真觉得自己是渺小到出乎意外。

好像这是比戏还好看的，院里的观众也有好些个跑出来了。有戴金丝眼镜穿洋服的，有穿长衫的，也有些是小市民，围拢的人是愈来愈多了。

"那又何苦，没有钱买票，就不看又怎么样，现在，戏瞧不到，反而被捉，不害臊吗？"

"人是太呆了，现在不是十点半了吗？再一会就有末场戏看啦，何苦！"

"不，你们瞧，虽然腌臜（肮脏）点，衣服倒不怎样破旧，你能料他是没有钱吗？贼皮贼骨。"

这时鄙视的眼光，和谴骂的话语，都集于瑞生一身，真教他诅咒不是，剖白不是，垂头丧气地，只有唤自己的命苦。

"鼠贼，衙门去，去！"

虽然是没绳子捆缚住，畏缩、恐怖、凄楚，瑞生驯服地应命跑了。

"哦！那不是白吃面羹，使赝货的无赖吗？不一会，又是跑到这里逾墙看没钱戏。"当瑞生旋过身时，有一个人认出了他。

"是吗？使用赝货！"

"那不是在什么地方？记得……"

"是的，三四个月前曾在祝生会当外务。"是一个记性好的人说。

"哦！是的，×× 祝生会，怎么倒弄成这样子呢？唉，人真难于逆料。"

"可不是吗？一个人不想挣钱过日，倒想偷偷窃窃，这还有什么好处？"

"挣钱过日，这样年岁，谈何容易，有职业的人，总一味说失业的人是懒汉，其实，谁愿意挨饿挨苦呢？"这是一个不同调，说者也许曾经领略过此中滋味。

一会儿，大家各自跑散去，就像不曾有过刚才的事情发生一样，庞大的戏院，仍然照耀着强烈的电光，弦歌鼓乐，同样在吹吹唱唱，院外同前一样冷清，所不同者，受了特别开恩，呆站着的小孩们，也被许进去看末场戏了。

——本篇原载《台湾新民报》四〇四—四〇六号，
一九三二年二月二十七日、三月五日、十二日出版

【导读】

杨守愚，本名杨松茂，彰化市人，一九〇五年生，一九五九年逝世。笔名有静香轩主人、村老、洋、翔等。兼治新学与旧学，故能汉诗与新文学创作并行。一九二七年，曾因参与无政府主义组织，而在"黑色青年联盟"事件中遭到检举。在日据时期的汉文新文学作家中，他的创作量最为丰硕，为新文学运动早期的代表性作家之一。张恒豪称其小说技法"写实的多，反讽的少""以平实的语调、戏剧性的手法、完整的叙事结构，犀利反映出台湾人生活的悲苦血泪，并赋予炽热的人文关怀，但其作品缺乏一种分析的、知性的思辨，也缺乏对于人生远景的揭露"，是对其小说评价中肯的注脚。

这篇小说是一篇有关"失业问题"的小说，反映着殖民地下沦落于饥饿与死亡边缘的群众的生活样貌。小说中描写主人翁瑞生失业了，他不但没有资遣费，更有一个半月的工资被积欠。因在都市谋生不易，只能回乡。但一个知识分子，连挑担筑路的工作都比不上一个女工，很快他便病倒，结果仍只能回转都市。在经济不景气的二十世纪三十年代，失业是普遍的现象，在接连求职失利后，瑞生只能选择当起街头小贩，却又遇到警察取缔罚款，他最后的命运依然是流落街头。

小说的后半段，描写瑞生成为一位都市无产者后的意识变化。他在戏院门口，怀想着自己先前进去看戏的光景，犹如梦游一般，他竟像是为了"回到"旧日小资产阶级、小知识分子的地位而爬起墙来，想回去看戏。当然，结局是他只能在众人咒骂鄙视中被警察带走。

要掌握这篇小说的时代背景，便要对第一次世界大战后，全球经济发展的情形略有了解。仅就二十世纪二十年代中后期《台湾民报》的报道便可知，经济上尽是"因前年来的不景气至去年已至其极""濒死状态的经济界""物价低落、金融梗塞""事业缩小，惹起大批劳工的失业"等的消息。

因此，杨守愚除了《瑞生》，他对小知识分子在经济困窘下的心灵与生活困境都有所描绘，如《仑辨》《元宵》，以及以王先生为主角的系列作品像《开学的头一天》《就试试文学家生活的味道吧》《梦》《啊！稿费》《退学的狂潮》等。当然，他还表现其他无产阶级失业者的劳农大众的生存境遇，如《一群失业的人》里那群流浪百余里的失业工人。

如果说，日据时期的启蒙文学乃是以启蒙主义为其思想指导，而大抵殖民文学乃是以民族主义为思想根据，则杨守愚这些以失业问题、经济萧条、贫穷社会为题材的小说，毋宁可视为具有阶级意识、社会主义思想的普罗文学、左翼文学一类作品。当然，与杨逵的普罗小说相较，杨守愚对解决阶级矛盾的做法似乎显得较为低调与被动。但，他所书写的这些问题，已揭示了在反帝、反封建之外的另一种文学路线的可能，杨守愚其实已敏锐地捕捉到二十世纪二三十年代经济与阶级方面的时代氛围与问题，值得加以注意。

——陈建忠撰文

送报夫

杨逵 著·胡风 译

向着光亮那方……

"呵！这可好了！……"

我想，我感到了像背着很重很重的东西，快要被压扁了的时候，终于卸了下来似的那种轻快。因为，我来到东京以后，一混就快一个月了，在这将近一个月的中间，我每天由绝早到深夜，到东京市的一个一个职业介绍所去，还把市内和郊外划成几个区域，走遍各处找寻职业，但直到现在还没有找到一个让我做工的地方。而且，带来的二十元只剩六元二十钱了，留给带着三个弟妹的母亲的十元，已经过了一个月，也是快要用完了的时候。

在这样惴惴不安的时候，而且是从报纸上看到了全国失业者三百万的消息而吃惊的时候，偶然在××派报所的玻璃窗上看到"募集送报夫"的纸条子，我高兴得差不多要跳起来了。

"这可找着了立志的机会了。"

我胸口突突地跳，跑到××派报所的门口，推开门，恭恭敬敬地打了个鞠躬。"请问……"

是下午三点钟。好像晚报刚刚到，满房子里都是"咻！咻！"的声音，在忙乱地叠着报纸。

在短的劳动服中间，只有一个像是老板的男子，头发整齐地分开，穿着上等的西装，坐在椅子上对着桌子。他把烟卷从嘴上拿到手里，大模大样地和烟一起吐出了一句："什么事？……"

"呃……送报夫……"

我说着就指一指玻璃窗上的纸条子。

"你……想试一试么？……"

老板的声音是严厉的。我像要被压住似的，发不出声音来。

"是……是的。想请您收留我……"

"那么……读一读这个规定，同意就马上来。"

他指着贴在里面壁上的用大纸写的分条的规定。

第一条第二条第三条地读下去的时候，我陡然瞪目地惊住了。

第三条写着要保证金十元。我再读不下去了，眼睛发晕……

过了一会儿，回转头来的老板，看到我那种哑然的样子，问：

"怎样？……同意么？……"

"是……是的。同意是都同意，只是保证金还差四元不够……"

听了我的话，老板从头到脚地仔细地望了我一会。

"看到你这副样子，觉得可怜，不好说不行。那么，你得要比别人加倍地认真做事！懂吗？"

"是！懂了！真是感谢得很。"

我重新把头低到他的脚尖那里，说了谢意。于是把另外郑重地装在衬衫口袋里面，用别针别着的一张五元票子和钱包里面的一元二十钱拿出来，恭恭敬敬地送到老板的面前，再说一遍："真是感谢得很。"

老板随便地把钱塞进抽屉里面说：

"进来等着。叫作田中的照应你，要好好地听话！"

"是，是。"我低着头坐下了。从心底里欢喜着，一面想：

——不晓得叫作田中的是怎样一个人？……要是那个穿学生装的人才好呢！……

电灯开了，外面是漆黑的。

老板把抽屉都上好了锁，走了。店子里面空空洞洞的，一个人也没有。似乎老板另外有房子。

不久，穿劳动服的回来了一个，回来了两个，暂时冷清清的房子里面又骚乱起来了。我要找那个叫作田中的，马上找住一个人打听了。

"田中君！"那个男子并不回答我，却向着楼上替我喊了田中。

"什么？……哪个喊？"一面回答，从楼上冲下了一个男子，看来似乎不怎样坏，也穿着学生装。

"啊……是田中先生吗？……我是刚刚进店的，主人吩咐我要承您照应……拜托拜托。"

我恭敬地鞠一个躬，衷心地说了我的来意，那男子脸红了，转向一边说："呵呵，彼此一样。"

大概是没有受过这样恭敬的鞠躬，有点承不住吧。

"那么……上楼去。"说着就噔噔地上去了。

我也跟着他上了楼。说是楼，但并不是普通的楼，站起来就要碰着屋顶。

到现在为止，我住在本所（东京区名，工人区域）的××木赁宿（大多为失业工人和流浪者的下等宿舍）里面。有一天晚上，什么地方的大学生来参观，穿过了我们住的地方，一面走过一面都说："好坏的地方！这样窄的地方睡着这么多的人！"

然而这个××派报所的楼上，比那还要坏十倍。

席子的面皮都脱光了，只有草。要睡在草上面，而且是脏得漆黑的。

也有两三个人挤在一堆讲着话，但大半都钻在被头里面睡着了。

看一看，是三个人盖一床，被从那边墙根起，一顺地挤着。

我茫然地望着房子里面的时候，忽然听到了哭声，吃惊了。

一看，有一个十四五岁的少年男子在我背后的角落里哭着，呜呜地。他旁边的一个男子似乎在低声地用什么话安慰他，然而听不见。我是刚刚来的，没有管这样的事的勇气，但不安总是不安的。

——我有了职业正在高兴，那个少年为什么这时候在呜呜地哭呢？……

结果我自己确定了，那个少年是因为年纪小，想家想得哭了的罢。这样我自己就安了心了。

昏昏之间，八点钟一敲，电铃就"铃！铃！铃！"地响了。我又吃了一惊。

"要睡了，喂。早上要早呢……两点到三点之间就报到的，那时候大家都得起来……"田中这样告诉了我。

一看，先前从那边墙根排起的人头，一列一列地多了起来，房子已经挤得满满的。田中拿出了被头，我和他还有一个叫作佐藤的男子一起睡了。挤得紧紧的，动都不能动。

和把瓷器装在箱子里面一样，一点空隙也没有。不，说是像沙丁鱼罐头还要恰当些。

在乡间，我是在宽地方睡惯了的。乡间的家虽然坏，但我的癖气总是要扫得干干净净的。因为我怕跳蚤。

可是，这个派报所却是跳蚤巢，从脚上、腰上、大腿上、肚子上、胸口上一齐攻击来了，痒得忍耐不住。本所的木赁宿也同样是跳蚤巢，但那里不像这样挤得紧紧的，我还能够常常起来捉一捉。

至于这个屋顶里面，是这样一动都不能动的沙丁鱼罐头，我除了咬紧牙根忍耐以外，没有别的法子。

但一想到好不容易才找到了职业，这一点点……就满不在乎了。

"比别人加倍地劳动，加倍地用功吧。"想着我就兴奋起来了。因为这兴奋和跳蚤的袭击，九点敲了，十点敲了，都不能够睡着。

到再没有什么可想的时候，我就数人的脑袋。连我在内二十九个。第三天白天数一数看，这间房子一共铺十三张席子。平均每张席子要睡两个半人。

这样混呀混的，小便涨起来了。碰巧是我夹在田中和佐藤之间睡着的，要起来实在难极了。

我想，大家都睡得烂熟的，不好掀起被头把人家弄醒了。想轻轻地从头那一面抽出来，但离开头一寸远的地方就排着对面那一排的头。

我斜起身子，用手撑住，很谨慎地（大概花了五分钟吧）想把身子抽出来，但依然碰到了佐藤君一下，他翻了一个身，幸而没有把他弄醒……

这样地，起来算是起来了，但要走到楼梯口去又是一件苦事。头那方面，头与头之间相隔不过一寸，没有插足的地方。脚比身体占的面积小，算是有一些空隙。可是，脚都在被头里面，哪是脚哪是空隙，却不容易弄清楚。我仔仔细细地找，找到可以插足的地方，就走一步，好容易才这样地走到了楼梯口。中间还踩着了一个人的脚，吃惊地跳了起来。

小便回来的时候，我又经历了一个大的困难。要走到自己的铺位，那困难和出来的时候固然没有两样，但走到自己的铺位一看，被我刚才起来的时候碰了一下翻了一个身的佐藤君，把我的地方完全占去了。

今天才碰在一起，不知道他的性子，不好叫醒他；只好暂时坐在那里，一点办法也没有。过一会，在不弄醒他的程度之内我略略地推开他的身子，花了半点钟好不容易才挤开了一个可以放下腰的空处。我赶快在他们放头的地方斜躺下来。把两只脚塞进被头里面，在冷的十二月夜里累出了汗才弄回了睡觉的地方。

敲十二点钟的时候我还睁着眼睛睡不着。

被人狠狠地摇着肩头，睁开眼睛一看，房子里面骚乱得好像战场一样。

昨晚八点钟报告睡觉的电铃又在喧闹地响着。响声一止，下面的钟就敲了两下。我似乎没有睡到两个钟头。脑袋昏昏的，沉重。大家都收拾好被头噔噔地跑下楼去了。擦着重的眼皮，我也跟着下去了。

楼下有的人已经在开始叠报纸，有的人用湿手巾擦着脸，有的人用手指洗牙齿。没有洗脸盆，也没有牙粉。不用说，不会有这样文明的东西。我并且连手巾都没有。我用水管子的冷水冲一冲脸，再用袖子擦干了，接着急忙地跑到叠着报纸的田中君的旁边，从他那儿分得了一些报纸，开始学习怎样叠了。起初的十份有些不顺手，那以后就不比别人迟好多，能够和着大家的调子叠了。

"咻！咻！咻！咻！"自己的心情也和着这个调子，非常明朗，睡眠不够的重的脑袋也轻快起来了。

早叠完了的人，一个走了，两个走了，出去分送去了。我和田中是第三。外面，因为两三天以来积到齐膝盖那么深的雪还没有完全融完，所以虽然是早上三点以前，但并不怎样暗。

冷风飒飒地刺着脸。虽然穿了一件夹衣，三件单衣，一件卫生衣（这是我全部的衣服）出来，但我却冷得牙齿咯咯地作响。尤其苦的是，雪正在融化，雪下面都是冰水，因为一个月以来不停地继续走路，我的足袋（相当于袜子，但劳动者多穿上有橡皮底的足袋，就可以走路或工作了）底子差不多满是窟窿，这比赤脚走在冰上还要苦。还没有走几步我的脚就冻僵了。

然而，想到一个月中间为了找职业，走了多少冤枉路，想到带着三个弟弟妹妹走投无路的母亲，想到全国的失业者有三百万人……这就满不在乎了。我自己鞭策我自己，打起精神来走，脚特别用力地踏。

田中在我的前面，也特别用力地踏，用一种奇怪的步伐走着。每次从雨板塞进报纸的时候，就告诉了我那家的名字。

这样地，我们从这一条路转到那一条路，穿过小路和横巷，把二百五十份左右的报纸完全分送了的时候，天空已经明亮了。

我们急急地往回家的路上走。肚子空空地隐隐作痛。昨晚上，六元二十钱完全被老板拿去做了保证金，晚饭都没有吃；昨天的早上、中午——不……这几天以来，望着渐渐少下去的钱，觉得惴惴不安，终于没有吃过一次饱肚子。

现在一回去都有香的豆汁汤（日本人早饭时喝的一种汤）和饭在等着，马上可以吃一个饱——想着，就好像那已经摆在眼前一样，不禁流起口涎来了。

这次一定能够安心地吃个饱。——这样一想，脚上的冷、身上的颤抖、肚子的痛，似乎都忘记了一样，爽快极了。

可是，田中并不把我带回店子去，却走进稍稍前面一点的横巷子，站在那个角上的饭店前面。

昏昏地，我一切都莫名其妙了。我是自己确定了店子方面会供给伙食的。但现在田中君却把我带到了饭店前面。而且，我一文都没有……

"田中君……"我喊住了正要拿手开门的田中君，说，"田中君……我没有钱……昨天所有的六元二十钱，都交给主人做保证金了。……"

田中停住了手，呆呆地望了我一会儿，像下了决心一样。

"那么……进去吧。我垫给你……"他拿手把门推开，催我进去。

我的勇气不晓得消失到什么地方去了。……

好不容易以为能够安心地吃饱肚子，却又是这样的结果。我悲哀了。

"但是，这样地劳动着，请他垫了一定能够还他的。"这样一想才勉强打起了精神。吃了一个半饱。

"喂……够吗？……不要紧的，吃饱呵……"

田中是比我想象的还要温和的懂事的男子，看见我这样大的身体，还没有吃他的一半多就放下了筷子，这样地鼓励我。

但我觉得对不起他，再也吃不下去了，虽然肚子还是饿的。

"已经够了。谢谢你。"说着我把眼睛望向旁边。

因为，望着他就觉得抱歉，害羞得很。

似乎同事们都到这里来吃饭。现在有几个人在吃，也有吃完了走出去的，也有接着进来的。——许多的面孔似乎见过。

田中君付了账以后，我跟他走出来了。他吃了十二钱，我吃了八钱。

出来以后，我想再谢谢他，走近他的身边，但看到他的那种态度（一点都不傲慢，但不喜欢被别人道谢，所以显得很不安），我就不作声了。他也不作声地走着。

回到店子里走上楼一看，早的人已经回来了七八个。有的到学校去，有的在看书，有的在谈话，还有两三个人摊出被头来钻进去睡了。

看到别人上学校去，我恨不得很快地也能够那样。但一想到发工钱为止的饭钱，我就闷气起来了。不能总是请田中君代垫的。听说田中君也在上学，一定没有多余的钱，能为我垫出多少是疑问。

我这样地烦闷地想着，靠在壁上坐着，从窗子望着大路，预备好了到学校去的田中君，把一只五十钱的角子夹在两个指头中间，对我说："这借给你，拿着吃午饭吧，明后日再想法子。"

我不能推辞，但也没有马上拿出手来的勇气。我凝视着那角子说："不……要紧？"

"不要紧。拿着吧。"他把那银角子摆在我膝头上，噔噔地跑下楼去了。我赶快把那拿起来，捏得紧紧地，又把眼睛朝向了窗外。

对于田中的亲切，我几乎感激得流出泪来了。

"生活有了办法，得好好地谢一谢他。"

我这样地想了，忽然又听到了"呜呜"的哭声，吃惊地回过了头来，还是昨晚上哭的那个十四五岁的少年。

他恋恋不舍似的打着包袱，依然"呜呜"地，走下楼梯去了。

"大概是想家吧。"我和昨晚上一样地这样决定了，再把脸朝向了窗外。不一会儿，我看见了他向大路的那一头走去，渐渐地小了，时时回转头来的他的后影。

不知怎的，我悲哀起来了。

那天送晚报的时候，我又跟着田中君走。从第二天早上起，我抱着报纸分送，田中跟在我后面，错了的时候就提醒我。

这一天非常冷。路上的水都冻了，滑得很，穿着没有底的足袋的我，更加吃不消。手不能和昨天一样总是放在怀里面，冻僵了。从雨板送进报纸去很困难。

虽然如此，我半点钟都没有迟地把报送完了。

"你的脑筋真好！仅仅跟着走两趟，二百五十个地方差不多没有错。……"在回家的路上，田中君这样地夸奖了我，我自己也觉得做得很得手。被提醒的只有两三次在交叉路口上稍稍弄不清的时候。

那一天恰好是星期日，田中没有课。吃了早饭，他约我去推销订户，我们一起出去了。我们两个成了好朋友，一面走一面说着种种的事情。我高兴得到了田中君这样的朋友。

我向他打听了种种学校的情形以后，说："我也赶快进个什么学校。……"

他说:"好的!我们两个互相帮助,拼命地干下去吧。"

这样地,每天田中君甚至节省他的饭钱,借给我开饭账,买足袋。

"送报的地方完全记好了吗?"

第三天的早报送来了的时候,老板这样地问我。

"呃,完全记好了。"这样地回答的我,心里非常爽快,起了一种似乎有点自傲的飘飘然心情。

"那么,从今天起,你去推销订户吧。报可以暂时由田中送。但有什么事故的时候,你还得去送的,不要忘记了!"老板这样地发了命令。不能和田中一起走,是有些觉得寂寞,但晓得不会能够随自己的意思,就用了什么都干的决心,爽爽快快地答应了"是!",田中君早上晚上还能够在一起的。就是送报吧,也不能够总是两个人一起走,所以无论叫我做什么都好。有饭吃,能够多少寄一点钱给妈妈,就行了。而且我想,推销订户,晚上是空的,并不是不能够上学(日本有为白天做事的人办的夜校)。

于是从那一天起,我不去送报,专门出街去推销订户了。早上八点钟出门,中午在路上的饭店吃饭,晚上六点左右才回店,仅仅推销了六份。

第二天八份,第三天十份,那以后总是十份到七份之间。

每次推销回来的时候,老板总是怒目地望着我,说成绩不好。进店的第十天,他比往日更猛烈地对我说:

"成绩总是不好!要推销十五份,不能推销十五份不行的!"

十五份!想一想,比现在约要多一倍。就是现在,我是没有休息地拼命地干。到底从什么地方能够多推销一倍呢?

我着急起来了。

第二天,天还没有亮,我就出了门,但推销和送报不同,非会到人不可，起得这样早却没有用处。和强卖一样地，到夜深为止，顺手推进一家一家的门，哀求，但依然没有什么好效果。而且，这样冷的晚上，到九点左右，大家都把门上了闩，一点办法都没有。

这一天好不容易推销了十一份，离十五份还差四份。虽然想再多推销一些，但无论如何也做不到。

累得不堪地回到店子的时候，十点只差十分了。八点钟睡觉的同事们，已经睡了一觉，老板也睡了。第三天早上向老板报告了以后，他凶凶地说：

"十一份？……不够不够……还要大大地努力。这不行！"

事实上，我以为这一次一定会被夸奖的，然而却是这副凶凶的样子，我胆怯起来了。虽然如此，我没有说一个"不"字。到底有什么地方比奴隶好些呢？

"是……是……"我除了屈服，没有别的法子。不用说，我又出去推销去了。这一天惨得很。我伤心得要哭了。依然是晚上十点左右才回来，但仅仅推销了六份。十一份都连说"不行不行"，六份怎样报告呢？……（后来听到讲，在这种场合，同事们常常捏造出乌有读者来暂时渡过难关。可是，捏造的乌有读者的报钱，非自己剖荷包不可。甚至有的人把收入的一半替这种乌有读者付了报钱。当然，老板是没有理由反对这种乌有读者的。）

第二天，我惶惶恐恐地走到主人的前面，他一听说六份就马上脸色一变，勃然大怒了。主人脸涨得通红，用右手拍着桌子。

"六份？……你到底到什么地方玩了来的？不是连保证金都不够，很同情地把你收留下来的吗？忘记了那时候你答应比别人加倍地出力吗？走你的！你这种东西是没有用的！马上滚出去！"他以保证金不足为口实，咆哮起来了。

和从前一样，想到带着三个弟弟妹妹的母亲，想到三百万的失业者，想到走了一个月的冤枉路都没有找到职业的情形，咬着牙根地忍住了。

"可是……从这条街到那条街，一家都没有漏地问了五百家，不要的地方不要，订了的地方订了，在指定的区域内，差不多和捉虱一样地找遍了……"

我想这样回答，这样回答也是当然的，但我却没有这样说的勇气。而且，事实上这样回答了就要马上失业。所以我只好说：

"从明天起要更加出力，这次请原谅……"除了这样哀求没有别的法子。但是，老实说，这以上，我不晓得应该怎样出力。第二天的成绩马上证明了。

那以后，每天推销的数目是三份或四份，顶多不能超过六份。这并不是我故意偷懒，实在是因为在指定的区域内，似乎可以订的都订了，每天找到的三四个人大抵是新搬家的。

"因为同情你，把你的工钱算好了，马上拿着到别的地方去吧。本店办事严格，规定是，无论什么时候，不到一个月的不给工钱。这是特别的，对无论什么人不要讲，拿去吧，到你高兴的地方去。可怜固然可怜，但像你这样没有用的男子，没有办法！"

是第二十天，老板把我叫到他面前去，这样教训了以后，就把下面算好了的账和四元二十五钱推给我，马上和忘记了我的存在一样，对着桌子做起事来了。

我失神地看了一看账：

每推销报纸一份　　五钱

推销报纸总数　　八十五份

合计　　四元二十五钱

我吃惊了，现在被赶出去，怎么办……尤其是，看到四元二十五钱的时候，我暂时哑然地不能开口。接连二十天，从早上六点钟转到晚上九点左右，仅仅四元二十五钱！

"既是钱都拿出来了，无论怎样说都是白费。没法。但是，只有四元二十五钱，错了吧？"这样想就问他：

"钱数没有错吗？……"

老板突然现出凶猛的面孔，逼到我鼻子跟前：

"错了？什么地方错了？"

"一连二十天……"

"二十天怎样？一年、十年，都是一样的！不劳动的东西，会从哪里掉下钱来？！"

"我没有休息一下。……"

"什么？没有休息？不对吧？应该说没有劳动！"

"……"我不晓得应该怎样说了，灰了心，想：

"加上保证金六元二十钱，就有十元四十五钱，把这二十天从田中君借的八元还了以后，还有三元二十五钱。吵也没有用处。不要说什么了，把保证金拿了走吧。"

"没有法子！请把保证金还给我。"我这样一说，老板好像把我看成了一个大糊涂蛋，嘲笑地说：

"保证金？记不记得，你读了规定以后，说一切都同意，只是保证金不够？忘记了吗？还是把规定忘记了？如果忘记了，再把规定读一遍看！"

我又吃惊了：那时候只是担心保证金不够，后面没有读下去，不晓得到底是怎样写的……我胸口"咚！咚！"地跳着，读起规定来。跳过前面三条，把第四条读了。

那里明明白白地写着：

第四条，只有继续服务四个月以上者才交还保证金。

我觉得心脏破裂了，血液和怒涛一样地涨满了全身。

睨视着我的老板的脸依然带着滑稽的微笑。

"怎么样？还想要回保证金吗？乖乖地走！还在这里缠，一钱都不给！刚才看过了大概晓得，第七条还写着服务未满一月者不给工钱呢！"我因为被第四条吓住了，没有读下去，转脸一看，果然，和他所说的一样，一字不错地写在那里。的确是特别的优待。

我眼里含着泪，歪歪倒倒地离开了那里。玻璃窗上面，惹起我的痛恨的"募集送报夫"的纸条子，鲜明地、可恶地又贴在那里。

我离开了那里就乘电车跑到田中的学校前面，把经过告诉他，要求他："借的钱先还你三元，其余的再想法子。请把这一元二十五钱留给我当暂时的用费……"

田中向我声明他连想我还他一钱的意思都没有。

"没有想到你都这样地出去。你进店的那一天不晓得看到一个十四五岁的小孩子没有，他也和你一样地上了钩的。他推销订户完全失败了，六天之间被骗去十元保证金，一钱也没有得到走了的。"

真是混蛋的东西。

"以后，我们非想个什么对抗的法子不可！"他下了大决心似的说。

原来，我们饿苦了的失业者被那个比钓鱼饵的牵引力还强的纸条子钓上了。

我对于田中的人格非常感激，和他分手了。毫无遮盖地看到了这两个极端的人，我现在更加吃惊了。

　　一面是田中，甚至节俭自己的伙食，借给我付饭钱，买足袋，听到我被赶出来了，连连说："不要紧！不要紧！"把要还他的钱，推还给我；一面是人面兽心的派报所老板，从原来就因为失业困苦得没有办法的我这里把钱抢去了以后，就把我赶了出来，为了肥他自己，把别人杀掉都可以。

　　我想到这个恶鬼一样的派报所老板就胆怯了起来，甚至想逃回乡间去。然而，要花三十五元的轮船火车费，这一大笔款子就是把脑壳卖掉了也筹不出来的，我避开人多的大街走，当在上野公园的椅子上坐下的时候，暂时瘫软了下来：心里面是怎样哭了的呀！

　　过了一会，因为想到了田中，才觉得精神硬朗了一些。想着就起了舍不得和他离开的心境。昏昏地这样想来想去，终于想起了留在故乡的，带着三个弟弟妹妹的，大概已经正在被饥饿围攻的母亲，又感到了心脏像被绞一样的难过。

　　同时，我好像第一次发现了故乡也没有什么不同，颤抖了。那同样的是和派报所老板似的逼到面前，吸我们的血，刷我们的肉，想挤干我们的骨髓，把我们打进了这样的地狱里面。

　　否则，我现在不会在这里这样狼狈不堪，应该是和母亲、弟弟妹妹一起在享受着平静的农民生活。

　　到父亲一代为止的我们家里，是自耕农，有五平方"反"（日本田地计数，为一平方町的十分之一）的田和五平方"反"的地。所以生活没有感到过困难。

　　然而，数年前，我们村里的××制糖公司说是要开办农场，为了收买土地大大地活动起来了。不用说，开始谁也不肯，因为是看得和自己的性命一样贵重的耕地。

但他们决定了要干的事情，公司方面不会无结果地收场的。过了两三天，警察方面发下了举行家长会议的通知，由保甲经手，村子里一家不漏地都送到了。后面还写着"随身携带图章"。

我那时候十五岁，是公立学校的五年级学生，虽然是五六年以前的事，但因为印象太深了，当时的样子还能够明了地记得。全村子卷入了大恐慌里面。

那时候父亲当着保正，保内的老头子老婆子在这个通知发下来之前就在紧张起来了的空气里面，战战兢兢地带着哭脸接续不断地跑到我家里来，用了打战的声音问：

"怎么办？……"

"怎么得了？……"

"什么一回事？……"

同是这个时候，我有三次发现了父亲躲着流泪。

在这样的空气里面，会议在发下通知的第二天下午一点开了。会场是村子中央的妈祖庙。因为有不到者从严处罚的预告，各家的家长都来了，有四五百人吧。相当大的庙挤得满满的。学校下午没有课，我躲在角落里看情形。因为我几次发现了父亲的哭脸甚为担心。

铃一响，一个大肚子光头壳的人站在桌子上面，装腔作势地这样地说：

"为了这个村子的利益，本公司现在决定了在这个村子北方一带开设农场。说好了要收买你们的土地，前几天连地图都贴出来了，叫在那区域内有土地的人携带图章到公司来会面，但直到现在，没有一个人照办。特别烦请原料委员一家一家地去访问所有者，可是，好像都有阴谋一样，没有一个人肯答应。这个事实应该看作是共谋，但公司方面不愿这样解释，所以今天把大家叫到这里来。回头大人（日据时期台胞对警察的称呼）和村长先生要讲话，使大家都能够了解，讲过了以后请都在这纸上盖一个印。公司预备出比普通更高的价钱……呃哼！"这一番话是由当时我们五年生的主任教员陈训导翻译的，他把"阴谋""共谋"说得特别重，大家都吃了一惊，你望望我我望望你。

其次是警部补老爷，本村的警察分所主任。他一站到桌子上，就用了凛然的眼光望了一圈。于是大声地吼：

"刚才山村先生也说过，公司这次的计划，彻头彻尾是为了本村利益。对于公司的计划，我们要诚恳地感谢才是道理！想一想看！现在你们把土地卖给公司……而且卖得到高的价钱，于是公司在这村子里建设模范的农场。这样，村子就一天一天地发展下去。公司选了这个村子，我们应该当作光荣的事情……然而，听说一部分人有'阴谋'，对于这种'非国民'，我是绝不宽恕的。……"

他的翻译是林巡察，和陈训导一样，把"阴谋""非国民""决不宽恕"说得特别重，大家又面面相觑了。

因为，对于怀过阴谋的余清风、林少猫等的征伐，那血腥的情形还鲜明地留在大家的记忆里面。

最后站起来的村主任，用了老年的温和，只是柔声地说："总之，我以为大家最好是依照大人的希望，高兴地接受公司的好意。"说了他就喊大家的名字。都动摇起来了。

最初被喊的人们，以为自己是被看作阴谋的首领，脸上现着狼狈的样子，打着抖走向前去。当上面叫"你可以回去"的时候，也还是待着不动，等再吼一声"走"才醒了过来，逃到外面去！

在跑回家去的路上，被喊的人们还是不安地想：没有听错么？会不会再被喊回去？无头无脑地着急。像王振玉，听说走到家为止，回头看了一百五十次。

这样地，有八十名左右的人被喊过名字，回家去了。

以后，轮到剩下的人要吃惊了。我的父亲也是剩下的一个。因为不安，人中间腾起了嗡嗡的声音。伸着颈，侧着耳朵，会再喊吗？会喊我的名字吗？……这样地期待着，大多数的人都惴惴不安了。

这时候，村主任说明了"请大家拿出图章来，这次被喊的人，拿图章来盖了就可以回去"以后，喊出来的名字是我的父亲。

"杨明……"一听到父亲的名字，我就着急得不知所措，屏着气息，不自觉地捏紧拳头站了起来。——会发生什么事呢？

父亲镇静地走上前去。一走到村主任面前就用了破锣一样的声音，斩钉截铁地说：

"我不愿意卖，所以没有带图章来！"

"什么？你不是保正吗？！应该做大家的模范的保正，却成了阴谋的首领，这才怪！"

站在旁边的警部补，咆哮地发怒了，逼住了父亲。

父亲默默地站着。

"拖去！"

警部补狠狠地打了父亲一掌，就这样发了命令，不晓得是什么时候来的，从后面跳出了五六个巡察。最先两个把父亲捉着拖走了以后，其余的就依然躲到后面去了。

看着这的村民，更加胆怯起来，大多数是，照着村主任的命令把图章一盖就望都不向后面望一望地跑回去了。

到大家走完为止，用了和父亲同样的决心拒绝了的一共有五个，一个一个都和父亲一样被拖到警察分所去了。我一看到父亲被拖去了，就马上跑回家去把情形告诉母亲。

母亲听了我的话，即刻急得人事不知了。

幸而隔壁的叔父赶来帮忙，性命算是救住了，但是到父亲回来为止的六天中间，差不多没有止过眼泪，昏倒了三次，瘦得连人都不认得了。

第六天父亲回来了，他又是另一副情形，均衡整齐的父亲的脸歪起来了，一边脸颊肿得高高的，眼睛凸了出来，额上满是疱子。衣服弄得一团糟，换衣服的时候，我看到父亲的身体，大吃一惊，大声叫了出来：

"哦哦！爸爸身上和鹿一样了！……"

事实是父亲的身上全是鹿一样的斑点。

那以后，父亲完全变了，一句口都不开。

从前吃三碗饭，现在却一碗都吃不下，倒床了以后的第五十天，终于永逝了。

同时，母亲也病倒了，我带着一个一岁、一个三岁、一个四岁的三个弟弟妹妹，是怎样地窘迫呀！

叔父叔母一有空就跑来照应，否则，恐怕我们一家都完全没有了吧。

这样地，父亲从警察分所回来的时候被丢到桌子上的六百元（据说时价是二千元左右，但公司却说六百元是高价钱），因为父亲的病、母亲的病以及父亲的葬式等，差不多用光了，到母亲稍稍好了的时候，就只好出卖耕牛和农具糊口。

我立志到东京来的时候，耕牛、农具、家里的庭园都卖掉了，剩下的只有七十多元。

"好好地用功……"母亲站在门口送我，哭声中说了鼓励的话。那情形好像就在眼前。

这惨状不只是我一家。

和父亲同样地被拖到警察分所去了的五个人，都遇到了同样的命运。就是不作声地盖了图章的人们，失去耕田，每月三五天到制糖公司农场去卖力，一天做十二个钟头，顶多不过得到四十钱，大家都非靠卖田的钱过活不可。钱完了的时候，与村子里的当局者们所说的"村子的发展"相反，现在成了"村子的离散"了。

沉在这样回忆里的时候，不知不觉地太阳落山了，上野的森林隐到了黑暗里，山下面电车灿烂地亮起来了，我身上感到了寒冷，忍耐不住。我没有吃午饭，觉得肚子空了。

我打了一个大的呵欠，伸一伸腰，就走下坡子，走进一个小巷的小饭店，吃了饭。想在乏透了的身体里面恢复一点元气，就决心吃了一个饱，还喝了两杯烧酒。

以后就走向到现在为止常常住在那里的本所的 ×× 木赁宿。

我刚刚踏进一只脚，老板即刻看到了我，问：

"哎呀！……不是台湾先生吗！好久不见。这些时到哪里去了？……"

我不好说是做了送报夫，被骗去了保证金，辛苦了一场以后被赶出来了。

"在朋友那里过……过了些时……"

"朋友那……唔，老了一些呢！"他似乎不相信，接着笑了：

"莫非干了无线电(注)讨扰了上面一些时吗？……哈哈哈……""无线电？……无线电是怎么一回事？"我不懂，反问了。

"无线电不晓得么？……到底是乡下人，钝感……"

虽然老头子这样地开着玩笑，但看见我似乎很难为情，就改了口：

"请进吧。似乎疲乏得很，进来好好地休息休息。"

我一上去，老板说：

"那么，杨君干了这一手吗？"

说着做一个把手轻轻伸进怀里的样子。很明显地，他似乎以为我是到警察署的拘留所里讨扰了来的。当时不懂得无线电是怎么一回事，但看这次的手势，明明白白地以为我做了扒手。我没有发怒的精神，但依然红了脸，不尴不尬地否认了：

"哪里话！哪个干这种事！"老头子似乎还不相信，疑疑惑惑地，但好像不愿意勉强地打听，马上嘻嘻地转成了笑脸。

事实上，看来我这副样子恰像刚刚从警察署的猪笼里跑出来的吧。

我脱下足袋，刚要上去。

"哦，忘记了。你有一封挂号信！因为弄不清你到哪里去了，收下放在这里……等一等……"说着就跑进里间去了。

我觉得奇怪，什么地方寄挂号信给我呢？

过一会，老头子拿着一封挂号信出来了。望到那我就吃了一惊。

母亲寄来的。

"到底为了什么事寄挂号信来呢？……"

我觉得奇怪得很。

我手抖抖地开了封。什么，里面现出来的不是一百二十元的汇票吗！我更加吃惊了。我疑心我的脑筋错乱了。我胸口突突地跳，一个字一个字地读着很难看清的母亲的笔迹。我受了大的刺激，好像要发狂一样。不知不觉地在老头子面前落了泪。

"发生了什么事吗？……"

老头子现着莫名其妙的脸色望着我，这样地问了，但我却什么也不能回答。收到钱哭了起来，老头子没有看到过吧。

我走到睡觉的地方就钻进被头里面，狠狠地哭了一场。……

信的大意如下：

说东京不景气，不能马上找到事情的信收到了。想着你带去的钱也许已经完了，担心得很。没有一个熟人，在那么远的地方，一个单人，又找不到事情，想着这样窘的你，我胸口就和绞着一样。但故乡也是同样的。有了农场以后，弄到了这步田地，没有一点法子。所以，绝对不可软弱下来，想到回家。房子卖掉了，得到一百五十元，寄一百二十元给你。设法赶快找到事情，好好地用功，成功了以后才回来吧。我的身体不能长久，在这样的场合不好讨扰人家，留下了三十元，阿兰和阿铁终于死掉了。本不想告诉你的，但想到总会晓得，才决心说了。妈妈仅仅只有祈祷你的成功，在成功之前，无论有什么事情也不要回来。……

这是妈妈的唯一的愿望，好好地记着吧。如果成功以后回来了，把寄在叔父那里的你唯一的弟弟引去照看照看吧。要好好地保重身体。再会。……

好像是遗嘱一样地写着。我着急得很。

"也许，已经死掉了吧……"这想头钻在我的脑袋里面，去不掉。

"胡说！哪来这种事情。"我翻一翻身，摇着头出声地这样说，想把这不吉的想头打消，但毫无效果。

这样地，我通晚没有睡着一会儿，跳蚤的袭击也全然没有感到。

我脑筋里满是母亲的事情。

母亲自己写了这样的信来，不用说是病得很厉害。看发信的日子，这信是我去做送报夫以前发的，已经过了二十天以上。想到这中间没有收到一封信，我更加不安起来了。

我决心要回去。回去以后，能不能再出来我没有自信，但是，看了母亲的信，我安静不下来了。

"回去之前，把从田中君那里借来的钱都还清吧，顺便谢谢他的照顾，向他辞一辞行。"

这样想着，我眼巴巴地等着第二天早上的头趟电车，终于通夜没有阖眼。

从电车的窗口伸出头去，让早晨的冷风吹着，被睡眠不足和兴奋弄得昏昏沉沉的脑袋，陡然轻松起来了。

"这或许是最后一次看见东京。"这样一想，连派报所的老板都忘记了，觉得舍不得离开。昨晚上想着故乡，安不下心来，但现在是，想会见的母亲和弟弟的面影，被穷乏和离散的村子的惨状遮掩了，陡然觉得不敢回去。

这样的感情的变化，从现在要去找的不忍别离的田中君的魅力里面受到了某一程度的影响，是确实的。

那种非常亲切的、理智的、讨厌客气的素朴……这是我当作理想的人物的模型。

我下了电车站，穿过两个巷子，走到那个常常去的饭店子的时候，他正送完了报回来。

我在那里见到了他。

原来他是一个没有喜色的人，今天早上显得尤其阴郁。

但是，他的阴郁丝毫不会使人感到不快，反而是易于亲近的东西。

他低着头，似乎在深深地想着什么，不作声地静静地走来了。

"田中君！"

"哦！早呀！昨天住在什么地方？"

"住在从前住过的木赁宿里。……"

"是吗！昨天终究忘记了打听你去的地方……早呀！"

这个"早呀！"我觉得好像是问我"有什么急事吗？……"。

所以我马上开始说了。但是，说到分别就觉得寂寞，孤独感压迫得我难堪：

"实在是，昨天回到木赁宿去，不意家里寄了钱来了。……"

我这样一说出口，他就说：

"钱。……那急什么！你什么时候找得到职业，不是毫无把握吗？拿着好啦！"

"不然……寄来了不少。回头一路到邮局去。而且，顺便来道谢。……"

我觉得说不下去，脸红了起来。

"道谢？如果又是那一套客气，我可不听呢……"他迷惑似的苦笑了。

"不！和钱一起，母亲还寄了信来，似乎她病得很厉害，想回去一次。……"

他马上望着我的脸，寂寞似的问：

"叫你回去吗？"

"不……叫不要回去……好好地用功，成功了以后再回去。……"

"那么，也许不怎样厉害——"

"不……似乎很厉害。而且，那以后没有一点消息，不安得很……"

"呀！有信。昨天你走了以后，来了一封，似乎是从故乡来的。我去拿来，你在饭店里等一等！"说着他就向派报所那边走去了。

我马上走进饭店里等着，听说是由家里来的信，似乎有点安心了。

但是，信里说些什么呢？这样一想，巴不得田中君马上来。

饭馆的老板娘子讨厌地问：

"要吃什么？……"

不久，田中气喘喘地跑来了。

　　我的全神经都集中在他拿来的信上面。他打开门的时候，我就马上看到了那不是母亲的笔迹，感到了不安。心乱了。

　　不等他进来，我站起来赶快伸手把信接了过来。

　　署名也不是母亲，是叔父的。

　　我的脸色阴暗了。胸口跳，手打战。明显是和我想象的一样，母亲死了。半个月以前……而且是用自己的手送终的。

　　我所期望的唯一的儿子……

　　我再活下去非常痛苦，而且对你不好。因为我的身体死了一半……

　　我唯一的愿望是希望你成功，能够替像我们一样苦的村子的人们出力。

　　村子里的人们的悲惨，说不尽。你去东京以后，跳到村子旁边的池子里淹死的有八个。像阿添叔，是带了阿添婶和三个小儿一道跳下去淹死的。

　　所以，觉得能够拯救村子的人们的时候才回来吧。没有自信以前，绝不要回来！要做什么才好我不知道，努力做到能够替村子的人们出力吧。

　　我怕你因为我的死马上回来，用掉冤枉钱，所以写信给叔父，叫暂时不要告诉你……诸事保重。

　　　　　　　　　　　　　　　　　　　　　　　　　　　妈妈

　　这是母亲的遗书。母亲是决断力很强的女子。她并不是遇事哗啦哗啦的人，对于自己相信的，下了决心的，总是断然要做到。

　　哥哥当了巡察，糟蹋村子的人们，被大家厌恨的时候，母亲就断然主张脱离亲属关系，把哥哥赶了出去，那就是一个例子。我来东京以后，她的劳苦很容易想象得到，但她却不肯受做了巡察的她的长男我的哥哥的照顾，终于失掉了一男一女，把剩下的一个托付给叔叔自杀了。母亲是这样的女子。

从这一点看，可以说母亲并没有一般所说的女人的心，但是我却很懂得母亲的心境。同时，我还喜欢母亲的志气，而且尊敬。

现在想起来，如果有给母亲读……的机会，也许能够做柴特金女史那样的工作吧，当父亲因为拒绝卖田而被捉起来了的时候，她不会昏倒而采取了什么行动的吧。

然而，刚刚看了母亲的遗嘱的时候，我非常悲哀了。暂时间甚至勃勃地起了想回家的念头。

你的母亲在 × 月 × 日黎明的时候吊死了。想马上打电报告诉你，但在你母亲手里发现了遗嘱，懂得了她的心境，就依照她的希望，等到现在才通知你。你母亲在留给我的遗嘱里面说她只有期望你，你是唯一的有用的儿子。你的哥哥成了这个样子，弟弟还小，不晓得怎样……

她说，如果马上把她的死讯告诉你，你跑回家来，使你的前途无着，那她的死就没有意思。

弟弟我在郑重地养育，用不着担心。不要违反你母亲的希望，好好地用功罢。绝对不要起回家的念头。因为你母亲已经不是这个世界的人了……

叔父

"看不到母亲了。她已经不是这个世界的人了。"这样一想，我决定了应该断然依照母亲的希望去努力。下了决心：不能够设法为悲惨的村子出力就不回去。

当我读着信，非常兴奋（激动），心很乱的时候，田中在目不转睛地望着我，看见我收起信放进口袋去，就担心地问：

"怎样讲？"

"母亲死了！"

"死了吗？"似乎感慨无量的样子。

"你什么时候回去？"

"打算不回去。"

"……"

"母亲死了已经半个月了……而且母亲叫不要回去。"

"半个月……台湾来的信要这么久吗？"

"不是，母亲托付叔父，叫不要马上告诉我。"

"唔，了不起的母亲！"田中感叹了。

我们这样一面讲话一面吃饭，但是，太难过了，饭不能下咽。我等田中吃完以后，付了账，一路到邮局去把汇票兑来了，满满地把借的钱还了田中。把我的住址写给他就一个人回到了本所的木赁宿。

一走进木赁宿就睡了。我实在疲乏得支持不住。在昏昏沉沉之中也想到要怎样才能够为村子里的悲惨的人们出力，但想不出什么妙计。

……存起钱来，分给村子的人们吧……也这样想了一想。然而做过送报夫的现在，走了一个月的冤枉路依然是失业的现在，不用说存钱，能不能赚到自己的衣食住的用钱，我都没有自信。

我陡然地感到了倦怠，好像两个月以来的疲劳一齐来了，不晓得在什么时候，我沉沉地睡着了。

因为周围的吵闹，好像从深海被推到浅的海边的时候一样，意识蒙眬地醒来的时候也常常有，但张不开眼睛，马上又沉进深睡里面去。

"杨君！杨君！"

听见了这样的喊声，我依然是在像被推到浅的海边的时候一样的意识状态里面；虽然稍稍地感到了，但马上又要沉进深睡里面去。

"杨君！"

这时候又喊了一声，而且摇了我的脚，我吃了一惊，好不容易才睁开了眼睛，但还没有醒。从蒙眬的意识状态回到普通的意识状态，那情形好像是站在浓雾里面望着它渐渐淡下去一样。一回到意识状态，我看到了田中坐在我的旁边。我马上踢开了被头，坐起来。我茫茫然把房子望了一圈。站在门边的笑嘻嘻的老板，望着我的狼狈样，说：

"你恰像中了催眠术一样呀……你想睡了几个钟头？……"

我不好意思地问：

"傍晚了吗？"

"哪里……刚刚过正午呢……哈哈哈……但是换了一个日子呀！"说着就笑起来了。原来，我昨天十二点过睡下以后，现在已到下午一点左右了……整整睡了二十五个钟头。我自己也吃惊了。

老头子走了以后，我向着田中。

他似乎很紧张。

"真对不起。等了很久吧……"

对于我的抱歉，他答了"哪里"以后，兴奋地继续说：

"有一件要紧的事情来的……昨天又有一个人和你一样被那张纸条子钓上了。你被赶走了以后，我时时在烦恼地想，未必没有对抗的手段吗？一点办法没有的时候又进来了一个，我放心不下，昨天夜里偷偷地把他叫出来，提醒了他。但是，他听了以后仅仅说：'唔，那样吗！混蛋的东西……'"

他随声附和着我的话，一点也不吃惊。

我焦躁起来了，对他说：

"所以……我以为你最好去找别的事情……不然，也要吃一次大苦头。……保证金被没收，一个钱没有地被赶出去……"

但他依然毫不惊慌，伸手握住了我的手以后，问：

"谢谢！但是，看见同事的吃这样的苦头，你们能默不作声吗？"

我稍稍有点不快地回答：

"不是因为不能够默不作声，所以现在才告诉了你吗？这以外，要怎样干才好，我不懂。近来我每天烦恼地想着这件事，怎样才好我一点也不晓得。"

于是他非常高兴地说：

"怎样才好……我晓得呢。只不晓得你们肯不肯帮忙？"

于是我发誓和他协力，对他说：

"我们二十八个同事关于这件事大概都是赞成的。大家都把老板恨得和蛇蝎一样。……"

接着他告诉了我种种新鲜的话。归结起来是这样的：

"'为了对抗那样恶的老板，我们最好的法子是团结。大家成为一个，同盟罢×……（忘记了是怎样讲的）。'同盟罢×……说是总有办法呢。'劳动者一个一个散开，就要受人糟蹋，如果结成一气，大家成为一条心来对付老板，不答应的时候就采取一致行动……这样干，无论是怎样坏的家伙，也要被弄得不敢说一个不字……'这样说呢。而且那个人想会一会你。我把你的事告诉了他以后，他说：'唔……台湾人也有吃了这个苦头的吗？……无论如何想会一会。请马上介绍！'"田中把那个人的希望也告诉了我。

说要收拾那个咬住我们，吸尽了我们的血以后就把我们赶出来的恶鬼，对于他们的这个计划，我是多么高兴呀！而且，听说那个男子想会我，由于特别的好奇心，我希望马上能够会到。

　　教给了被人糟蹋的送报夫失业者们法子，去对抗那个恶鬼一样的老板，我想，这样的人对于因为制糖公司、凶恶的警部补、村主任等陷进了悲惨境遇的故乡的人们，也会贡献一些意见吧。

　　听田中说那个人（说是叫作佐藤）特别想会我，我非常高兴了。

　　在故乡的时候，我以为一切日本人都是坏人，恨着他们。但到这里以后，觉得好像并不是一切的日本人都是坏人。木赁宿的老板很亲切，至于田中，比亲兄弟还……不，想到我现在的哥哥（巡察），什么亲兄弟，不成问题。拿他来比较都觉得对不起田中。

　　而且，和台湾人里面有好人也有坏人似的，日本人也一样。

　　我马上和田中一起走出了木赁宿去会佐藤。

　　我们走进浅草公园，笔直地向后面走。坐在那里的树荫下面的一个男子，毫不畏缩地向我们走来。

　　"杨君！你好……"他紧紧地握住了我的手。

　　"你好……"我也照样说了一句，好像被狐狸迷住了一样。是没有见过面的人。但回转头过来看一看田中的表情，我即刻晓得这就是他所说的佐藤君。我马上就和他亲密无间了。

　　"我也在台湾住过一些时日。你喜欢日本人吗？"他单刀直入地问我。

　　"……"我不晓得怎样回答才好。在台湾会到的日本人，觉得可以喜欢的少得很。但现在，木赁宿的老板、田中等，我都喜欢。这样问我的佐藤君本人，由第一次印象就觉得我会喜欢他的。

　　我想了一想，说：

　　"在台湾的时候，总以为日本人都是坏人，但田中君是非常亲切的！"

　　"不错，日本的劳动者大都是和田中君一样的好人呢。日本的劳动者反对压迫台湾人，糟蹋台湾人。使台湾人吃苦的是那些像把你的保证金抢去了以后再把你赶出来的那个老板一样的畜生。到台湾去的大多是这种根性的人和这种畜生们的走狗！但是，这种畜生们，不仅是对于台湾人，对于我们本国的穷人们也是一样的，日本的劳动者们也一样地吃他们的苦头呢。……总之，在现在的世界上，有钱的人要掠夺穷人们的劳力，为了要掠夺得顺手，所以压住他们……"

他的话一个字一个字在我脑子里面响，我真正懂了。故乡的村主任虽然是台湾人，但显然地和他们勾在一起，使村子的大众吃苦……

我把村子的种种情形告诉了他。他用了非常深刻的注意听了以后，涨红了脸颊，兴奋地说：

"好！我们携手吧！使你们吃苦也使我们吃苦的是同一种类的人！……"

这个会见的三天后，我因为佐藤君的介绍能够到浅草家一家玩具工厂去做工。我很有规律地利用闲空的时间……（原文删去）

几个月以后，把我赶出来了的那个派报所里勃发了罢工。看到面孔红润的摆架子的派报所老板在送报夫的团结前面低下了苍白的脸，那时候我的心跳起来了。

对那胖脸一拳，使他流出鼻涕眼泪来——这种欲望推着我，但我忍住了。使他答应了送报夫的那些要求，要比我发泄积愤更有意义。

想一想看！

勾引失业者的"募集途报夫"的纸条子拉掉了！

寝室每个人要占两张席子，决定了每个人一床被头，租下了隔壁的房子做大家的宿舍，席子的表皮也换了！

任意制定的规则取消了！

消除跳蚤的方法实行了！

推销一份报纸工钱加到十钱了！

怎样？还说劳动者……！

"这几个月的用功才是对于母亲的遗嘱的最忠实的办法。"

我满怀着信心，从巨船蓬莱丸的甲板上凝视着台湾的春天，那儿表面上虽然美丽肥满，但只要插进一针，就会看到恶臭逼人的血脓的进出。

注："无线"和"无钱"日文读音都是 Musen，所以因为无钱饮食（吃了东西不给钱）的罪名被警察捉进去的，叫作无线电。

——本篇原作日文，刊载于东京《文学评论》，一九三四年十月出版，
中译文刊载于《山灵——朝鲜、中国台湾短篇集》，
一九三六年四月上海文化生活出版社出版

【导读】

杨逵，本名杨贵，台南新化人，一九〇六年生，一九八五年逝世。日本大学专门部文学艺术科肄业。一九三四年以《送报夫》（日文原题《新闻配达夫》）成功进军日本文坛，随后担任《台湾文艺》日文编辑，翌年另创《台湾新文学》杂志。七七事变后租地开辟"首阳农园"。战后初期创办《一阳周报》，主编《和平日报·新文学》《文化交流》《台湾力行报·新文艺》《台湾文学丛刊》，策划"中国文艺丛书"。一九四九年因起草《和平宣言》入狱十二年。晚年于台中大度山垦殖"东海花园"。乡土文学寻根热潮中复出文坛。一九七六年绿岛狱中作品《压不扁的玫瑰花》（《春光关不住》改题）被选入中学语文教科书。一九八二年赴美参加艾奥瓦大学之国际作家工作坊。曾获吴三连文学奖、第一届台美基金会人文科学奖、盐分地带文艺营台湾新文学特别推崇奖。

《送报夫》是杨逵的成名代表作，经由赖和之手，一九三二年五月十九日至二十七日发表于《台湾新民报》，然仅刊前半篇。一九三四年十月全文入选东京的《文学评论》第二奖（第一奖从缺），

这篇小说曾由胡风译成中文，多次刊载。故事主要描写一位台湾的青年杨君，由于日本殖民政府协助糖业资本家掠夺土地，导致父亲在被迫贱价出售赖以维生的农地后抑郁以终。面临家破人亡惨剧的杨君只身前往东京求发展，不料又遭到派报社老板的欺骗与剥削。目睹东京的送报夫们以团结罢工的行动迫使资本家让步，为自己争取到合理的工作待遇之后，杨君毅然带着斗争中学得的经验踏上返乡之路。

本篇对于日本劳工阶级恶劣的生活条件，与殖民时代台湾农村的民生凋敝有极为深入的刻画。若与日据时期台湾其他小说创作相较，以阶级而非以种族来类型化所塑造的角色，是这篇小说的特殊之处。例如台湾人中有杨君任职巡察的哥哥和村主任这等欺压同胞的负面人物，日本劳工阶级则是田中、伊藤之类的正面形象。其中道理，除了作者在公学校时享受过来自日籍教师沼川定雄的疼爱，在东京期间与日本劳工朋友有互相扶持的情谊之外，社会主义国际主义的信仰是决定的关键。另外根据杨逵本人的说法，故事中送报夫被骗去保证金的情形，是他在东京工读时期的真实经历；杨君的父亲被逼死和母亲悬梁虽然是虚构的情节，但是当时糖厂强制收买土地，许多人因此被逼死则是千真万确的事实。由此可见，《送报夫》熔铸了社会主义思想与作者早年领导农民运动的体验，深刻地暴露了资本主义的弊病与殖民统治的残酷，因而带有浓厚的阶级意识与批判精神。

杨逵说过，他对台湾，甚至整个世界同表关心，是为了要在日据时代晦暗的世局里发现一条出路。《送报夫》中被压迫阶级不分种族的团结抗争，终于战胜压迫阶级，正是杨逵从宏观的国际性视野，揭示给殖民地台湾的出路。反对资本主义与抗议殖民统治的双轨并行，从被压迫阶级解放的前景中望见台湾人的民族解放，不但是《送报夫》的精神内蕴，也是杨逵二十世纪三十年代普罗文学的基调。综观杨逵的一生，无论是战前与日本左翼作家合作编辑《台湾新文学》杂志，抗议日本殖民统治的歧视与压榨；或是战后与大陆来台左翼知识分子结盟，共同对抗国民党专制政权，莫不是《送报夫》中结合被压迫阶级以反抗压迫阶级这一理念的具体实践。

——黄惠祯撰文

第二章

岁月向暖，人间温柔

秋信

朱点人

那些火车载来的东西。

斗文先生凝神静气，临摹着文天祥的《正气歌》，那笔锋刚柔相济地、很灵活地在纸上一起一落着，每当他临摹得和拓本逼真了时，便拍着桌叫绝，于是将笔放下，总要费点时间，把自己写的和拓本比较着看。

过了一会，移入读书的工作，放开喉咙，咿咿呜呜地朗读《桃花源记》。他的年纪虽过六十，但声音却不减当年，明朗而有余韵的书声，悠扬地颤动早晨的静寂。

这是斗文先生的日课，并且是数十年来也未尝间断过的。他一完了工作，嘴里咬着竹烟吹（竹烟管），手里提着他的孙儿自上海寄来的《国事周闻》，且行且看地走出稻埕（晒谷场）来。

东方刚才发白，朝日还未露出它的脸，只把一片淡红，渲染在对面山头的天空。

篱笆边蹲着一群鸭子，看见有人，便一齐爬起来，嘎嘎地叫着。一只红面鸭子，摆着尾巴，行着不器用（不管用）的掌，颈项伸缩地，走近他的脚边乱啄着。

"小畜生！要出去吗？"

他把篱笆门打开，那群鸭子，又是嘎嘎地叫，争先走出去了，他也出了篱笆门，坐在门外的一株苍古的茄冬树下吸烟。

东山上的天空，由淡红而鲜红，罩在地面的露也渐次稀薄着，不知不觉间已消散殆尽了。才被割了穗的稻槁头，已半就枯黄，田畔里的草露像银珠般地闪着光。

他慢慢地在吸烟，从他的嘴里溜出的烟，一阵阵掠着脑后过去，他把左眼的眼角一闭，看着前头竹围里的炊烟。

从那里的竹围走出三个人，各人都带着小行李，他们弯过一区田（一块田地），来到附近的竹围时，恰好里面也走出三个人来，两下停了足，交过几句话，就并在一起再拐了一个弯，沿着田畔，走向这里来了。

"是陈秀才吗？"为头的出声在问着，"七早八早就出来收空气吗？"

他距来人还远，认不得是谁，及至听着招呼，才晓得他是前竹围的吴想。

"你们也起得早啊！"他在回话间，他们已来至切近（接近身边）了，他看见他们穿的是非新正（农历初一至初五，谓"新正"）不穿的衣裤，就直觉得他们是要上那里去了，"唔，阿想！你们要到台北去是不是？"

"是啦，看博览会去的！陈秀才！你也来去看啦，和我们一同去！"

"不要去。"

"不去是真可惜的！别庄我不知，单就我们的庄里，没有一家无人去看的！听说今天的团体很多，说不定临时火车又要满员（客满）了。陈秀才！做人无几时，你的年纪又这样老了，今日不看，要待何时！

来去看好啦，多看一番光景，岂不好吗？"

"不要去。"

"不去吗？！不去待我们看了回来，再讲给你听啦，哎哟！时间不早了！我们着赶紧去搭车。"

当博览会未开幕以前，当局者都竭力宣传，而岛内的新闻亦附和着鼓吹，就是农村各地，也都派遣铁道部员前去劝诱，本来不怎么有益的博览会，一经宣传的魔力，竟然奏了效，引起狂热似的人气（好名声）。

"去！到大台北看博览会去！"凡是生长在台北以外的人们，谁都抱着这个念头，简直像一生中非看它一次不可的一件痛快的事情。

"阿公仔！警察来啦！"

是初秋的傍晚，斗文先生正在书斋阅报，忽听见他的第三孙儿走得慌慌忙忙地来报。

"怎样不给他说我没有工夫见客去？！"

"我也有对他讲，哪知他都不听，讲他有什么公务要见阿公仔的！阿公仔！公务是什么？"

"好东西呀！动不动就要来打扰，今天又是什么鸟务了！"

他很不乐地走出来，看见老巡察（日本警察）佐佐木笑嘻嘻地坐在厅里等着。

"你又来了吗！"

"陈秀才！对不住了，我也知道你忙碌，你且坐啦，我有话要对你讲。"

他做了多年的巡察，老于经验，说着闽南话简直和台湾人差不多。

"有话请你快说啦！"

"今天是户口调查，顺便带点公务来的。"

"……"

"你去大陆上学的孙仔，何时要返来？"

"没有事情，回来做什么？"

"台湾要开博览会，伊敢（难道）不返来看？"

"那我不知道。"

"唔，你不知影乎（不知道吗）？"

佐佐木说到这里，做了个停顿，把话头转换过来了：

"博览会的协赞会要募集会员，普通会员一口要……五元……"

"请慢说啦，协赞会和我不相干，怎么说到这里来？！"

"哈哈……陈秀才！五元并不是叫你白了的！若做了会员，协赞会就会给你一张会员券、一个纪念章，在博览会的期间内，任你随意出入，还要招待你……"

"那么你的意思是要我加入吗？"

"着啦（对啦），要加入一口啦。老秀才！你去台北看看好啦，看看日本的文化和你们的，不，和清朝的文化怎样咧？"

"清朝！"他听见清朝二字，身体好像触着电般的，起了个寒战，呆呆地看着天窗出神。

博览会开幕了十多天了。本来只弄锄头过日，连小可（细微）的鸡母相踏都要引为话柄的田庄人，一经历游岛都和博览会场，好比游月宫回来还要欢喜，大赞而特赞着，引得不得去的人，羡慕万分。斗文先生虽然无动于衷，但每次听着他们的称赞，免不得总要倾耳细听。然而可怪而又使他失望的，是从他们口里所出的台北市街大都不是昔日的地名了。

"这就奇了！难道台北就变得那么快？"

他有时会这么疑问着，想要径直到台北去。但是台北已非他憧憬之乡了！于是欲行又止，然而过了几天，突然接到他孙儿的同窗的一封来信，那信的内容是这样的——

斗文先生：

夏天去后，我跟着秋一同回到南国来了。回来的目的，一是归省，一是要看博览会的。令孙儿 R 君勤于学课，无心回来，但只嘱侄再三邀请先生，来北看看博览会呢！……

侄　王北芳
十月二十五日

寥寥几行字，早把他的北行之心决定了。但他一点也不声张，也不告知家人，又恐怕碰见相识，一个人悄悄地绕路从 A 驿搭上午九点钟发的列车。

这天恰值星期日，车里早就混杂着各色人群。斗文先生刚踏入车里，不知怎的，一齐的视线都不约而同地集中到他的身上来了。在车里的时装——和服、台湾衫、洋服的氛围里，突然闯进斗文先生的古装——黑的碗帽仔、黑长衫、黑的包仔鞋（形似包子的棉布鞋），嘴里咬着竹烟吹，尤其是倒垂在脑后的辫子……俨然鹤入鸡群，觉得特别刺目。

他接着众人的眼光，像受了侮辱，一时很难受，但旋而不以为意地斜着眼角，把众人睨了一眼，泰然自若地坐下去。

出发的时间到了，当车长的笛声刚在鸣动的瞬间，他急急地把两耳掩住，塞避火车的汽笛，引得车里一阵哄笑。

车体徐徐地动摇着，久住惯了的乡村，慢慢地向后退去。他顿时觉得一阵空虚，很无聊地把随身所带的《海外十洲记》掀开，机械地置在膝上，他的两眼虽然落在书本上，但他的视觉却不注到字里去，车里的会话，自然而然地响到他的耳朵来了。他慢慢儿抬起头来，火车赶着速力，在甘蔗畑（甘蔗田）边走着。

"阿柳兄！你要到哪里去？"

"到台北去的。"

"唔，你平素是那样勤俭，怎样也甘（舍得）到台北去！"

"这，一半是不得已的。"

"是你自己愿意去！怎说不得已？"

"我庄的警察，强强押人着（得）去啦！"

"唔，是这样吗？总是阿柳兄！你也免怨悔，听说博览会是自有台湾，也未曾有过的闹热啦，看一次，就是死也甘愿！"

"看一次，就是死也甘愿！"斗文先生鹦鹉般地随他念了一句。他想，台北如果像人们所憧憬的台北，就不枉他北上一行了。他似乎忘记了台北已经如何的变迁，什么府前街、府中街、府后街，一些昔日的市街，都一一浮上他眼里来，火车走得愈快，他愈耽于幻想。

"艋舺艋舺！"

他听着这叫声，才由沉思回复了自己。

"艋舺……啊！一府二鹿三艋舺的艋舺！"

他像逢着久别故人般的，胸里在跃动着。火车经过万华驿（车站），再通过了二个路门（平交道）时，第一会场的糖业馆的雄姿，早映到车窗来了。车里的人们听见会场，便争着走近窗前看，他也提着脚跟一看。啊！昔日的台北城址，已筑了博览会场，他的胸坎像着了一下铁钟，无力地落到椅上去。

火车三点钟到了台北驿，久在车里坐倦了的人们，蜂拥般地争着下车去。他亦随着人波出了改札门（剪票口）。在混杂的人群里，每一移步，脚尖都要触着人们的足跟，他一跛一跛，好容易被人波推到左边的一角。他抬起头来，望一望街上，许多自动车在街心交织着，十字路上高筑一座城门，他猛然看见城门上写着"始政四十周年纪念"，惊心骇魂的他即时清醒过来。巍然立在前面的雄壮的建筑物，像在对他狞笑，他摇摇头想起"王侯第宅皆新主，文武衣冠异昔时"的字句，胸里有无限沧桑的感慨。

斗文先生，自少就很聪明，十九岁中秀才，一向在抚台衙办事。二十七岁那年，正要上省应试，不料台湾在那一年换了主，同时他的青云之路，也就断绝了。他再也不想进取，卜居在K庄，买了几亩良田，想做农夫，过着他的一生。他的家里藏着一本台湾的详图，当台湾要开始"新政治"的时候，日本人因为不谙于台湾事情，好几次要请他帮忙，但他不但执意不肯，而且还要谢绝一切的政客。

斗文先生在表面看来，纯然是隐居生活，但他的内心却不如是，他的热血，常为同胞奔腾着。当社会运动方烂的时候，他虽然没有挺身去参加实际行动，但对社会运动一分望（一支流）的文化运动的贡献，却是不少。台湾人会说日本话的愈多，理解汉文的愈少，他想台湾人在谋生上，果然需要日本话，但在另一方面，却不可不使他懂得汉文。台湾人与汉文有存亡的关系的！他想要振兴汉文，于是纠合些同志，创设诗社，提倡击钵吟。他们的提倡，很能刺激社会，于是到处诗社林立，击钵吟便风靡了全岛，当时所产生的诗人，差不多有盛唐那么多。他正想借此可以挽救衰颓的汉文，不想那班无耻的诗人，反把它当作应酬的东西，巴结权势，甚之，连和他们不关痛痒的日本的政客死去，也要作诗去哭他。

斗文先生看见这怪现象，后悔当时不该创设诗社。

"击钵吟不是诗，从凡夫俗子的口中唱出来的山歌才是诗。"

他常叹息着说。以为自己创立了诗社，真是台湾文学界的罪人。某年的春天，台北唱开全岛诗社联吟的时候，他想要借着那个机会，改革击钵吟的毛病。起初乘着火车，但不知是他的身体衰弱，还是没有提防，当火车的汽笛在鸣着的刹那，他吓得昏迷过去了。

以后直到十五年后的今日，始到台北来。

台北驿前的路上，人波浩浩荡荡地向着博物馆推着，斗文先生像失了舵的孤舟，正不知道划到哪里去好。台北的地理，早夺去了他昔日的记忆，他正在茫然自失间，不知在什么时候，被推到第二会场的入口来了。他到这时候已不假思索了，随着人们走入第一文化施设馆去。他看见芝山岩的模型，往左边穿过去，那门上写的是："第一室，关于教育的陈列。"他究竟是读书人，对于教育特别有兴趣，很细心地看着学校分布图，但顶使他失望的是他不解日本语，所以不能充分地理解它。他恨恨地摇着头，立在一个图画前，那画上画的是三个学生一排地立在校庭，右二个手里执着鹤嘴锄，左一个手里提着算盘，做着威势。斗文先生有些莫名其妙，但看看上面写的字，又不懂得它的意义。他不得已挽住一个人问：

"拜托咧，上面写的是什么意思？"

"'产业台湾的跃进，是始自我们'啦。"那个人解释给他，还把他看了一下，哈哈地笑着。

"哈哈……""哈哈……"和着笑声，忽地在他背后又爆出两个笑声，他急得回头一看，两个日本学生，两腕叉在胸口，嘴里还不知在说着什么，对他投着鄙视的眼光。他受了这样的侮辱，真正有说不出的悲哀，他想，假使自己懂得日本话，定要和他们辩论个到底。

"倭寇！东洋鬼子！"他终于不管得他们听得懂与不懂，不禁地冲口而出了，"国运的兴衰虽说有定数，清朝虽然灭亡了，但中国的民族未必……说什么博览会，这不过是夸示你们的……罢了……什么'产业台湾的跃进……'这也不过是你们东洋鬼才能跃进，若是台湾人的子弟，恐怕连寸进都不能呢，还说什么教育来！"

他已无心再看了，气愤地走出来，心里还在懊悔着，他想今天简直是白走了了！与其看看博览会，毋宁拜谒抚台衙的好！他一想起抚台衙，好像回复了四十年前的自己，刚才的一肚子闷气，不知消到哪里了。

"老先生！要到哪里去，要坐车不坐？"

会场边蹲着一个人力车夫，看见斗文先生在踌躇的样子，便立起来招呼生意。

"不要坐啦，我是要看抚台衙去的。"

"抚台衙？呀！老先生！你知道它在哪里？"

"在府中街啦。"

"啊！不对不对！"

"不对？不对，那么……"

"老先生！看来你不是本地人，也无怪你不知，若说抚台衙的故址，现在已经起（盖）了台北公会堂（即今之中山堂）了。"

"什么？！公会堂……那么它……"

"老先生！不用着急啦，我招你坐车也就有目的了。我今天终是坐在这里也没有一钱赚，请你给我二十钱赚，我就拖你到抚台衙去。"

十五分之后，斗文先生在植物园里的抚台衙前下了人力车，车夫去后，他面对着抚台衙，坐在椰子树下冥想着……往日那么繁盛的它，如今怎么会这样冷落！啊！屋貌依然，而往事已非了！他的胸里充满着兴废之感，他徐徐地立起来，倚着椰子树，从怀里摸出前日那封信来，抽出信笺，两眼落到信笺上去，但他的眼睛偏在笺末搜出四字印刷……

蓬莱面影……来。

气候已是晚秋，时间又将向晚了，园里连一个行人也没有，微风吹着败叶，沙沙地作响，他的手一松，那张信笺就乘着风飘到地面的一叶梧桐的落叶上去。

注：一九三五年十月十日，台湾总督为庆祝其据台四十周年，在台北举办博览会，历时五十日。

——本篇作于一九三六年一月三十一日，原载《台湾新文学》三月号，

一九三六年三月三日出版

【导读】

朱点人，台北万华人，一九〇三年生，一九四九年逝世。一九三三年曾和王诗琅、郭秋生等组织"台湾文艺协会"，发行《先发部队》《第一线》等刊物。战后因不满国民政府的统治，思想"左倾"，加入台共地下组织，一九四九年被捕殉难。朱点人早期作品《无花果》《蝉》等以自身经验为出发点，表现知识分子对个人自由的追求，后期作品《秋信》《脱颖》等则带有强烈的批判性与社会性。在文坛素有"台湾新文学创作界的麒麟儿"之称。

论者阐释《秋信》，大多特别突出朱点人对日本帝国透过"始政四十周年纪念"博览会的举办，炫耀"产业台湾的跃进"是日本人功劳的批判，然而，只是片面强调这个部分，不免也忽略了作者之所以召唤斗文先生这位还留着辫子、着古装的前清秀才，来到日本殖民统治四十年之后的台湾的用意。朱点人，作为新知识分子，之所以设定这样一位有民族气节的旧文人作为这篇小说的主角，其实是在新、旧文学对立的关系位置当中，用这位"虽然没有挺身去参加实际行动，但对社会运动一分望的文化运动的贡献，却是不少"的旧文人，作为

正面的参照系，对比批判把本来是为维系汉文于不坠的"诗社""击钵吟"，"当作应酬的东西，巴结权势，甚之，连和他们不关痛痒的日本政客死去，也要作诗去哭他"的"那班无耻的诗人"。只有作者所要批判的这个面向，与前者都同时被把握了，我们才能准确解释，朱点人为什么不用新知识分子做主角，而是邀这样一位还坚守民族气节的老知识分子来到历史现场的真正用意。

日本殖民统治者虽透过"博览会""产业台湾的跃进"的活动、说法，夸耀其殖民资本主义是如何的成功，有多么辉煌的成就，但这些成就，莫不是经由独占性与侵略性的手段，牺牲台湾人的利益所获致的。为揭发繁荣背后的被殖民者血泪，作者在叙述斗文先生从原本抗拒参与，最后还是上了火车，北上参观博览会的过程中，借由几个片段，逐步揭示了殖民主义这个伪善的假面。首先写的是，斗文先生被日人警察强迫地捐了五元，加入这个博览会的协赞会，所以，用台湾人的钱来办夸耀日本殖民统治成果的博览会，是其揭示的真相之一；其次，到了火车上，斗文先生听到同车的旅客说，他们之所以北上参观博览会是被警察押着去，因此，所谓博览会"自有台湾，也未曾有过的闹热"，原来这样造成的，又是真相之一。等到了会场，随着斗文先生看到"产业台湾的跃进，是始自我们"的宣传，而升高了不平、愤怒之后，冲突来到了最高点，因此作者就不再隐讳，而是让斗文先生愤愤地发出"倭寇！东洋鬼子！"的咒骂，直接表达"什么'产业台湾的跃进……'这也不过是你们东洋鬼子才能跃进，若是台湾人的子弟，恐怕连寸进都不能呢"的不满。

小说最后的场景，前人大概都从孤臣思国、抚今追昔、不胜兴废之感加以诠释，这当然准确掌握了小说最后透过"情景交融"所要散发的感情，不过若从本文同时也批判了旧文人的堕落来看，与其由此将这篇小说当作消极的遗民文学来定位，倒不如说作者是更深沉地指出：象征前清政权的抚台衙之所以凄凉地被弃置在植物园的角落，是因为台湾有这样没有气节的人，不反抗异族统治，却只会巴结权势所造成的。

——游胜冠撰文

植有木瓜树的小镇

龙瑛宗 著·张良泽 译

悲哀的浪漫与无望的追问。

午后，陈有三来到这小镇。

虽说是九月底，但还是很热。被制糖会社经营的五分仔车摇了将近两个小时，步出小车站，便被赫赫的阳光刺得眼睛都要发痛似的晕眩。街道静悄悄的，不见人影。

走在干裂的马路上，汗水热热地爬在脸上。

街道污秽而阴暗，亭仔脚（骑廊）的柱子熏得黑黑，被白蚁蛀蚀得即将倾倒。为了遮蔽强烈的日晒，每间房子都张着上面书写粗大店号——老合成、金泰和——的布篷。

走进巷里，并排的房子更显得脏兮兮的，因风雨而剥落的土角墙壁，狭窄地压迫胸口；小路似乎因为晒不到太阳，湿湿的，孩子们随处大小便的臭气，与蒸发的热气，混合升起。

通过街道，马上就看到 M 制糖会社。一片青青而高高的甘蔗园，动也不动；高耸着烟囱的工厂的巨体，闪闪映着白色。

来到事务所前的硅砾场时，洪天送露着白齿笑迎出来。戴着大帽盔的黝黑的脸，油光满面。

"来了啊，打算住——"

"还没有决定。想要拜托你，所以先来拜访你。"

"哦？这儿要找个适当的地方，可不容易呀。暂时住我那儿怎样？"

"那真是求之不得的呢。恐怕太打扰你了。"

"我现在独个儿住着。无论如何就这么办。"

本来陈有三就是为这事而来的，没想到一谈即成，顿时松了一口气，小声道：

"那在我找到房子之前就麻烦你了。"说着，他才开始吹气拭汗。

从会社顺着甘蔗田的小道走约半里路，有一条泥沟；马口铁皮葺的矮长屋挤在一起。推开贴有红纸——上面写着"福寿"二字的门，里面隔成三间，前面是泥土间，放置着炭炉和水瓮等厨房用具，屋顶被煤烟熏得黑漆漆，蜘蛛丝像树须一般垂下来。

后面是寝室，高脚床上铺着草席，角落里除了柳条行李箱与棉被之外，散着两三本讲谈杂志。板壁上用图钉钉着出浴的裸女画像。

"×点下班，这段时间你请慢慢准备。"

洪天送说着，便仓皇走出去。

陈有三把篮子放在床上，脱下湿淋淋的衬衣，绞干之后，晾在篮子上。房间里只有一个极小的槅窗，从窗口可望见绿油油的蔗园那边工厂像白色的城堡。但马口铁皮屋顶所吸收的热量，压缩全身似的暑热。被晒成褐色的脸上，油汗黏黏；裸裎的身体，不断地冒出大粒的汗珠。

他把上身投到床上仰卧。闭上眼睛，无数的星星像火花地出现、散落。

翌日，陈有三来到洁净的红砖砌成的街役场（即今之镇公所），从满腮胡碴儿、目光威严的小谷街长接过派令，上面写着：命雇，月给二十四元也。

陪着高个儿而肤色皙白的黄助役巡回向全体吏员拜会。回到助役座位的黄助役以矫作而透明的声音说：

"你是从多数的志愿者里选拔出来的优秀青年，本次能入本街役场，颇值庆贺。希望你不辜负同仁的期望，以诚意、努力奋励于事务。工作是先当会计助理，关于此，金崎会计将指导你一切。"以演讲的口气说完之后，黄助役从容地起立，带领陈有三到柜台的会计科，屈弓着背，笑容可掬地说："金崎先生，陈君拜托您照顾了。"

金崎会计好像在台湾住了很久，颧骨晒得黝黑而凸出，蓄着小胡子，像木偶似的无表情，用僵硬的声音说：

"嗯，是陈有三君吧。那就开始吧，你先做做点钞的练习。"

说着就递给陈有三一束百张的纸币大小的牛皮纸，并教他数法。但金崎会计好像不甚熟练于会计事务，点钞的手法不太高明。陈有三一心不乱地用坚硬的手，一张一张翻数着。这种机械的动作，持续到近中午的时候，身心已感到相当疲惫。牛皮纸被海绵的水沾得湿湿的，腕部像要折断似的酸瘆。

"陈先生，吃午饭去吧。"

真幸运，一个长得高高的男人走过来邀约。他有挺锐的鼻梁和凹陷的眼睛，但说话声带着忸怩的女性温柔。

"但大家还没离开，可以吗？"

"午炮已响了吧，可以自由出去了。"

陈有三向金崎弓腰："对不起，先告退。"看看里边，只有黄助役支着肘，压着桌子的样子，吭吭地发着鼻响，一边看报。陈有三老远地行了一礼走过。

出到外边，正午的太阳像要烧焦脑门那般强烈照射着。街上满溢白光。路上只看到一个从山上来的年轻女子，扁担压得弯弯地挑着一担木柴走过去。穿着短黑裤子和蓝色上衣，她的茶褐色的脸上，汗水淋漓，神色像燃烧的玫瑰色，微微的困惫停留在美丽的双颊上。

市场大约在小镇中央，对于这贫穷的小镇而言，市场倒是相当大而漂亮的红砖建筑物。

踏进市场内，意外地发觉人潮殷盛。挂着豚肉的屋台排成长列，内脏及滴着血的头骸骨陈列着，姹媒（妇人）们来往于其前，讨价还价着。也有人以粗垢的手，从腰包里取出白硬币，用心地数着。

过了豚肉店，便是挂着熏烤烧鸟、紫红香肠的饮食店。那是令人目眩的食欲风景。

蒙蒙混浊的嘈杂声中，有的蹲下来买半角钱的荞麦，拼命扒进嘴里；有的端一杯白酒，像煮熟而蒙眬的眼睛陶然自得；有的蹲在长椅上，一边吸着鼻涕，一边鼓腮咬着豚肉片。——由于煤烟与油脂而发出黑光的食堂，人们一齐把脖子伸进浓味油腻的食欲中。

佝偻而猪脖子的怪模样的男人一边擦着满是油脂的手，一边咧嘴而笑地走出来。因为是嚼槟榔的关系，他的牙齿染得赤黑。

"请坐。戴先生，要吃些什么？"

"杂菜汤、烧鸡，再来上等饭。啊，拿一瓶啤酒来。"戴好像想起来，"今天早上，黄助役虽已介绍过，我就是这个名字……"

他递出名片，上面印着"戴秋湖"。

走过杉板粗糙的栅围，坐到漆朱的桌边。这是特别室。一个穿着古风的长中国服，看来像是儒学家的老先生，透过铜框的小眼镜，瞅了一眼过来。他的衣服到处缝补又有污垢。满布深皱纹的嘴边，一边嚼动着，一边用干瘦而有斑点的长指甲，笨拙地剥着烤咸鲫鱼。

不一会儿，冒着热气的饭菜端来了。戴秋湖老练地拔掉啤酒瓶盖，满满地斟了一杯递给陈有三。他自己的一杯也一饮而干，一边擦掉嘴边的泡沫，一边畅谈起来：

"那个会计金崎先生，你看他那可怕的脸孔，其实是个很好的人。那个人在乡下当过警察，为保持威严，自然就变成那种哭丧脸。有时讲话好像很重，但内心倒很善良，你不必太挂意他。对啦，那个小谷街长也是干过Ｋ郡警察科长的人。还有那个黄助役，他只是公学校（小学）毕业而已，为了干上助役，好像奔波猎官不少。那家伙对我们下级人员就骤变了，作威作福，对上级或对内地（日据时代所谓"内地"指日本本土）人，就毕恭毕敬，真是卑屈的家畜。总之，他对上级的逢迎，就是我们效法的范本。连日本话也讲不好的公学校毕业生，拥有中等学校出身的部下，这似乎太满足了他的自尊心。那家伙，明明是虚荣家，却又单纯，唯唯诺诺追随他，奉承他就可以了。"

戴秋湖凹陷的眼睛闪闪发亮，额骨附近微微泛着血色。

"对啦，现在赁租在哪儿呢？"

"哈，还没决定，暂时麻烦洪天送君。"

"哦，那我也得努力找找看。"

对于讲话爽快的戴秋湖，陈有三不自禁地觉得他是亲切而值得交游的朋友。

"有空务必请你来我家玩一趟。我的地方洪天送很熟悉。"

戴秋湖为了付账，拍拍手，伛偻的男人飞奔过来，像春猫的叫声："要回去了吗？"呸！吐出一口赤黑的槟榔汁。

那天黄昏，从马口铁皮屋顶升起的薄烟，袅袅地融进暗浊的天空；蚊虫成群，慌乱地交飞着。陈有三与洪天送沿着泥沟，走过满是灰土的凹凸路，回到了住处。晚饭后，陈有三穿一件汗衫，洪天送则日人式地穿着宽敞的浴衣，摇着扇子。但洪天送的油光黑脸，穿上浴衣的姿态，显出一种异样风采。

　　走到街的入口处，右边连翘的围墙内，日人住宅舒畅地并排着，周围长着很多木瓜树，稳重的绿色大叶下，结着累累椭圆形的果实，被夕阳的微弱茜草色涂上异彩。

　　"这里是社员的住宅。我要是再忍耐五年，便可从那豚栏小屋搬到这里来住。但是其他的人就可怜了，对他们而言，这里不过是'望楼兴叹'而已，因为他们没读中等学校。"

　　洪天送昂然挺胸，摇摆着身体说着。

　　围墙边两个穿着连衣裙的日本女人，无顾忌地耸肩而笑谈着。被风吹动窗帘的侧廊，一个胖墩墩的中年男子穿着内裤，两手叉腰，凝视着远方。

　　"现在住在社员住宅的本岛人只有两人，一个高农，一个工业学校毕业。"洪天送补充说明。他在这世间唯一的希望是忍耐几年之后，升任一定的位置，住日本式房子，过日本式生活。他似乎陶醉于那种快乐与得意，眯眼含笑着。

　　街道愈来愈窄，小房子杂乱并处。打赤膊的男人们好像都吃过晚饭，聚集围坐在一起。露着栗色肋骨的年轻男子，以灵巧的手法拉着胡琴。尖锐的旋律，像锥子似的钻进黄昏。

　　垂着干瘪乳房的五十来岁老女，拍着棕榈扇子，夸大地嘟囔着：

　　"今年真特别热呀。"

　　这时候，洪天送突然撞了一下陈有三的肘部，压低声音，嗫嚅道：

　　"喂，看前面的女人！"

　　浓描眉毛和艳妆且丰满的女人，坐在椅子上，促起一只膝盖。从卷起的裤仔脚，可窥见白嫩的大腿骨。不客气的视线追赶过来。

　　"可能是卖淫的女人。"

　　洪天送边回顾边说道。

来到壁与壁之间只能通一个人的窄路，通过窄道，便有三间壁板腐朽的古老日本式房子。前后左右都被家屋包围着，角落的小块空地可能是垃圾场，令人反胃的恶臭阵阵扑鼻。

"喂，在家吗？"洪天送发出洪亮的声音。

"谁？"同时打开纸扉，伸出一个怪鸟似的头，透过暗道，探究这边。隔了一会儿，才认出来："原来是洪君，还有客人呢。来，请上来！"

洪天送介绍之后，才知道这个人是他的前辈，叫苏德芳，现服务于某役场。

苏德芳的高凸的颊骨，和收缩的小嘴边，显得脸上干燥而无血色，身体虚弱而多骨，显示营养不良的情状。陷落的瞳孔，奇妙地注满悲凄的底光，那是青春的遗痕吧。

在隔壁的房间，刚给婴儿吸过奶吧？！一个憔悴而苍白的女人，一边扣着上衣的纽扣，一边打开纸扉。

"欢迎来坐。"两手伏地，深深垂了头。

"是内人。"苏德芳在旁边说。

女人也是很瘦，下颚像削过似的尖细。即刻站起来，退回去，一会儿厨房传来格格的声音。大概是在泡茶。黄晕的裸电灯底下，三人盘腿围坐着，摇着扇子。

一点也没有风的沉淀的空气，好像要蒸熟身体。

陈有三赶快问这附近有没有房子要出租。

"这附近好像没有的样子，但我可打听一下。"

苏德芳扭着头回答，接着说：

"我也是到处找寻，最后才到这地方。六叠榻榻米两间，玄关二叠宽，房租每月六元，还算便宜，但你看四周被垃圾包围，空气流通不好，阴气沉沉，害得小孩常年生病，很想搬家。这种生活真受不了。

本岛人没有房租津贴，薪水又低，每月家计可真艰苦。虽可租本岛人房子，但卫生设备奇差，房租也得四五元，为了顾全体统，结果也就在这里落根了。但饿鬼的病，可真吃不消。……"

话语突然中断，俯身凝视陈有三道：

"陈先生，因为你刚从学校毕业，所以告诉你，结婚不能太早呀。殷鉴不远，我就是最好的例子。跟双亲无理的强迫也有关系，也是因为我没有坚定的信念所造成的结果。只是没有想到那破绽会来得那么快。家母虚荣心甚强，我刚刚中学毕业就了职，她便以为这个儿子功成名就了，非赶快教他结婚不可。于是唆使好好先生的家父，令我早日完婚。我毕竟是刚从学校出来，虽然先予拒绝了，但家母便哭哭啼啼说什么我是不孝子啦，说对方读女校门当户对啦，终于那年春天便决定了 T 市的女学校毕业的现在的内人了。你也知道女学校毕业的聘金（如同内地人的结纳金，本岛人是买卖婚姻），比起公学校毕业的贵得不像话；还好，内人虽是女学校毕业，比起来还算便宜一千三百元。家里没有那么多资金，借了八百元左右，装饰了华丽的外观。但婚后第二年，家父突然去世，家里共欠了二千元的债。大部分投注在我的结婚费与学费上，而原有的一点田地全部卖光，也还留下相当庞大的债务，这些债务就落到我的肩上来。现在可惨了。结婚那年我二十，内人十九，我现在才熬到三十岁就有五个饿鬼，最小的孩子现在患肺炎，这个月又要赤字了。薪水迟迟不升，现在还是低得不像话。家用节节升高，几乎无法应付。债务不但不能还，还愈来愈多。被家庭拖垮的我，谁知道学生时代是出尽风头的网球选手，且创了母校的黄金时代。带病而瘦得像猴子的内人，你可知道从前她曾有过楚楚可怜的年轻女学生时代。想到时代在暗中转变之远，真令人感慨无限！"

苏德芳好像要笑似的，歪着嘴唇，抖动着嘴角。

"宝宝的病情好转了吗？"等长话讲完，洪天送急迫问道。

"啊，总算渡过难关了。"

纸扉用旧报纸糊，格子扉被孩子们玩得满是洞洞；褪色的壁上，满是涂涂写写的痕迹；屋里一片杂乱。

这时隔壁的房间传出爆裂的哭声。

陈有三最后再拜托一次租屋的事情，便告辞了。来到街上，洪天送露出同情的脸色说：

"苏先生的薪水还在四十元边缘呢。而孩子那么多，也很头痛。我们要是也到那个地步就完了。"

这句话在陈有三的心上，烙下沉重的阴影。

"到公园去绕一圈再回去吧。"

说着，洪天送步向没有人走的暗寂街路去。

公园里热带林亭亭高耸。坐在长凳上，恰似森林的寂静逼迫上来。长凳后面，茂密的橡胶树造成强韧的暗闃。脚下的微白小路弯曲，而后被吞噬于黑夜中。前面草地的边上，有一群木瓜树，静静地吸着刚上升的上弦月月光，地上投射出淡淡的树影。

"啊，好凉爽。我们那个马口铁皮的矮屋真教人受不了。过十二点，还是那么闷热。"

"说实在的，我一个晚上就累垮了。"

"到能住进社员住宅为止，还要五年的忍耐。但邻居们的没有教养，令人吃惊。姹媒们整天大声饶舌，饿鬼们比泥鼠还脏，男人们喝了白酒就高谈猥亵；跟那些人住在一起，我们都变得卑俗无味。连隔两三间谈话的声音，也像传声筒似的听得一清二楚。深夜里邻居睡觉翻身的声音，也无遗漏地听得到呢。"

洪天送的声音渐渐沉淀下去，直到余音消失于黑夜时，突然阴森森的寂寞掩盖过来。

融于月光的青霞夜气，渐渐深沉。

四周静寂得有些恐惧感。

"走，回去吧。"洪天送说着，伸了一个腰，站起来。

他们白色的衣服被树影浸染着，如同潜水游于树下。

沿着公园的垣墙，慢慢走着，仰望夜空，月亮清爽地摇晃于高高的椰子树叶尖。

由于洪天送的奔走，陈有三好不容易才找到住处。房子在街的东郊，屋后田园连绵，种植香蕉及落花生等作物。家屋是本岛人传统的凹型构造，赁租了侧翼的一间。

当然是土角造的，可能建造未久，那谷壳与泥土混合的墙壁呈现稳重的深茶色。房间也是泥土间，湿气很重，但对本岛人的家屋来说有大窗子。房租几经折冲的结果议定每月三元。

伙食决定自炊。因为农家煮的饭都掺了很多地瓜，煮得稀稀烂烂，在来米少得意意思思而已；菜肴则早晚都有豆腐乳与萝卜干。尽管贫寒出身如陈有三，也不得不想规避一下。自炊的话，既经济，又可吃些想吃的东西，刚毕业的人生活力充沛着。

自炊工具都准备好了，也请洪天送代买了一张台湾竹床。这是花四元买来的便宜货，稍一摇动，就发出吱吱声音。壁上贴了白纸，屋里一下变得明亮起来。在墙壁右上角贴了几个大字："精神一到，何事不成。"

还挂着一幅背着手做沉思状的拿破仑画像。

一切都就绪了。从现在开始就要拼命用功了，陈有三内心强有力地说着。他立志在明年之内要通过普通文官考试，十年之内通过律师考试。这看来像是血气方刚的青少年常有的梦想，但对陈有三而言，由于下列几点原因，当看成带有相当可能实现的要求。

第一，从经济观点而来的对现状之不满。他可被计算的生涯，在这多梦的时代里，是无法忍受的。

最确定的是一年升一元，十年后月薪也不过三十四元。这期间假如结婚的话，就像前辈苏德芳那样地成为一个被生活追赶的残骸。

第二，陈有三以优秀的成绩毕业于 T 市的中学校，这事使他有充分的信心：凭自己的脑筋与努力，可以开拓自己的境遇。

陈有三既已毕业，（他之所以进中学，是因为乡下无学，父亲听说儿子的同学都志愿考中学，便让儿子也跟人家去考试，原先并无定见；中学毕业之后，就没有更高级的学校可进）游荡了四五年，得悉这个街役场有缺员，便赶紧报名应征，击败了二十几名报考者，通过任用考试，这还不是凭努力就可解决一切吗？陈有三满怀美梦。

他在中学时代读过的书，除了教科书之外，便是修养书、伟人传、成功立志传之类。这些书里所描写的人物，都是出身贫困、卑贱，经过任何的荆棘之道，才积成巨万之富，或成为社会的木铎，贡献于人类福祉。这些成功的背后，只有渗血般的努力。啊，或许穷困才是值得赞美也说不定。因为贫苦是成功的契机。

然则，陈有三并没有成为一代风云人物或万人之上的荒唐想法。

在他看着美梦的眼中，罩翳着几许时代的阴影。

第三，他对本岛人的一种轻蔑。

吝啬、无教养、低俗而肮脏的集团，不正是他的同胞吗？仅为一分钱而破口大骂，怒目相对的缠足老媪们，平生一毛不拔而在婚丧喜庆时借钱来大吃大闹、多诈欺、好诉讼及狡猾的商人，这些人在中等学校毕业的所谓新知识阶级的陈有三眼中，像不知长进而蔓延于阴暗生活面的卑屈的丑草。陈有三厌恶于被看成与他们同列的人。看下情则知其所以然：

有时候，陈有三被日本人叫"狸仔"（即"汝也"的闽南语，含有对本岛人侮蔑之意）时，便蹙紧眉头，现出不愉快的脸色，表示不愿意回答的样子。

因此他也常穿和服，使用日语，力争上游，认定自己是不同于同族的存在，感到一种自慰。

但是如同仓库的月租三元整的泥土间，凭靠着竹制的台湾床，看着陈有三的和服姿态，真是滑稽透顶的场面。再说那也许是无法实现的想望，运气好的话，跟日本人的姑娘恋爱进而结婚吧。不是为此而公布了"内台共婚法"吗？

但要结婚的话，还是成为对方的养子较好，因为改为内地人户籍，薪水可加六成，还有其他种种利益。不，不，把这些功利的念头一概摒除，只要能跟那绝对顺从、高度教养、如花艳丽的日本姑娘结婚，即使缩短十年、二十年寿命都无话可说。然而这份低薪的活，无论如何都成不了事。对啦，用功吧！努力吧！必能解决一切境遇。

每当陈有三快乐的空想到达极致的时候，便对自己加以现实的鞭策。于是，他仔细地计算起来：

收入：二十四元

支出：

伙食费　　八元

房租　　　三元

电费及炭费　　一元五角

寄回家　　五元

书籍费　　三元

杂费　　三元五角

结余　　零

但，衣服费、临时费等则向家里请求。另外，陈有三做了一张读书时间表，写上"严守时间"四字。

陈有三寄了一封信回家，表明了他的抱负。

父亲大人钧鉴：

不肖离开膝下，匆匆已过旬余。家人谅必安泰无恙。不肖亦顽健至极，请勿挂念。目前任职会计助理，工作非常单调。由于洪天送兄之奔走，住宿已解决。娴雅住家，房租三元。月薪二十四元。经绵密开支计算结果，尔后每月汇寄五元回家。无法再搏节多汇，敬祈察谅。

然则虽已毕业，并非闲居无为，必拮据勉励，以期他日之大成。不肖谨慎品行，精励公务，利用余暇，不屈不挠，勤学向上，欲以扬家声，而报父母鸿恩之万一也。

敬祈垂察不肖微衷，刮目以待。

残暑炎热，摄生自爱为祷。

不肖敬禀

陈有三想起满脸尘灰与皱纹的老父。父亲三十年来可谓缩紧脖子而储蓄下来的血汗一千五百元，完全投注于学费，等着儿子以优异成绩完成五年间的学业，而后可以过得较安适的生活；而今，竟领如此低薪，每月寄回五元，无助于家计，如此情况，父亲非再如牛马般劳动不可，直到手脚不能动弹为止。想到此，不禁替父亲可怜万分。

虽如此，附近邻居大加赞美道：

"您真是找到好工作。真会赚钱。我的小犬也去都市奉仕，但薪水每月只有三元。"陈有三按照计划用功读书，常在深夜十二点或一点，还可看到他专心一意读书的背影。

有一天晚上，同事戴秋湖来访，邀他出来散步顺便去他的家。戴秋湖对陈有三经常表现出很亲切的态度。陈有三完全当他是可信赖的友人。

去戴秋湖家的路上，不但漆黑且崎岖不平，陈有三几次差点跌倒。他的家是屋顶翘曲的老家，墙壁渗着灰色。

陈有三被引到正厅。正厅正面挂着观音佛祖的画像，两侧壁上贴着各种姿态的上海美人的彩色图片。

正厅中间放置一张圆桌子，上面铺着滚花边的白桌巾。正当陈有三坐到藤椅上时，从入口处走进一个老人。

"是我父亲。"戴秋湖向陈有三说，而后介绍道，"爸爸，这位是新来役场的陈有三君。"

陈有三深深垂下头时，老人像要制止似的伸出僵硬的手，做了请坐的手势。

"简陋的地方，欢迎你来。"

老人露出多皱纹的和蔼笑容。一坐下来，就在长竹根的烟管里，塞进味道强烈的赤麟烟丝，而后扑哧扑哧地吸起来。

老人像南洋酋长似的，皮肤呈赤褐色而松弛。十二三岁的少女端来一盘木瓜。美丽而黄晕的瓜肉上，圆圆小小的黑色种子发着濡湿的光。

"陈先生很年轻，几岁啊？"

"二十岁。"

"哦，正是年轻力壮的有为青年呢。"

"……"

"府上在哪儿？"

然后老人详细地问陈有三眷属、老家、职业等家庭的情况。

"生了像你这样乖顺的儿子，双亲一定很满足。薪水又高，一定有存钱吧？"

"不，每月要寄钱回家。"

这下子，老人伸出下颚，显出讶异的脸色道：

"但是家里也不需要你的钱吧？"

"不，家里很穷，多少要补贴一点家用。"

"真了不起。你这样的青年太难得了。"

老人衔着烟斗，沉思了片刻，而后忍不住地惊叹。

这时，戴秋湖从旁插嘴说：

"是呀！爸，陈先生还很用功呢，随时手不离书呀。"

"哦？那……怎么样？不要光是读书，请你常常来玩。对，这次放假，跟我儿子一起去我们的橘园，怎样？正是蜜柑成熟的时候，景致又好。"

"啊，非常感谢。"

戴秋湖以凹陷的眼光紧盯着陈有三，一边把膝盖挨近，说：

"陈先生，你一个人很寂寞吧。还要烧饭、洗衣，很不方便吧？怎样，我的远亲有位小姐，温柔美丽，你把她讨来不错呀。"

"谢谢关怀。但因种种关系，近期内没有那种意思。"陈有三觉得是不该有的事，内心苦笑说。

"银珠吗？那女孩子我也很清楚，确是好姑娘。"老人边拿烟斗在地上敲敲，边自言自语。

"不，陈先生，你的生活既安定，薪水又高，结婚绝不成问题。再说，本岛人十八九岁结婚的，多的是。"

"问题就在这里。本岛人早婚的陋习，非从我本身改革不行。"

"那是很了不起的理想。但不能把所有人硬塞进那框框里吧？姑且不管那个啦，什么时候去看一次。非常漂亮的姑娘哟。你一定会喜欢的。"

"那还……"陈有三窘困地说不出话。

场面变得有点不对劲，老人混浊的声音打破沉寂：

"真是新头脑的有为青年。我们旧式的人，总以为早些娶妻生子是尽孝道的一种哩，哈哈……"破铜锣似的低声笑着。

数日后，洪天送来访，陈有三一见面就捉住他说：

"老兄，上回去戴秋湖家的时候，真的受不了。"

于是，陈有三苦笑地把那天晚上的事情一五一十地述说了，洪天送频频点头附合节拍似的听着，好像等了很久，陈有三话刚讲完，他便道出了令人意外的事情：

"戴秋湖君之所以对你那么佯装亲切，是因为他别有用心。看他那带刺的眼光就知道是精于打算的阴险人物。对你表示种种的亲切，是想从你那儿得到什么而嗅着你。但一旦知道从你那儿得不到什么的时候，便易如反掌地对你冷淡了。你去戴家被问了很多事情，就像是对你及你家的信用调查。而劝你结婚，想推介远亲的姑娘，就表示你已失去戴家女婿的资格。因为戴君自己有两个妹妹。大的妹妹就因为戴君的暗算阴谋，离婚回家，成了凄惨的牺牲品。大约两年前，街上富家的放荡子死了太太时，他把妹妹的美貌当商品，也不理会她的厌恶，硬是把她嫁给豺狼色魔的放荡子。她长得像海棠那么美。那个浪荡子具有疯狂的兴趣，每当街上新来一个卖春妇，必定要通情一次。而且每当醉酒回家，必然踢打太太，做尽狂暴的行为。他的太太是 C 市高等女学校毕业的有教养的女性，被如此狂暴的丈夫虐待，甚至被染了恶劣性病，原来娇贵之身，无法忍受这些压力与叹息，终于得了肺病。而且那个婆婆又是出名的泼妇，虽然拥有庞大财产，但对媳妇的病，几乎无法令世人相信地一点也不施与治疗。那个婆婆于两年前去世了。想必悔恨地咬着牙齿而断气吧。戴家迷恋于对方地位与三千元，硬把妹妹推到豺狼身上。结果当然遭噩运，染上性病，忍受不了婆婆的虐待，诅咒着自己的命运，企图缢死，幸亏没死成；两家大为紧张，放荡子一时也抑制玩乐，可是最近又恢复原状，终日耽溺于花柳楼。终究戴家由于女儿的切切恳求，把她接回家来。她现在静静地养着受伤的身体，等着再婚的日子。但因为这，她的结婚条件就变得很差了，所以戴君似乎打算把她尽可能地嫁给他乡的人。也就是找个不太知道这件事的他乡人，闪电式地决定。我讲漏了一点，在戴家，那个老爷形同隐居，家务全由戴秋湖君处理。戴君或许原想把这个孤寂的妹妹送给你也说不定，但现在已在铨选之外，恐怕是因为你坦陈了你家的贫困，微薄的薪俸还要寄钱回家。只要使出他那一流的策术，不难得售于他乡相当的家庭吧。大妹妹不能送给你，小妹妹当然免谈了。那个小的妹妹瞳孔浮肿，有点白痴，我先给你注意，你虽然落选，但一点也不足为耻。他把你的人格与潜力完全置之度外，单看你的富裕与否。假若你有相当的资产，那么即使你是无能者或背德者，他也乐得把妹妹献给你。还有，他频频向你推荐远亲的小姐，那是企图从远亲那里得来利益呢，还是只想从你那里挤些媒人钱，真伪不明。总之，要是单纯地相信了戴秋湖君的言行，一定要上当的。他做着许多来历不明的事情，介绍结婚也是他的重要副业之一。就凭他三寸不烂之舌，媒人钱一次至少也有十三元以上的收入。那个老爷好赌博，上次也被抓去关了几天哩。"

西边一带是橘园丘陵地，在斜坡的尽头，这个小镇寒碜地蹲踞着。东边是森严的山岳连亘着，深处便是中央山脉，有如巨兽露出灰蓝色的脊梁，顶着蔚蓝的天空。

陈有三试着翻阅当地的《地理指引》，以丽句概说此地沿革如下：

该地原为番族所占，依据口碑所传，雍正三年（距今三百余年前）汉人始入犁万丹之野，田畴逐日拓垦，移住者自四方来，结茅舍，经久岁月，形成部落。其后住家骤增，以至今日之市街。

其次，产业栏里介绍如次：

该街为郡下物质集散地，市街极为殷盛。附近土地肥沃，水利便利，多出产米、地瓜、甘蔗、蔬菜、芭蕉、凤梨、柑橘、落花生；林产有柴薪、木炭、笋、竹林；工业生产有砂糖、酒精、凤梨罐头等；家畜亦盛焉。

但这是从前的面貌，现在萧条到叫它为生病的小镇较为恰当。为什么呢？那是被地势所制扼的缘故。

这街在往年，是对番界实施理番政策的要地，且为旧行政区域的厅政所在地，所以被充分利用因而繁荣；但其后，理番事业猛快推进，要地迁至H街，适值新州制公布，此街仅为郡的所在地，因此，蹲伏于丘陵之裾的本街，必然走向凋落之途。

著名的浊水溪支流挟着这街附近而呈泥炭色的水流。豪雨来袭，立即泛滥，流失桥梁，交通陷于中断。直到水势减退，竹筏可渡为止，报纸、邮件不用说，连味噌、腌萝卜等食品都告断绝。

小镇三面环山，形成南北狭长的盆地，这个高地平野的中心是邻庄的S庄，因此本街的没落正好促成S庄的繁荣。

S庄不仅是这个平野物质集散的中心地，也是交通的要冲。从S

庄到州所在地的 T 市，或到纵贯沿线的小都市，交通都很方便，而且也是理番政策要地 H 街的中间站。

S 庄是盛产米的输出地，因而多富裕的地主，且社会运动家等人才辈出。总之，整个 S 庄富于进取的气象；相反地，本街的人们是保守退伍的，几个有钱老爷，也不想做事，终日沉浸于鸦片烟中。

登上山丘，越过相思树梢，俯瞰这小镇，可以看到木瓜、香蕉、槟榔、榕树等浓浓绿荫覆罩着黑色的矮屋顶。稍稍离开小镇的右方角上，制糖工厂像白色的城郭似的，被一片的甘蔗园包围着。愈远愈深的碧蓝天空里，积云静静地屯驻着，在可望的视界里，尽是丰饶的绿色南国风景。

进入小镇，驿前路是镇中最好的路，只有单侧建红砖的二层楼房，这便成为花柳街。

可能是来自北部的年轻卖春妇们，穿着花里花哨的艳色上海装，或向行人送露骨的秋波，或露出黄牙齿而笑。对面有一间叫莺亭的朝鲜楼，另有一间日本人的妓院。不知何处漂来？那兔唇且出了小疙瘩的女人，或用墨笔深描眉毛的圆髻瘦小的女人站着讲话的姿态，依稀可见。

市场前的马路叫"大街"，但两侧烧焦似的黑柱子、腐朽的厢房，狭窄的亭仔脚下，豆粕与杂货类杂乱并陈，倾斜的屋顶上处处长着杂草。封满尘埃的杂货店里，商人像长了青苔的无表情的脸，终日沉坐着。满脸纵横皱纹的老人，在亭仔脚的地上，伸出枯枝似的脚，衔着长长的竹烟管，懒懒地打着盹。

强烈日光下的十字路口，张着蝙蝠伞，卖着落花生的榕树般苍黑男人，好像在那儿无聊地抱着膝盖蜷曲着。

卖着一片一分钱的凤梨等水果摊，金蝇嗡嗡地聚着。

陈有三经常穿着浴衣，笨拙地系着宽条布带，毫无目的地漫步街头，看着如同石罅中的杂草那般生命力的人们，想着自己与他们之间有某种距离，一种优越感悄悄而生。

摇摇晃晃的漫步中，看到咻地用手擤鼻涕的缠足老妇女，或者毫无条理、高亢的金属性声音叫唤的姥媒们，便蹙起轻蔑的眉头。

但，在这泥沼中的人物之中，有一天晚上，有人深深地震撼了陈有三的心。十三夜的月亮高高照着黝黑的街。陈有三读书之后，漫步到街上来透透气。

来到街郊，那儿有并排的棕榈，陈有三坐在树下的石头上，得到片刻的休憩。忽然透过静寂传来纤细澄清的音色，丝丝地渗进心里，扩大涟漪。青白月光和薄霭笼罩，屋顶如覆霜似的发白。正好对面的屋子里，有一个年轻的少女在弹着台湾琴，穿着草色衣服的艳丽少女，在灯下低着头，露出美丽的侧脸、发亮的瞳孔、端正的鼻梁，如同红色花蕾的嘴唇，还有密厚的黑发，这一切似乎可闻得淡淡的香味。

少女的旁边有一个穿黑衣服的微胖女人，大概是她的母亲吧，叉着两腿，蠕蠕咀嚼着槟榔。

陈有三感到热热的醉意，不可名状的感情痒痒地骚动身体。

她奏的曲子是中国古代的悲歌吧。那幽婉的旋律微微震荡心弦。陈有三的脚跟被遥远而分辨不出喜悦或哀愁的感情与空想之波浪冲击着。

"坦白跟你说，我被母亲逼得非订婚不可。大后天是正式的相亲，一定要请你跟我一起去。"洪天送的黑脸泛着微红，难以启齿地说着。

"哦？那真第一次听到——"

"最近才决定的事情。对方是商人的第三夫人的独生女，因为有陪嫁钱，家母便大为兴奋。为了想嫁给中等学校毕业的人，便把白羽之箭射向我来。"

"好呀。"

"反正我们是没办法恋爱结婚的吧。那就不如结个赚钱的婚。毕竟有陪嫁钱的人不常有。"

"这就是有企图的结婚观。"

"不管是不是有企图的结婚观，我只是聪明地抉择现实的路。现今，我们的风俗是买卖婚姻吧，女人依其美丑、教育程度、家世等条件而有价格之差异，但不管差到哪里，男方总要拿出钱来买女人。但偶尔也有例外。即如中等家庭只有独生女的情形下，便多少附送些陪嫁金，找个相当学历与生活安定的男人。假如追根究底，对方也是有企图地以陪嫁金钓个条件好的男人，所以不管怎么说，我们没有真正的选择之自由。诚然相貌的美丑，偷看个两三回也许就可知道，但性格等问题，非得相当期间的交往是看不出来的。总之，我们的结婚，就像抽签，幸与不幸全由签来决定。这么一想，与其花钱买，还不如以送聘金为名目，其实从对方捞一笔过来较为聪明哩。"

"嗯，你的说法确有一理呢。这一来，结果能享受到利益的只限于有一定地位的人吧。"

"嘛，可以这么说吧。那个商人拥有三个妻子，女人们争着存私房钱，而那个第三号夫人只有一个女儿，便把私房钱统统给她。"

当天，包括陈有三，总共六人浩浩荡荡地来到女方的家。女方家开商店，店里摆着各色各样的棉布类及绢类，一个五十出头的肥胖而痘痕面的男人，细眯着眼，满面笑容，招呼大家入座。

"恭喜头家，今天真是大好吉日，没有比今天更高兴的了。"瘦得像枯柴的媒人，高声地恭维着。

通过店面，里面有漂亮的正厅，明窗净儿；正面有观音佛像，神龛上供奉着祖先的牌位，线香的烟缕缕袅袅；烛台上镀金字的红蜡烛吐着小小火焰。侧面的墙壁上，挂着穿清朝礼服、留长指甲、戴碗帽、蓄八字胡、瘦得像木乃伊的鸦片鬼似的男人的肖像。画像上满是尘灰。

紫红的绢加了刺绣的花灯一对，垂吊于左右。

"像洪先生这么敦厚而且前途无量的青年，可不容易找到的呢；加上美珠小姐的美貌，真是相称的一对鸳鸯呀。这也是前世两家的姻缘。真是可喜的日子……"

"笨拙的女儿，不知能不能合乎各位的家风，令人挂心。哈哈哈……"

"不，今天真是可喜的日子呀。"媒人不知第几次的恭维之后，向同座的人说，"那么，就开始吧。"

同座的人重新端正坐姿。

一会儿，正听得鞋声、衣服的窸窣声时，一个穿着闪烁光泽的淡桃色缎子上衣和深蓝色裙子的少女，捧着茶盘，俯首移着碎步走出来。穿着黑色衣服的老婆婆好像要抱住她似的领着她。少女在大家的面前恭敬地行了一礼，把茶盘端向洪天送的母亲，然后依顺序回绕过去，最后来到洪天送跟前。洪天送拘谨的表情，颤着手取了一杯，少女羞涩地低头像一朵含笑花。绕过一圈之后，少女静静地引退下去。

大家啜饮着茶。那是放了冰砂糖的涩涩甘味的茶。

再一次听到鞋音、衣服的窸窣声，像前次的那样被黑衣老婆婆抱住似的少女又出现了。洪天送把折叠的六张新纸币放进喝干了的茶杯里，而后放在少女端出的茶盘上。大家也各随己意地把纸币放进茶杯里。陈有三也放进一元纸币，当少女转来的时候，他一边把杯子放上去，一边下定决心地偷看了少女一眼，浓施脂粉的脸上，无任何表情，仿佛羸弱的深闺小姐的苍白。

"几岁？"陈有三低声地在洪天送耳边问道。

"十六。"洪天送也像怕别人听到似的小声回答。

紧接着同座都骚动起来。交易开始了。聘金一千二百六十元之中，五百元作为男方筹备家具的费用，其余七百六十元必须付给女方。而第一次支付金额三百元整，决定现在支付，洪天送的母亲从怀里取出崭新的钞票，小心翼翼地排在铺着红纸的桌子上。

这样聘金的收受对洪天送而言，仅止于旧习形式上的蹈袭。按照预先的约束，聘金暂且收下，扣除实际的结婚费用，其余额便与陪嫁一齐送还男方。

"这很抱歉。"少女的父亲接过去，一张一张地算着说，"没有错。如数收下。哈哈哈……"

一入十一月，炎炎燃烧的太阳也逐日减弱照射而变成黄金色，苍穹澄清无涯。如水清澈的冷风飒飒吹来，路树呈暗橙色摇曳着。

高原的新秋街上，几分变黄的树梢或增黑的屋顶，看来像静静地在喘一口气似的。

一到夜里，街上的犬吠声或其他，都像掉进深渊似的静寂下来。

被大热天蒸得像铅的头，完全冷彻下来，陈有三的功课也大有进步，常不知不觉读到深夜。

当全身没入读书之中，不可名状的感激与欢喜的波浪一阵阵拍击过来。

深夜，翻阅古书，感到古人、伟人与自己近在咫尺之间，就像在贪睡的街上，一个人昂然而走，体内涨着热情与骄傲。

到了十二月，天气果然变得寒冷了。风卷起沙尘，粗暴地驱回着街道。阴沉沉的天色，小镇也变成灰黑色的基调，冷颤颤地。

虽年底已近，但小镇这一点也没有异样，只因这儿使用阴历。

元旦降临了。

街上只有日本人家立着松竹，而本岛人几乎没有人立它，且照常开店营业。

陈有三出席了街役场主办的拜年会之后，本想回家一趟，突然中学时代的同学廖清炎来访。廖清炎穿着浅灰色的西装，外套一件风衣，腰带束得紧紧的，何等潇洒的都市青年风采。

"喂，真难找呀。"一跨进门槛，廖清炎就发出爽朗的声音。

"哦，是你吗？真难得。请进请进。"

"最近好吗？看你好像没有什么变的样子。"

"老样子啦。你变得都认不出来呀，好一个派头的绅士哩。"

"这样吗？多谢夸奖。但尽管堂堂衣装，其实我只是月薪三十元的穷小子呢。月薪三十元只向你秘密告白，对一般人都吹嘘五十元。以三十元分期付款，穿上这唯一的好衣服，只要装出高级社员似的面孔，就会受到尊敬与较好的服务。"廖清炎一边昂奋地滔滔而言，一边从口袋里掏出红茉莉牌香烟（台湾专卖局制造的香烟），皱着眉头，点了火。

"不抽烟吗？"

"不抽。来得正好，差一点我就回家去了。归省暂且搁下，慢慢聊吧。"

"不打扰你吗？我也要乘下一班列车到K街去，这还有三个钟头，就请你陪我吧。"

"只听说你毕业后在台北，但不知你在哪里服务。你说月薪三十元，到底在哪儿服务呀？"

"就在S商事会社呀。因为我的一个亲戚在那儿当过经理，凭那个关系进去的。待遇还比其他社员稍好些，工作也比较轻松。那你的待遇怎样？"

"我嘛，我是二十四元。"

"这么说，是相当拮据啦？但其他的朋友也都差不多呢。总之，一切都幻灭了。我们不知为什么而读书呢。"

"总之，在学生时代，我们把社会看得太乐观了。"

"当然是没有认真去思考社会，但多少知道社会是复杂而多风浪的，只是没想到这么严重就是。社会就像巨岩似的滚轧过来，而我们是被压碎得连木偶都不如的可怜者。"

"是呀。学生时代搞什么数学啦，古文啦，拼命往艰深的地方钻研，一旦出了社会，才惊讶于它的单调。我每天从早到晚，就是算钞票而记进简单的账簿里。"

"所以我五年间所得到的知识，干干净净地还给了学校。每天，我只记些借贷的数字，不要多余的知识。顶多，会打算盘就好了。"

"也就是说生活里面没有创造性。但我们非努力赋予生活的创造性不可，我想。"

"你仍是个理想主义者。做学问——亦即苦学勉励而创造自己的生活，然而突破了充满苦斗的难关之后，胜利的光明在等待着你吗？不，仍然不过是拮据生活的另一种变形而已。这听来好像是唱反调，其实我们所生存的时代，正是反调的现象。从前的人但凭独学力行便可立身处世，现在还有人抱着那种古色苍然的理论理想，这不能不说是难能可贵的人。我认识的一位朋友，于内地的 H 大学在学中，就通过了律师考试，毕业后，服务于法律事务所多年，以后在台北独立开业，但业务清淡毫无收入。因为同业者很多，经历老练的律师不知有多少，所以竞争不过大家。要赚个房租与生活费就已焦头烂额了，生活一点也不轻松。"

"你刺痛了我的要害。坦白说,我准备参加普通文官考试和律师考试。"

"你真是个可怜的光头堂吉诃德。难怪排着这些参考书、伟人传、出身成功谈等书籍。这种乡下的古老空气,对你实在不好。"

"但假如我的第一目标是改善自己的境遇,即使由于时代的潮流无法实现,那么由于勤学而获得的知识与人格陶冶的第二目标也不能抹杀的吧。"

"哦哦,把那知识丢给狗吃吧。知识把你的生活搞得不幸。你无论如何提高知识,一旦碰到现实,那知识反成为你的幸福的桎梏吧。再说,在乡下准备律师考试什么的,没用的啦。"

"知识会陷吾于不幸吗?知识难道不是我们生活的开拓者?"

"知识要抱着华丽的幻影时,也许可以缓和几分生活的痛苦。但幻影终究会破灭。当丧失了幻影的知识一旦与生活结合的时候,则只有更加深痛苦而已。举个具体的例子,有一个爱好欣赏音乐的人,他具有相当多的音乐知识。他现在没有职业,但拥有快乐的幻想:假如有了职业,一定要先买电唱机、贝多芬和舒伯特的作品。而后,他果然找到职业了。但找到的职业仅仅能保障生活的收入,毕竟没有余裕来买电唱机或音乐家的高价作品。艺术作品的唱片每张至少也要三元左右,至于交响乐作品集的唱片,更是买不起。因此,把他所具有的音乐知识联结于现实生活的时候,他非时时感到痛苦不可。总之,你忘记了你自己所处的地位。

"当然也有人随着知识的增多,而使生活更丰富、喜悦、向上。但那仅限于被选择的少数人而已。你是和巨大风车格斗的堂吉诃德。我劝你与其做有知识而混沌的堂吉诃德,不如做无知而混沌的桑丘。当堂吉诃德朝着风车飞奔过去的时候,桑丘不是在旁边聪明地观望吗？"

"但我认为堂吉诃德那种劝善惩恶的观念或知识本身，并非不好。"

"问题就在这里。也许你所相信的劝善惩恶思想是没有错的，但是他把对象亦即客观的存在看错了，于是他的悲剧发生了，那可以说是正确的知识吗？"

"我们还年轻。我希望把我的能量消耗于好的方面。我也知道我所站的现实地位是在泥沼中，是可以计算的悲惨生活。但我非从这里往上爬不可。假如我的目标是黑暗而绝望的话，到底怎么办才好呢？"

"这，怎么办才好呢？我也不知道。我无法给你任何指针。我只是说我们的未来，除非有奇迹出现，否则必然一片漆黑。"

"断念了立身处世，放弃了知识探求，拿掉我们青年的向阳性之后，我们到底剩下些什么，岂不是成了行尸走肉的残骸？"

"喂，不是我要强求你那样。只因希望你不要持有徒劳无功的幻灭，才说了这些话。"

"那么你怎么过日子？"

"也不特别怎样，只是令人钦佩的读书一道，很遗憾，我现在没有那种心意，连报纸也懒得去读。因为读了，徒增忧郁而已。不过，你对女人这东西，知道多少？女人便是无知的美丽动物哟。玩弄女人便是我的兴趣。只是非得要领不可。在薪水的许可范围内，和女人调调情，看看电影，喝廉价的酒，多少便可酝酿醉生梦死的气氛。"

沉沉深夜，寒气逼人。手脚都冻僵了。二月的风，咬响牙齿，跫音粗暴地跑过黑夜。

陈有三为了防止脚的麻痹，一边摇着脚，一边凝注着视线，但并非看着打开来的书，而是驰骋遐思于无止境的不定方向。在南国，一到这季节，脑袋变得冷静，是读书的好时期，但陈有三反而读不进去，读了一个钟头左右就会厌恶，茫然陷入空想。陈有三对读书会感到倦怠，并不是完全是同学廖清炎讲了那些话所带来的影响。而是这个小镇的怠惰性格渐渐地渗入陈有三的肉体。正如南国威猛的太阳与丰富的大自然侵蚀了土人的文明一样，这寂寞而懒惰的小镇的空气，开始对陈有三的意志发生风化作用。在如同煮熟的盛夏里，陈有三以一种沉浸于"法悦境"的情绪里猛然用功；但一到气候冷彻的时候，便稍看一点书就觉得疲倦不堪，说不出一种无精打采的感觉。

从同事、朋友口中听到的，不是人家的谣言，便是关于金钱或女人的话。他们甘于现状，张着血眼寻求掉落于现实中的些许享乐而满足。陈有三虽然反对他们，但与他们接触多了，那种反弹的力量愈来愈迟钝，这使他有点焦虑但又不得不采取观望的态度。当然，廖清炎所留下的话，成为黑暗的真理而缠卷着他。在这乡下地方准备参加律师考试什么的，的确是荒唐。那不正像踏出校门的年轻人所抱的海市蜃楼般的美梦吗？何况在还没有几分成果之前，不是已在意志之中发生了缝隙吗？

然而这是不行的。即使律师考试是青年一时冲动的计划，但至少有可能性的普通文官考试或中学教员检定，非取得不可。

在这乡间一旦放弃勤学之后的生活，岂不像囚人似的过着无奈的生活？还是去找同事、朋友，口沫横飞地谈些无聊的愚痴的身边琐事与金钱的事以度日吗？与其过那样无聊而呆傻的时间，不如一个人在家里睡懒觉。还是去卖淫窟，抱那些又瘦又黄的女人吗？只要想起那如同野狐狸的脸：心里就要作呕。不要逼得太紧，只为了把公务以外的闲散时间，以较好的方法来排遣的话，则除了读书之外，并没有较有意义的生活。这是现在唯一留下来的路。

即令积聚的知识将来带给生活不幸的阴郁，但比起抱卖春妇的生活，不会更不幸的吧。所以，陈有三重新鞭策即将滑落松弛的心。

因此，陈有三唯有拥有新的知识才感觉一种矜持，才能够俯瞰群众于他周围的同族们。要他放弃新知识，简直就是令他还原于被某些人所鄙视的同族。要把他撞落于没有教养而生活水准低得如同泥沼的生活，对他而言，是无法忍受的。

然而，有一个人意外地拿了黑暗的言语投掷给他。那就是他的同事，服务二十年的林杏南，一个过了四十而皮肤变黄且浮肿的男人。三月暖和的午后，两个人留到最后在办公室，难得林杏南劝他说：

"马马虎虎把它结束，回去吧。"

陈有三乘此机会便把账簿收拾进去，和他并肩走到街上来。大约五点左右吧。被污染的蔷薇色的云彩挂在天空，灰白色的光线飘在街上。林杏南以低沉而黏黏叨叨的声音向陈有三说：

"你真是这个街上难得的青年，我很少看过像你这样的青年呀。也不和同事讲淫秽的话，也不喝酒抽烟，而且听说很用功。——大家谣传你是个不满足现状，抱青云之志的用功青年。但我从黄助役那儿听到很奇妙的事。黄助役在几天前向我说：听说陈君拼命用功准备参加什么考试，但仅以现在的场所为立足点，自然会疏忽了公务，对现在的工作不努力的话，对方也很麻烦的；总不如辞掉职务，专心准备，岂不更容易达成目的？我虽然一片苦口婆心对你讲，在世间反正都无法照自己的想法去做的。假定你通过了普通文官考试，你也看到这是失业者众多的时代，而且有资格的人还有很多找不到职业。这情况之下，你到底能否获得更好的地位还大成问题呢。目前，同事雷德君也耗尽家产，好不容易毕业于内地的某大学，拿着中学教员的合格证，到处活动也找不到职业，赋闲了两年，终于来到这儿拿三十元的月薪。你也在这不景气的时候，敲掉现在的地位而读书的话，这未免太那个了。"

陈有三看到自己开始摇晃崩溃的感情，咒骂且悲伤自己不得不背负没有支柱的生活之黑暗。陈有三憎恶地凝视着桌上并列的教人如何立身成功的书籍，心想那些不外是空空洞洞的传说而已。具有焦点、多彩而振作的生活被切断，暴露于灰色沙漠中的生活之路，竟如此延续到彼方的墓场，这使陈有三吐出焦躁的悲叹而恨恨地咬牙。

有一天，陈有三想起黄助役对着金崎会计故意说得很大声的话：

"我认为社会的不幸，在于知识过剩。知识经常伴随着不满。因为它使对社会客观性认识不足的血性方刚的青少年，或反抗社会，或陷于自暴自弃。所以在公所服务的人，与其要找有知识的人，还不如找个全神贯注于职务、工作正确而字体漂亮的实用性人物。"

这句话现在还清清楚楚地回响于他的耳边，非变成无知的机械不可。

抽出青春与知识之后的无依无靠的生活，就像漂泊于绝望而虚无之中，陈有三感到目标与意志飞散而去，经常像脱壳似的坐在竹床上。经济上可算得出来的生活，二十四元的薪水，除非有奇迹出现，否则几年后便由双亲的意志，跟不认识的乡村的姑娘结婚吧。而后继续生出相应于热带地方的饿鬼们。如牛马般劳动，被家庭拖垮，变成卑屈的俗物。饿鬼们因为营养不良而枯萎，变成青色的小猴子似的。

呜呼！我才不干哩。

陈有三涌起一股莫名的愤怒，但并没有持续多久，便渐渐淡薄，败灭的暗淡心绪浸蚀脚跟，渐渐涨高，开始浸溺脑浆。如同蜘蛛网上挣扎的可怜虫，一种莫名的巨大力量的宿命俘虏了他，随着日子的增加，强烈地啃食他的肉体。

这段日子，陈有三像只野狗，漫步到郊外很远的地方。三月末的斜阳投射橘色的轻盈光华在原野上、森林上。森林多属苍郁的常青树，其中也混杂着落叶的裸木与红叶树。森林的上方，青瓷色的天空连接远方。走在路边植有相思树的路上，看到散落于田野间的富裕的白壁农家或低矮倾斜的贫农的土角厝，只有木瓜树是一样的，直立高耸，张着大八手状的叶子，淡黄而滋润的果实，累累地聚挂于干上。这美丽色彩而丰盛的南国风景，温暖了他的心；在空洞的生活里，微弱的阳光透射进来。

林杏南来劝说："一个人烧饭很麻烦，不如来跟我一起住，正好房间空了一间。"当陈有三接受了这建议之后，才彻底看出林杏南的劣根性。对于同事们批评林杏南的为了赚几个钱而低三下四，陈有三感到不可名状的怜悯与侮辱。这个肉体肥胖松弛的四十岁男人，经常表露无动于衷的寂寞表情。他被同事轻蔑与疏远。因为老朽而无能，谣传他随时会被杀头（解聘），所以他除了拍上司的马屁之外，就像啃住桌子似的，慢吞吞地工作。比他年轻甚多的黄助役，以指责学生的口气稍一说他，他便唯唯诺诺地现出恭顺谄媚的样子，如同家畜那样可悲。陈有三经常想起自己也像他那样惨不忍睹的姿态，便增加了心中的黯淡。

林杏南的吝啬是无人不知的有名，一双破鞋，加上十年如一日地穿着的褪色而手肘磨损的蓝哗叽服，一身古色苍然的姿态，即使污垢的一分铜钱，他也爱得像生命那样无限执着。

陈有三对自炊工作已感到厌倦，而林杏南说房租、餐费、洗衣费合计每月十三元。那跟现在的费用相差无几，且对他的好意无法拒绝，终于答应了。

陈有三搬家过去的那天晚上，他杀了鸡、买了老红酒款待。他浮肿的脸即刻变红，呼呼地吐着艰苦的气息。

"你好像不抽烟吧。我也是活到这把年纪从未抽过。而且酒我也不行，这样喝得满面通红，实在很失礼。今后和你同在一个屋顶下，就像一家人同住，没有比这更高兴的事。"林杏南从未有过这样热情的言语。

陈有三也感到全身血管热胀，悸动高鸣。

"陈君，你还年轻，不知金钱的可贵。金钱是这世间最重要的东西。有的人重视金钱胜过父母，有的人为了一点钱而陷害朋友。最近，住在这条街底的一个人，为了想要朋友的五元，竟把朋友撞落崖下，抢了五元逃走，直到尸体腐烂才被发觉。——金钱是这般程度的可怕。决定人的幸与不幸，绝不在于知识与道德，而是金钱。在金钱之前，没有道德，也没有人情、怜悯与道理。一个饥饿的哲学家，为了获得食物，恐怕也难辞当个街头化妆广告人，否则死吗？留下来的妻与子怎么办？曾看到街上的老儒学先生，经常谔谔而论孔子之言行，但为了贫穷而诈欺他人，结果双手被缚于后，悄然被带走。陈君，背后有人说我老朽啦无能啦，我虽很遗憾，但也不得不承认。我的杀头（解聘）恐怕也不会太久。想起这，我几乎要发疯。养了七个子女，而劳动的手只靠我一人，我想你也会同情我吧。到今日为止，只为了喂食这群狼犬，就已使尽浑身解数了。一旦失业的话，怎么办呢？你看吧，我这样的身体，还能受得了肉体劳动吗？再说要第二次进会社或役场，像我这般年龄是绝对不可能的。到时候，家人就非迷失于街头不可了。所以，我非紧紧咬住现在的位置不可，即使延长一天也好。为此，受到嘲笑与屈辱也不介意。而且不幸的是，我所寄望的长子竟长久卧病不起，医治也不见起色，恐怕活的日子也不多。次子于今年春天好不容易才毕业于公学校，现在当了Ｓ会社的工友，多少帮助了一点家计。

再想到底下的幼小狼群，要养到稍为长大为止的长久岁月，心里就像在黯淡的地狱里煎熬似的。尤其是长子，十四岁以优异成绩毕业于公学校，马上就到 T 市的商店当学徒，晚上读夜校，二十岁那年通过了检定考试，但也因此而完全搞坏了身体。因为他自小身体就不很好，但脑筋很好；而且很孝顺，每月从未间断地寄钱回家。想起来，真是个可怜的孩子。"

受到黄色灯光照射的林杏南的双颊，难得像这样带着光泽，口角痉挛着，目光闪烁。

那一夜，陈有三因喝酒而无法入眠，无止境的思潮在胸中翻滚。黄色土角壁上，一只守宫（壁虎）一动也不动地停止着。随着夜阑人静，渐渐听到一阵接一阵的咳嗽声。那是卧病的长子的咳嗽吧。

翌晨，陈有三异于平时地早起。这时候，林杏南正在照顾孩子们，看到陈有三，便笑容可掬地说：

"起得好早呀。"

"是呀，还不习惯于新环境，一早就醒过来了。"

说着，想要去刷牙，便走向厨房那边去。正当跨进门槛的时候，他突然愣住了。灶边站着一个薄水色上衣、黑裤子的少女。她也好像吓了一跳似的，身体无所措置地垂下头，故意不加理睬。陈有三甚感意外。她一定是林杏南的女儿。陈有三自然地觉得自己变热起来，提起勇气偷看了一眼少女端正白皙而丰满的侧脸。也有十七八吧。陈有三心想：真是淑惠美丽的牡丹似的少女。

朝阳从小矩形的窗口融化进来。看样子很能吃的孩子们已坐在桌边，陈有三呆然地盯视他们。当 S 会社工友的第二个儿子，向他亲切地点了头。

豆腐、花生、酱菜与味噌汤——这是在餐桌上并排的菜肴。

第二个儿子在饭里浇些酱油，不配菜就扒光。孩子们忙着动筷子，不停地吸着鼻涕。

细雨蒙蒙的晚上，好久没来的戴秋湖陪着同事雷德一齐来访。

"好久不见。还在用功吗？"戴秋湖陷落的眼睛掠过阴影。

"用功已经停止了。但打发余暇也很费劲。"陈有三自暴自弃地回答。

"对的啦。乡下地方是不适合接受新知识的单身汉呢。既无刺激，也没有适当的娱乐。"雷德同感地说。

"因为陈有三一点也不和人交际，所以才寂寞啦。欢迎你随时来玩呀。"戴秋湖亲切地说，"走吧，今夜到那里去玩吧，是吗？雷君。"

"是的。这么寂寞的夜晚，令人浑身不自在。到那里去解解闷吧。"

"陈先生，快准备。这么沉闷的晚上，关在家里也不是办法，出去玩吧。"

"到底去哪里呢？"

"不要管他。走吧，走吧！"

失去光明与希望的倦怠的心，终于无法抗拒这邀约。

年轻的身体无法虚度，总要企求某种刺激。

穿着高脚木屐，打转着伞，三个人一齐出门去了。路黑暗，踩过积水处，就溅起泥水。

街路与商店全部湿淋淋的，一片黑漆漆，所有的杂音都消失了，沉寂寂的。

小雨已止。十字路口淡淡的路灯，渗透到视界里来。

通过小巷，沿着曲折小路走，忽然来到一家好像人家的后门。戴秋湖推一下快要朽烂的门，吱咿一声被推开了。里面连着暗暗的走廊，右边是厕所，沾满斑点的灯泡下，金蝇飞绕着。可能因为雨后的关系，从厕所发出的臭气特别强烈，令内脏翻滚欲呕。小庭院里，橘树的锈叶只有受到灯光部分，发出油光。

正好厕所的门开了，一个穿着深蓝色长衫的女人，急急忙忙地飞奔出来。

长衫开衩的裙角，露了一下白色肌肤的大腿。

"哟，明珠——"戴秋湖尖锐地叫了一声。

"啊啦，请坐。雷先生也来了，还带了一位新客呢。"

"对，对，这位是陈先生，生平还没有接触过女人的童贞呢，给他好好招待一下呀——"戴秋湖说着，就跟那女人肩靠肩，醋醉似的走在前头。雷德也不住嘁嘁笑着跟在后头。两侧隔间的房屋长长并排着。明珠的房间在第三间。房间狭窄，从粗劣的木板的缝隙里，可以窥见隔壁的房间。铺着草席的地板的角落里，叠着淡花纹的棉被。架上有一个篮子，所有女人的用物都放在篮里。明珠递香烟给大家，并点了火。两三个女人一拥而进。她们朝第一次来的陈有三好奇地看着，且频频送深情的秋波。她们穿着鲜艳色彩的单色长衫，也有穿着洋装的。都像河童似的剪了短发，一样地涂着令人目眩的白粉，浓浓的口红，还有用力地描着弓形的眉毛，露出黄色的牙床。这些败类女人把咭咭的娇声充满房间。有人光把脸伸进房间，扫一下贪欲的视线，而后走开。雷德垂着眼角，和女人们无所不谈地饶舌着。戴秋湖从刚才便一直和明珠扯个不停，完全脱离了现场。只有陈有三闲得无聊，身心拘谨得想早点从这不适且厌恶的空气中逃遁。"对啦，我忘了介绍黄助役的爱人。这个名叫爱珠的美人，便是黄助役的第 × 夫人。"

被雷德所指的女人是一个身材小巧，穿着紧身绿色长衫，呈露出婀娜肢体的女人。

"啊啦，讨厌。"

那个叫爱珠的女人，含羞带笑地睨着雷德。接着将昂热的目光投向陈有三。

看来像是初出茅庐的十六七岁姑娘。

"黄助役这个人，一看就知道是这方面的猛将呢。"雷德扬着轻飘的声音。

"如何？陈君，这小姐可爱吧。黄助役宠爱的女人，今夜就让她服侍你吧。"雷德独个儿乐陶陶地眯着眼睛。"爱珠，大胆地给他服务好啦。那个肮脏的黄助役把他拂袖而去。"

"但，这位先生看来好正经呢。"

"嗯，生平一次也没有接触到女人的童贞先生嘛。"

"今夜痛快地闹一阵吧！"

戴秋湖突然举起一手，好像宣誓地叫着，并拍手高呼。不知从哪里"嘻！"地传来暗肉声，一个眼光溜溜的男人猛地进来。

"烧鸡一盘，八宝菜一盘，再来福禄酒两瓶。"

"嘻！"男人鞠了一躬。

留下明珠与爱珠两人，其余女人依依地离去。

料理热腾腾地端来了。

"来！首先为陈君干一杯！"

"好呀！"

雷德应和着，三个杯子碰了一下，发出清脆的声音。

"一杯黄酒解千愁。"雷德吟诗似的说，"陈君，要没有女人陪酒的话，我便失去活在这世上的一切希望。至少，她们拯救了我的绝望。"

陈有三在这场合，看不到调和的自己；感觉一方面嫌恶这丑俗，一方面推向本能的蛊惑而自我分裂的自己。想早些逃遁这场所的感情，与不知什么力量强烈吸引着的感情，这两种感情的交错里，严重地伤害了他的矜持。

"我是口琴演奏的名手，这街上的音乐家。可惜没带口琴来，那就独唱一曲吧，诸君请洗耳恭听！"戴秋湖巡视了在座的人，说完之后，取了一个静气的姿态，徐徐唱出《十九岁的青春》。唱完之后，自己说再唱一支，就唱了《急驰的篷马车》。

"棒！棒！"雷德拍拍掌声，挥着酒杯叫道，"为不知巴哈和舒伯特的音乐家干杯！"

同座渐渐沉酣，忽然雷德砰地敲响桌子说：

"诸位，今夜为不幸的音乐家戴秋湖君讲几句话。吾友遭遇极为不幸的婚姻生活，他以唱歌、喝酒与女人补偿婚姻的不幸。话说数年前，他母亲出殡的几天前，不知哪里弄来一个陌生女子，悄悄坐着红轿被迎进来，便宣告是他的妻子，强迫结了婚。因为本岛人的习惯，父母死后三年内忌讳结婚。吾友戴君是本岛人，且达到适婚年龄，而父亲爱子心切，也为了节约经费，便由他的父亲及亲长们决定，一气呵成地处理了。接受新知识的吾友大为反对，遂到友人家里躲藏了一个礼拜。但终非成为旧习的败北者不可。而后迄今从未看过吾友与他太太交谈过，然而去年他的太太竟生了如玉的男儿，吾友人们大为吃惊。戴君有了希望，希望存钱几年后买个小妾。买小妾在本岛人社会并不须强迫做任何道德上的反省。蓄妾的年轻人多得很。戴君是精明的守财奴。虽然他视钱如命，但用钱如割身仍非喝酒不可，可见他对婚姻不满的程度。"

戴秋湖把手搭在女人的肩上，不住微笑地听着。最后他说："说对了，说对了。"并叫着："为雷的子虚乌有饶舌干杯！"

酒把理性扛起并玩弄它，把感情的外皮一层一层地脱下并露出真

面目来。陈有三感觉爱珠炽热的瞳孔像年轻的蛇,不怀好意地卷袭着他。爱珠扭着胴体,靠近他嗫嚅道:

"你,以前都不来呢。为什么不来呢?"

"啊,那……"他一时讲不出话来。但突然他又想起来似的,"黄助役常来吗?"

"常来哇,但我讨厌他。"

"嘿?为什么?"

"那个人吝啬又好色,人家不喜欢他嘛。"

陈有三想起黄助役平时那张妄自尊大的严肃脸孔。一下子,某种嫌恶的感情便充满了胸间。

菜都吃光了,两瓶酒也空了,戴秋湖与明珠横躺着。脚与脚交叠着,时时做耳边细语。雷德仰卧成大字,张着嘴巴像狐狸精似睡着。

陈有三突然发觉自己坐得无聊,而且感到爱珠的视线不断地流入自己的体内,似乎受到喘不过气来的压迫。

陈有三摇着雷德的膝盖。雷德张开无神的眼,蓦地起来。"走,结账回去吧。"

戴秋湖慌慌张张地抬头道:

"要回去了?还早嘛。"

明珠也接着说:

"啊啦,还早得很呢。哪,慢慢再坐会儿哟。"

笑笑,停了一下,又扬起银铃般的高声:

"结账啦!"

"陈君,我马上就来,你们先走。"

背后戴秋湖说着,陈有三与雷德便出去了。雷德为那句意味深长的话而颔首微笑。只有爱珠送到门口,含情地向陈有三细声说:

"请你再来呀。"

雨已经完全停了。雷德走出马路，即刻面向墙壁，沙沙地撒了一泡尿。

从狭窄的屋顶与屋顶之间，不意仰望夜空，两三颗星星湿湿地闪烁着。

一到六月，天气愈来愈热，如同白银的阳光，闪闪膨胀；蝉声不住高鸣，渗入被绿荫笼罩的整个闲散的小镇。

陈有三的心为一件事情而燃烧着。那是对林杏南的女儿翠娥脉脉的思慕之情。那含着娇羞的虔敬眼光，又像苦闷的寂寞的眼光，深情而濡湿的眼光，畏惧别人的眼光而注视着自己的翠娥，让陈有三感到无限的纯净。

陈有三描绘她为崇高的美，独自沉溺于快乐的空想中。

这一来，生活突然变得生机盎然，希望也复苏了，无止境的美丽联想扩大着。

天气好的早晨，林杏南的长子常常搬出椅子到庭前的龙眼树下，瘦得像白蜡的身体坐在那儿休息。

锐利的眼洼与额头，映着理智的雪白影子。

一个星期日的早上，陈有三问了他："今天情况怎样？"两人便不觉地聊了起来。

"最近您好像较少看书的样子。"

"啊，一点也没有心情读书。"陈有三直率地回答。

"这小镇的空气很可怕，好像腐烂的水果。青年们彷徨于绝望的泥沼中。"他蹙起眉头，自言自语，"我的生命也许已迫于旦夕之间。但在我的肉体与精神将消失于永远的虚无之瞬间为止，我要追求真实。不放弃我的追求。塞在我们眼前的黑暗的绝望时代，将如此永久下去吗？还是如同乌托邦的和乐社会必然出现？只有不掺杂感伤与空想的严正的科学思索，才能带来鲜明的答案。正当真实的知识解释现象的时候，会把我们拉进痛苦的深渊也说不定；但任何现象都是历史法则所显示出来的姿态，吾不该诅咒。幸福要没有痛苦与努力将无法达成。我们处在这阴郁的社会，唯有以正确的知识采究历史的动向，切勿轻易陷入绝望与堕落，非正确地活下去不可。然而想到连买书的钱都没有的我，便感到无限寂寞与郁闷。光是医药费就让家里吃不消。虽然我也托台北的友人寄些旧杂志和旧书，但仅能买一点而已，杂志是买隔月的《××》，因为《××》杂志不但分析日本的现象，而且也大为介绍岛外的思潮。也介绍朝鲜与中国大陆的作家，文学作品也不错呢。我虽只做文学欣赏，但看得出中国大陆作家们的作品在艺术水准方面稍差几分，然而这也是因为国际战乱影响了创作。可是佐藤春夫读鲁某的《故乡》，却深受感动。另外单行本方面，让我深受感动的是恩格斯的《家族、私有财产及国家的起源》。我完全被折服了，原来的观念零零落落地崩溃了。忍受再大的困苦，也只希望能读读书。真想读《阿Q正传》、高尔基的作品以及摩尔根的《古代社会》等书，但台北的朋友说均买不到旧书，买新书又没有钱，这真是没办法。再说我的病，我的病也只要有钱才可治好呢。"

几乎令人不觉得是病人的年轻热情，涨于他清秀的额际，以激烈的语调说着。

但这些话在陈有三听来，不过是空空洞洞的话而已。他只沉醉于翠娥的美姿。对啦，早点去求婚。慢吞吞的话，说不定谁就捷足先登。求婚！一想到这，他就羞涩地全身燃烧起来。失去她的话，就如同再一次把他撞入绝望的黑暗深渊，仅存的一点希望也被剥夺殆尽。她就是他的求生之道与生命之光。把事情说开，去拜托较为亲近的洪天送吧。

六月末的某一天，陈有三终于去拜托洪天送。拜托之后，他才为羞赧与不安而胸中滚滚，甚至觉得一刻也不敢停在林杏南和他的家人面前。

回答完全是不幸的。林杏南的传话是："你是一个温和、有为的青年，一向很敬佩你。但关于成家之事，很遗憾不能顺从尊意。改天我将把我的苦衷直接向你陈述。"

陈有三虽然笑着，但咽喉哽塞，嘴角抽搐，不禁眼泪夺眶而出。

几天后，林杏南叫着陈有三："陈先生，请……"便带他到龙眼树下，难以启齿似的说：

"洪先生来说的事我知道了。像你这样的人，能把我的女儿托付给你，是最感高兴的事。你的性情我很了解，女儿当然也最高兴。但很遗憾的，你也知道我的家计很不如意，还要养一个病人。再加上我的职业也保不了多久，一旦我失了业，一家人非即刻迷失街头不可。想到这，女儿最可怜，成为一家人的牺牲，希望能把她卖高一点价钱。所幸女儿的样貌不错，已经有邻村的富豪家来提亲，目前已经谈得差不多了。你正是年富力壮的有为青年，不难娶个更好的女人，请把这件事当一场噩梦忘掉吧。再重复说一遍，我的本意是比谁都愿意把女儿托付给你，但无可奈何的环境逼得无法达成你的希望，至为遗憾。这件事，有一天你一定可以了解的。"

陈有三觉得一刻也无法待在这家里，希望早点搬到别处去。他为了逃遁窒息的空气，常常跑去找戴秋湖与雷德聊天。绝望、空虚与黑暗层层包围得转不过身来的样子，咬紧牙关想要排除也除不掉。酒——为了喝酒，他主动去邀朋友。戴秋湖与雷德都被陈有三的变化吓得目瞪口呆。当体内的酒如火焰般扩张的时候，不可名状的哀怨与反抗，像蝎子似的乱翻乱滚。

"黑暗，实在黑暗。"陈有三闪着眼睛，咏叹着。

"对本岛人而言，失恋是奢侈的灾难呢。"雷德总是嗫嚅细语。

他决定搬家的那天下午，林杏南的长子悲伤着眼神，走进他的房间来。

"就要离别了吧。我们就这样恐怕永远不再见面也说不定。对于你的苦衷，我什么也不能说；只觉得淑惠而心地善良的妹妹也很可怜，但也不能过于责备父亲。一切都是无可奈何的。和你离别我会感到很寂寞哟。我没有什么东西赠别，只是最近我随手写了一点感想，算是对你的饯别吧。最后还要向你说的是，个人的力量虽然微弱，但在可能的范围内，非要改善生活、正确地活下去不可。"

递给陈有三的是一张古旧的稿纸。

临别的最后晚上，陈有三喝得醉醺醺的，蹒跚在深夜的归路上。醉溃的感情深处，一派寂寞冷澈。当他来到庭前的时候，他的心砰然被击了一下。承受十六夜月光的龙眼树下，翠娥一个人站在那儿。酒醉一下子清醒过来，胃变硬，感到有点痛。于是突然变得大胆，无忌惮地走向前去。

"怎么了呢？"

"……"

翠娥默默无语，低着头。

这场合陈有三不知怎么办才好，只感觉呼吸异常困难。

陈有三凝然注视着她的嫩白颈部，连搭手在她肩上的勇气都没有。

他无法忍受某种焦躁，不禁果断地说：

"翠娥小姐，再见。恐怕后会无期了。"

他走开了。

　　翠娥惊讶地抬起头来。同时在她圆圆的瞳孔里，眼泪如珍珠似的闪耀，濡湿了端庄美丽的脸颊。

　　寂寞的白花，深夜叹息的花，在滚落感伤与起伏的激动中，陈有三像只受伤的野兽，迷失于黑暗的山野中。

　　陈有三靠在床边，注视着从小窗口泄进来的月光，全身投在无限膨胀的感情中。

　　热情的火炬活生生地焚烧着他的胸口——为什么不跟她多讲几句话呢？为什么没触到她就匆匆告别呢？这一想，就更敲击着他内心痛苦的绝壁。但是，多跟她讲几句话，又能怎样呢？太过于行动化的话，岂不加深她的痛苦？

　　在这理不清的感情之中，陈有三无意伸手进裤袋里，才想起林杏南的长子给他的原稿。取出它，张开皱纹，读着如下文章：

　　一切都接近死亡。

　　在路上被践踏的小虫，咬在树上的空蝉与落叶，走过黄昏街上的葬列。……

　　啊，逝者再也不回来。我的肉体，我的思想，我的一切的一切，一旦逝去再也不归。

　　死——

　　死已经在那里了。

　　青春是什么，恋爱是什么，那种奇怪的感觉到底何价？

　　而我非静静地横卧在冰冷、黝黑的土地下不可。蛆虫等着在我的横腹、胸腔穿洞。不久，墓边杂草丛生，群树执拗地扎根，紧紧络住我的脸、胸、手脚，一边吸着养分，一边开花。在明朗的春之天空下，可爱的花朵颤颤摇动，欢怡着行人的眼目。

那就好了。

二十三年的岁月也许很短。

我的肉体已毁灭，但我的精神却活了五十岁、六十岁。

我以深刻的思维与真知，获得了事物的诠解。

现在虽是无限黑暗与悲哀，但不久美丽的社会将会来临。

我愿一边描画着人间充满幸福的美姿，一边走向冰冷的地下而长眠。

又是仲夏时节。

燃烧的太阳曝晒在这个小镇。被浓绿遮蔽的小镇似乎折服于猛烈的大自然，畏缩地蹲着。

陈有三已不再寄钱回家，一味地把理性与感情沉溺于酒中。在那种生活中，涌上未曾有过的阴暗的喜乐，抛弃所有的矜持、知识、向上与内省，抓住露骨的本能，徐徐下沉的颓废之身，恍见一片黄昏的荒野。

一个猛烈仲夏日的午后——厚厚土角造的屋子里，阴暗而潮湿，只有一扇的小窗口；高照的日光像少女雪白的肉体，堵塞了窗口。

陈有三买两分钱的花生米，五分钱的白酒，独自啜饮着。那时候，女主人告知他林杏南的长子之死。

"长年患了肺病，今晨终于死了。是个乖顺的儿子呢。又是林杏南先生辞掉役场之后不久……"

长长的夏天也过去了，太阳一天比一天衰弱。

南国的初秋——十一月末的一个黄昏，陈有三坐在公园的长凳上，从略带微黄的美丽绿色的木瓜叶间，眺望着无穷深邃的青碧天空而发呆。

这丰裕的大自然不同平常地投射温和的影子于人心中。

不久，陈有三站起来，抖抖肩膀，低头漫步着。

刚好来到公园的入口处，一群孩子不知围着什么东西骚嚷着。陈有三走过时无意窥探了一下，竟是变得惨不忍睹的林杏南。

衣服破裂，头发蓬乱，失神的眼睛，合着污泥的手掌，跪向天空祈祷膜拜。嘴中念念有词，不知在召唤什么。

这个战战兢兢的男人，终于发疯了。

街道与群树，在淡血色的夕晖中，投射着长长的影子。

陈有三于醉眼的白色幻象中，浮起死者的遗书；有如黑暗洞窟的心中，吹来一阵寒风，突然浑身战栗起来。

——本篇原载日本《改造》杂志一九三七年四月号，入选该杂志第九回小说征文的佳作推荐，本译文经作者龙瑛宗先生最后校订。

【导读】

龙瑛宗，本名刘荣宗，新竹北埔客家人，一九一一年生，一九九九年逝世。毕业于台湾商工学校，曾任职于金融界、报社。一九三七年以处女作《植有木瓜树的小镇》，入选日本综合杂志《改造》悬赏创作佳作奖。此后至一九四七年淡出文坛之前，在战火中不断发表日文小说、新诗、随笔、文艺时评等，因而被称为"战鼓声中的歌者"。一九七六年自合库退休后，重燃文学创作的生命。作品具现代主义色彩阴郁而纤细，自称"悲哀的浪漫主义者"。作品集有《孤独的蠹鱼》《描绘女性》《杜甫在长安》《红尘》等。

《植有木瓜树的小镇》是龙瑛宗以他二十世纪三十年代初在南投的生活经验为题材，以写实的手法描写毕业于中学校的台湾知识分子苦于封建陋习的生活窘境，并反映其背后的社会性、经济性问题的作品。由于本篇作品是征文之作，所以他将作品的读者设定为日本读者，希望借此作让日本读者有效地理解台湾殖民地社会的各种问题，但读者的反应却不尽理想。

本篇小说以带有南国想象的植有"木瓜树"的小镇为题，以描写常绿丰饶的南国风景和败北的知识分子形象为主要的叙述脉络，以"木瓜（树）"的物象变化映衬着主角陈有三的心境转变。同时，作者也巧妙地将象征少数民族与汉族之间权力消长的历史空间和象征殖民权力的政治空间交错在文本中，呈现小镇空间结构的双重性。

小说的文学风格富有抒情性，有一股知识分子的自怜、颓丧和哀伤，对现代人心理的挫折有较深刻细腻的描写。其主题则在呈现台湾封建社会的制度和陋习、殖民社会因差别制度而产生的压迫与不公、资本化社会中薪资阶级的上升管道的困难。即是，在父权的操控下，受过新式教育的知识分子依旧陷入早婚、聘金制度等的陋习泥泞中，难以逃脱。在薪俸、居住环境等差别待遇问题中，反映殖民地的差别问题，凸显台湾小知识分子自我异化的问题。其中，陈有二扭曲自我的民族认同，以"知识"蔑视同族的陋习、卑屈、没教养，借此与他们做出区隔，但他也清楚地意识到"知识"是不足以打破严酷殖民地政策的制约，但又不甘堕落和他们为伍。在如此的认同过程中，我们可以看见他在心理上的损伤和精神上的荒芜。此外，小说中的知识分子已非对台湾社会具有强烈启蒙意识、反抗精神的领导知识阶级，而是委身于统治体制末端的小镇中，被微薄的薪资所支配、晋升无门的小知识分子。龙瑛宗以冷静的笔调，描绘出沉沦于闭塞苦闷的殖民地社会现实里的苦恼，在"出人头地"的上升路径中挫败的绝望，或早逝的社会主义理想者的哀伤，呈现了日据时代末期台湾知识分子的典型处境与典型性格。

——王惠珍撰文

奔流

王昶雄　著／校订·林钟隆　译

　　岁月同时载着悲伤的记忆和愉快的记忆

　　流逝……

一

　　我离开十年住惯了的东京，是在三年前的春天。现在闭上眼睛，当夜的情景，还可以历历浮上脑际。像长蛇一般开往下关的夜车，九点离开了东京站，经过有乐町、新桥、品川、大森，街灯逐渐从视野消失时，简直无法抑制，热热的东西涌上心头。不全是离情的凄苦，而是自己一旦回到乡里，不知何时再能踏到这首善之区（指东京）的心思，使我感到难以忍受的寂寞。这并不是年轻人的感伤而已。我在S医大读完了课程，一面以附属医院临床医师，一面又以解剖学教室研究生的身份留下来。但是，这也是极短暂的事情，约莫一年工夫，在乡里开内科诊所的父亲突然逝世，我不得不立即束装回乡。想研究到定型的心情，以及对北国生活的留恋，终于在现实之前，立刻完全折服了。继承父亲，一生埋没于乡间医生的境遇，对我来说，是很不容易忍受的。

　　我对好几年没见的故乡风物，真正从心底感到很美，而松了一口气。但并不能持久，做一个朴实的乡下医生，工作并不算烦琐，却沉不住气，每天都糊里糊涂地度过。我对难以逃脱的无聊感，实在毫无办法，简直想把身心都豁出去。追忆着游学时的那种霸气，想到在如此单调的生活中，今后如何求得刺激，这种不着边际的思量，经常像熏灸似的在胸口冒涌、荡漾，把颓丧的心，带向无限的远方。故旧有是有，但并不是能诚心安慰或剖心相告的人，吊在半空中的慵懒，经常弄得心情忧郁难解。我很想干脆抛弃一切，再一次到东京去，但想到孤单的老母亲，就下不了决心。

就在那时候，结识了伊东春生这个人。说得详细些，当我正沉溺于仿佛客愁的狂暴的感伤中时，给了我的饥渴一服清凉剂的，正是伊东春生。这就是我和伊东接近的动机，也是加速地使意气投合的程度加深的因素。经过情形是这样的——

十月将近尾声的时候，残暑仍然相当逼人，到了晚上，气温简直不可相信似的降落下来，变得相当凉。因此，感冒流行起来，我在白天晚上都变得很忙。一天傍晚，我一个个依序诊察着病人的时候，突然有一个人，说了一声"请多关照！"，很有气势地走进来。注意一看，是三十四五岁的，体格健壮的人。眼睛红红的，面孔因发烧而泛着红色。虽然很随便地穿着夏天单衣，总觉得有着迫人的凛然，这就是伊东春生。我立刻把听诊器贴上胸部，诊察咽喉，当然是严重的感冒，体温有三十九点二摄氏度。

"因为太好强了。逞强也抗不过病的。"伊东笑着说。

面孔虽然看来很大方，笑里却隐伏着复杂的阴影或线条。仿佛诉说着这个人主张个性尊严的刚强似的。问他职业，说是城郊大东中学的国文（指日文）教师，我不由得把视线倾注于伊东的脸。借职业上的方便，好像观察似的，瞪着眼凝视他。像是内地人的这个伊东，从说话的腔调上虽然没有办法识别，但那脸的轮廓、骨骼、眼睛、鼻子，在我看来，很像是本岛人。也许由于是出生于殖民地的神经过敏性的敏锐的灵感，我在内地的时候，内地人当然不用说，是本岛人还是大陆人，看一眼就能毫无例外地认出来。我这敏锐的灵感除非麻痹，这时候我的眼睛所注意的地方，当不会有误。这是诱发我异常的好奇心，够充分的事实。想及早查出伊东的真正身份，也兴起了想跟这个人尽情地谈论的冲动。而伊东要是如我所预感的是本岛人，更能诱发我的兴味，同时感觉，燃起我的希望的范围会更为广大。但是，今天就亲密地再多问下去，未免失礼，后面又还有很多病人在等着，我给了两天份的药，告诉他希望再来，就分别了。

跟他错身进来的，是这里的中学五年级（旧制中学，修业五年）的林柏年。柏年看到了伊东，就行了举手礼。我很高兴柏年来得正是时候。他今年十八岁，剑道锻炼出来的身子，虽然很结实，仍有孩子气的感觉。原来爱好运动的他，剑道以外，也从事其他各种各样的运动，由于酷使身体，伤了胸膜，连续来我的诊所看了两个半月的病。我在胸部轻轻敲打，问过了最近的状况之后，才问他：

"我想问你一个不寻常的问题，那个伊东先生，算什么地方的人啊？"

"那个老师吗？"柏年好像所等待的机会终于到来似的说。"他是本岛人，太太却是内地人。"

"果然没错。"我露出了会心的微笑，并不是对自己的灵感未衰的庆幸，而是这个人的存在，仿佛与我有缘似的，虽有点奇异，但好像在追求明朗的思念似的漠然的欢喜。教授日文，以及其不胆怯的态度，有这样的本岛人在乡里，使我的心有所依藉，打心底涌起了欢喜。

"是好老师吗？"在此一瞬间，我竟无意识地问了这样愚笨的问题。

"呀！很难说的。"

不知为什么，柏年好像逞意气似的，脱口而出。这个人与体格不相称的，感觉很细腻，有很不好应付的地方。眼睛大概是心理的关系，有所思考似的眯得细细的。那有点别扭的地方，我是不太喜欢的，但是，青年人的正义感比人强过一倍的地方，却使我很同情。我不再多盘问伊东的事，但从此刻开始，就急切地等待伊东再到诊所来。

可是，过了三天、五天，伊东都没有出现，感冒完全好过来了吧。他不来，就去找他聊吧，又提不起劲儿，我只好等待总会来临的机会了。

这时候，流行性感冒渐渐到了尾声，代之而来的，是这个城特有的雨，是不成粒的，像喷雾一般的雨。一天晚上，病人都走了之后，我想借读书来排遣郁闷的心情，在时钟敲响九下，正想关门的时候，有个人说声"晚安"就走进来了。那是伊东。对他出乎意料的来访，不用说我是打心底里头欢迎的。他来是为上次的事，道了谢就想走，我却极力留住他，带他到书房。

"藏书真不少，是个学者啊！"伊东说着，浏览着两架大书架。"哈哈！你的文学的书，比医学的书还多嘛！"

"哈哈，哈哈哈哈！"我笑着推过坐垫给他。"过世的父亲的书也在里面。这样也看得出来，一时会是很热烈的文学青年，想做个作家，终究是一场昔日的梦啦！"

"是吗？不过，人是需要梦的。人类的成长进化，是受那梦的鼓舞而推进的。我们学校是专收本岛人子弟的，他们并没有怀抱太大的梦，直截了当地说，殖民地的劣根性经常低迷不散，很伤脑筋。"

"那不见得！但是他们没有雄心却是真的。"

"他们的视野很窄，因为无法离开自我的世界去想东西，总是怯怯的，人都变小了。譬如说……"

这时，母亲端着放着茶和粗点心的托盘进来了。"您来得太好啦！"这是用"国语"（指日语）招呼的，然后说，"讨厌的季节又来临了，真伤脑筋。"这是用本岛语说的。

"是母亲，日语只懂一点点。"我这样介绍，伊东便礼貌地说：

"啊！是高堂，请多指教！我是伊东春生，不好意思在这里打扰。"

这是用日语说的，我感到很意外，伊东在这种场合也不肯说本岛语。在这一瞬间，我感到伊东所持的人生观异常得彻底。我不得已，只好把他的礼貌的话向母亲翻译。

"父母亲都健在吗？"母亲离去后，我这样问他。

"嗯，老人家他们总有办法的……"

伊东这样说了之后，像要岔开话题似的说：

"你在内地住了很久，尤其对精神文明方面有兴趣，大概也晓得，俗话说的日本精神，如果不通过古典来看，就没有意思。譬如《古事记》，我们会被吸引的是心和词，都具备着丝毫没有歪曲的直率风格的关系。有个伟大的学者说，像幼儿依偎在祖父母的膝下，亮着好奇的眼睛，倾耳于那古老的故事那样，有一种愉悦。离开了日本的古典，就没有日本精神了。"

伊东在说话时，眼角放出红光，脸上的皮肤都发放着光辉似的。我在心中暗暗地想，这是比我所想的，更为奇特的人物。被他的硬干态度吸引住，我吞了一口口水。想想看吧，现在，在这里，一个本岛人娶了一个日本人为妻，言语、举动，从根本上完全变成了日本人。而他站在中学校的教坛，堂堂地教授日文。过去的人不敢祈望的，接触到真正的某种东西，仿佛笼罩着知性的烟霭，变成了挖掘对方心脏一般的热情的话，在感受性很强的中学生们心中，植下有如古代武士的精神。那是既跟喜悦不同，又不是什么的，只是不可思议地摇撼灵魂的感情，也许可称为一种感动的东西。

两个人虽然今天才开始聊起来，却简直像十年的知己一样，谈了很多。伊东离去时，是在敲过十二响以后，刚从北国回来时的那种百无聊赖的寂寞，仿佛已像雾般散失了。

二

小城虽小，父亲留下的地盘却意外地稳固，病患经常门庭若市。一个半月过去了，每天都面对人生痛苦的一种象征——病苦的人，我反复着喘不过气来的紧张繁忙的生活。从伊东上一次的来访开始，两个人心心相容的交往便开始了。但是，我由于开业医生的悲哀，一步也不能外出，多半是伊东来访我。

不知不觉一年已到尾声，就要迎接新年了。

平素惰性很强的我，忽然想去观元旦的日出，很早就起来。在薄暗的凌晨的冷气中，周遭静悄悄的，什么声音都没有。东方隐约可见的山，看来比白天远，呈现着苍黑的影子。山边仍朦胧地闪着白色的星星，这是个好天气。久雨已停了，我观既庄严又清爽的元旦日出，不知不觉地合起掌来，有点若有若无的感觉。之后，我就像从日常的烦琐中解放出来的人似的，毫无顾忌地在附近漫步。冷气透身的时候，我就忆起内地的冬天，关东平原的冬晴之美，是无可比拟的。冬阳和枯草，不可思议地暖和，冬天的空气洗涤了五体，连心都会有被洗涤的感觉的，就是这时候。这在台湾是无法想象的，想到灼人的季节很长的台湾，真令人沉闷。不知走了多久，东方的天空逐渐白了，我只得回家去。

因有来客，所以我第一次拜访伊东的家，是在午后四时左右。

"欢迎光临！"

穿着日本礼服的伊东，发出惊叫似的声音迎接我。"新年好！"我夸大地做礼貌的招呼，伊东就鲁莽地说："那样太旧了，我们用新体制吧！""唉唉！"我搔起头来，两个人便互望着脸哈哈地笑了。我被引入八张榻榻米的客厅，林柏年非常拘束似的盘着腿，先我坐在那里。看到我，赶忙坐正，双手按在榻榻米上说："新年恭喜！"我模仿伊东说："那样太旧了，我们用新体制吧！"大家又愉快地笑了。但是，柏年不知为什么，稍稍微笑一下，立刻又恢复本来的不愉快的表情，微笑已无踪影可寻。"真是奇怪的人。"我在心中这么想着，原来这个青年，气质并不开朗，经常沉默着，怪寂寞的。

"我妈马上会出来。"

伊东一边把坐垫推给我一边说。我真想看看有这样了不起的儿子的母亲是什么样子。可能是照古风教养出来的女性吧，在心中想象着，望了望天空，仿佛有一点阴暗下来了。可是，像早晨那种冷气，已经一点也没有了，反而渐渐地明亮，不冷不热的空气在飘动着似的。

不久，纸门拉开了，太太和母亲进来了。我端正地坐好，突然的眼睛瞪大了，应是伊东的母亲的那个女人，穿的是标准的和服，年纪大概老早已过了六十了。是个——与其说头发斑白，不如说白的较多而有点打鬈，眼睛眯眯的，肩膀广阔的老太婆。

"久仰久仰！今后也请贵人不要多忘。"

母亲双手按在榻榻米上，恭敬地招呼。因牙齿脱落的关系，说话有一点漏风。太太向我们敬茶，我在脑子里感到疑讶，但立刻直觉地感到是太太的母亲。这又是为什么呢？伊东又不是没有生身的父母，也许是来台湾观光，暂时来麻烦女婿的吧。讲了二三句话，母亲就匆匆退到里面去了。圆滑的太太，则陪我们谈东说西的。这期间，柏年始终静默着，是一副俨然不该来的表情。

我忽然发现，壁龛的右侧有一盆插花，大概是太太插的吧。在名叫"千德"的金属花器，插着带有鲜红可爱的果实的南天竹（小蘖科的常绿灌木，原产中国大陆），是多么亮丽啊！正合新年的客厅，即是那具有稳重的风格。旁边放着一本谣曲的书，尺八（乐器名，用竹管或用铜管制造，长一尺八寸）也搁在那儿。太太虽不能说是美人，但眉毛和额头一带，飘荡着无可比拟的清纯，纤细而高高的鼻梁，令人想到不会高傲的品格。穿着稳重而楚楚动人的花样的和服，披着暗紫色的短外褂，使我仿佛回到了久违的内地似的。

我所过十年的内地生活，绝不是全都愉快的回忆，但我发现了真正的日本美，触到了像稻草包着的温暖的人情味，体验到会把崇高的理想从根底摇撼的事情，就是在这期间。

关于这一点，东京某良家的一个女性的存在，我是不能忘怀的！我能了解插花与茶道，也能喜爱和服与高岛田式发髻，更能陶醉于能乐（日本特有的一种古典歌舞乐剧）与歌舞伎，完全是靠这个人培养起来的。圆圆的眼珠经常闪动着聪明的光芒，虽然有点好强而使人觉得冷漠的端正的脸庞，却让我感觉到温暖的心情。满头密厚的黑发盘成舒适的结、非常柔美的动作线条等，都对出生于南方的我，投来一种不可思议的魅力。据说后来她做了插花的师匠，她就是透过插花，不断地追求人生更深的那种真实的生活方式，引发我激烈的怀念。换句话说，是把感性的触指，不停地伸向内心，把勃动不已的生命力，倾注于高尚的艺道。可能经常摇撼着她心弦的求道心，经几次荆棘的揉磨，一定会有发出光辉的日子来临吧。予我的心灵无限启发的她，是我的老师、朋友，也是心目中的恋人。每碰上她的视线偶然向着自己时，我就感觉难以形容的温暖的血潮在体内奔流，在这瞬间，我耻于自己的未成熟，同时感觉到真挚的鼓舞：要成就一个人，必须经过更多的磨炼。

我要归乡的一星期前，她为表示饯别，送我一张长条诗笺，上面写着"天下第一等人物"。这大概是大儒佐一斋（日本江户后期的儒者，初学朱子学，后转向阳明学，会为昌平黉的教官，著述颇多）的"若要立志就要做第一等人物"的意思。我想不要见面好，就写一封信道谢，结果回信却很快就到了，其中有一段这样写着：

请不要说诗笺是杰作吧。地面上有洞的话，真想钻进去呢！我要写下那些字时，曾反省过自己是不是有资格写下那句话送你的人。心中感到十分惭愧，犹豫了好几次，还是不能不写。这种心情，终于使我写了那诗笺，正是我的真心——。这种过分不逊的行为，相信神一定会宽恕吧，当然你也会……

我一声不吭地抑制着热热的东西涌上来。即使彼此心中，都在描绘着某种事物，这时也是该分别的时候了。作为一个人，我究竟具有跟她结婚的资格吗？加上独生子的我，非把她带回到台湾偏僻的地方不可，到那时候，从各种角度看来，能否保持以前的幸福感呢？简直像走钢索的心情一样。为自己的窝囊，我哭了。

和我相比，伊东真是演技绝伦的名角。他的事情我虽然还未完全明白，但他不是毫不犹豫地做了，而且不是做得很好吗？内地的那种宽舒的心情和生活，伊东照样带回到乡里来。我常常想，他是了不起的。

钟敲了五点时，柏年说要回去。我虽然很想再坐一会，也认为是该结束的时候，也就告辞了。可是，伊东红着脸，硬把我拉住。

"过年时节，您和柏年怎么这样客气呢？今天就好好地多玩玩嘛！"

柏年搔着头，"啊，啊！"地犹豫着。于是太太也劝起来了："这个时节，虽然没什么东西，还是请吃个晚饭吧。"

两人便下决心打扰一餐了。

餐席上有五个人，蛮热闹的。不期然地把目光注视太太端出来的菜肴，我几乎茫然若失。把筷子伸向烩年糕时，我打量着桌上许多的好东西，感到受了一次难得的款待。大大的鲷鱼、晒干的青鱼子、鸡汤、油炸虾等，我已好几个月不曾参加这样的盛筵了。可是，柏年却全不夹佳肴，只是默默地吃着烩年糕。

大门响起悄悄推开的声音，太太放下筷子，走过去了。

"啊！是台北的妈妈，请进来吧！"门口传来这样的话。

"不用啦，不用啦，我马上就要回去。大家都好吗？"

说话的人，仿佛是相当上了年纪的女人，从那笨拙的日语，立刻就可晓得，是本岛人。不知为什么，伊东有点慌张地到大门口去了。

"有什么事吗？"

过了一会儿，才传来那老太婆的声音。

"并没有什么要紧的事，很久没看到你们了，想来看看。春生啊，你爸爸最近忽然身体衰弱下来，经常口头禅似的叫说，寂寞得没办法持续下去。偶尔也去见见你的爸爸吧！"

这是用本岛话说的。末尾的地方，变成了抽泣声，不能听得很清楚。

"我知道啦，反正我会去看就是了。"

伊东厌烦地说了这话，就回到客厅来了。呼呼吐着气，怪尴尬的。看来整个脸上都在忍受着微寒而脱落的感情似的。究竟是什么事，我把握不到明白的焦点。只是，在我脑海中一闪而过的，是那本岛人的女人是伊东的生母。若是，伊东为什么这样鄙夷自己的母亲，而敬而远之呢？一定有很深的事情潜藏着。我凭纯真的心情，希望这样想着。

一直没感觉到，柏年放下筷子，低着头咬着嘴唇，眼角看来有点苍白。不多久，太太也回来了。本岛人的女人大概回去了。"很对不起！"太太说。但是，已经陷入空虚的沉默的房间，仿佛只有呼吸的声音在交错着。其实，我的喉头也感到热热的阻塞，声音都吐不出来了。大概觉得不妙吧，伊东忽然热烈地说：

"快乐起来吧！快活起来吧！让我唱一首最拿手的《伊那节》（日本的以长野县伊那地方为中心的民谣）吧。"于是，他就唱起来了。

无情啊

木曾路之旅

树叶儿会

落到笠子上来

可是，伊东唱到要完未完时，柏年像无法再忍受下去了似的说："肚子疼得厉害，我先失礼，承您款待了。"

柏年说着，忽然站起来，跳到大门去了。那气势，如果有人笨拙地想阻止的话，他就一巴掌把对方打一个趔趄。柏年那种不逞的魂胆，使我茫然。但是，柏年对伊东在意识方面，始终栖息着的抗拒的心，我今天才体会出来。我不能不这样劝阻：

"柏年君！这样对老师不是不礼貌吗？"

但是，伊东一边用手势制止我，一边说："别管他，别管他。"

"长久的教育生活中，这样的场面，也应该考虑到。不知是谁说的，陶冶学生，不仅是砖块的堆积，每天的经营，多半需有等时性。尤其是本岛人学生常有的乖僻的性情，非从根底重新改造不可。"

他把柏年的事，放在教育的名义下来辩解，我倒很想触到刚才在大门口问答的真相。但是，不知为什么，我还不敢有追究的心情。日常对伊东的信赖心和类似尊敬的心理，我不愿在此看到脆弱的崩溃。

"真是奇怪的孩子。"

一直沉默着的和服打扮的母亲，闭着嘴咀嚼着。太太一直望着窗外，那好像专心在想什么的表情，流动着一抹像是悲哀又似凄凉的难以捉摸的东西。

我告别时，是在一个小时以后。外面相当黑暗，一月的夜风吹在身上相当寒冷，我有一点禁不住发抖。无数的星星，在头上继续着晶莹地闪烁。我想消除刚才的情景，不知为什么，不断地在脑中明灭着。

我要横过草原时，忽然被"先生！"的叫声叫住了脚步，搜寻似的注意一看，说话的人站在榕树下，仿佛静静地凝望着我。我起初愣了一下，后来才知道，那是柏年。

"不是柏年吗？为什么现在还在——"

"先生！"他不知什么时候已站在我身旁，在夜里的黑暗中，带着震颤的，低沉而激烈的声音迸出来了，激动得很厉害。

"伊东春生，不，朱春生，他蹂躏自己生身的父母……"

"镇静一点。"我劝慰说，"对老师，不要乱说，慎重一点好。"

"先生可能不知道，那时候，在大门口的老女人是伊东亲生的母亲，他是抛弃自己的父母，过着那样的生活。只认为自己过得快乐就好……""不要说了。"我几乎无法忍受了。

"不，请让我说吧！到我舒心为止让我说吧！伊东的生母是我、我、我的姨母，我最知道姨母的苦恼。请想想在天地间只有一个儿子，而被儿子抛弃的人的心情吧。先生！这样您还要袒护他吗？难道这样，您还要、您还要——"

柏年耸动着肩膀，终于哭出来了。平日潜藏于心中深处的激烈的感情，找到了机会似的，向我发泄出来。沉默寡言，和体格不相称的胆怯的柏年，在那里会有这样热情的地方，简直令人不可思议。柏年的激动固然不寻常，我的失望也相当大。一种不知名的东西，涌上胸口，站着的腰部有点靠不住似的。

"我知道了。你的气愤，大体是正确的。不过，还是再冷静地想想的好。伊东先生有伊东先生的人生观，单靠像你这样单纯的正义感，而无法判断的地方还多得是。今晚很冷，又很迟了，现在就回去睡吧！"

我这样安慰过他之后，就让柏年回去。

我一整个晚上不能入睡，仿佛柏年的激愤感染了我，眼睛更雪亮，神经异常地敏锐。平日伊东对柏年的态度，以及每次问起伊东父母的事，就像要逃避的那种作风，也好像得到了解了。在那一瞬间，伊东的尴尬究竟表示什么意思呢？可以解释为：由于不体面的本岛人母亲的出现，一向漠然的很大的幸福，好像忽然碰上了现实，惶惑起来似的。伊东是否如柏年所说，牺牲自己的至亲，来求自我的安乐呢？他有一次向我讲述的梦，我要祈祷，但愿不是指这样的安逸。

三

胸中迷蒙的东西，还未开朗的一天，一种苛烈的现实，却从根本上，使我的心变暗了。

伊东的生父朱良安终于死了。由于宿疴的糖尿病，身体一天比一天衰弱，更坏的是，半月前患上格鲁布性的急性肺炎，成了致死的原因。后来听柏年说，伊东去探病的次数只有一次。也许那是格鲁布性肺炎的症状，病人在一再出现的昏迷、狂乱中，经常吐述着似是而非的叫骂、诅咒等令人生惧的话。好像为自己断了后嗣的事而经常感到痛苦，而现在躺在床上，犹如表示想死也死不下去的深刻苦闷一般，眼睛炯炯地放出异样的光辉。

葬礼那一天，不知为什么，伊东也没通知我。我跟伊东的父母虽不曾见过面，我想不必等他的通知，这个葬礼是非参加不可的。当然是由于平日开怀倾谈的朋友之谊，不过，想率直地接受柏年所说的事实，想注意当天身为孝男的伊东的一举一动，这种好奇心的驱使，应是更有力的动机。这种对他不信至极的心情，如同用粗糙的手触摸自己的神经，老实说，这种坏心眼儿，自己也对它无可奈何。

当天，我鼓起干劲地准备起身，却因急事，终于没能赶上时间。于是，打断了前往台北的告别式礼堂的念头，急忙地赶到埋葬场的本城近郊的墓地去。我到达时，棺柩已经放在圹穴前，遗族们正围着那棺柩在号哭。时间大概是五点多吧，薄暮的夕阳已向西倾落，只留下微弱的光明，天空已经黯淡了。因此，周围的事物染得黑黑的，有点令人发毛。墓在丘陵的中腰。途中任其成长的茂盛的杂草，和不知名的花草包围着的墓，散在各处，赭色的泥土单调地延伸到无尽的远方。我一边往上爬，一边感觉到，某种热热的东西在胸口冒涌着。

送葬的人很多，我躲在后面，把周围回望一遍。穿麻衣的遗族所包围着的棺柩右侧，叉着腿站着的伊东的存在，立即吸引了眼睛。穿的是黑色洋装，戴的是黑色腕章。大概由于心情的关系，脸上的光彩消失了，显得很苍白。身旁的太太，穿着日式礼服，严肃地站着，虽然微俯着身子，眼角仿佛有一点红着。女人们的号哭正在无止境地延续着的时候，伊东简直忍无可忍似的，更歪起原已苦皱的脸，怒斥说：

"不要再学那种不能看的做法啦！"

并且向一个法师催促，法事能不能快些进行。法师慌张而惊恐，指挥哭的人们离开棺柩，想进行下一个节目。但是，有一个趴在棺柩上不肯离开的老婆婆，是个瘦小的女人。长久以来忍耐又忍耐的压缩的感情，忽然找到爆发点似的，如同向死者控诉，仿佛诅咒一切事物的自弃的哭声，毫无节制地延续着。那是仿佛在哪里听过的声音。几乎同时，我直觉地感到，是伊东的母亲。想象一个无人可依靠的凄惨的女人，好像胸口受到压缩，我的心跌进苦闷中。但是，次一瞬间，把这个可怜的老妇人，保护似的带开去的，却不是伊东，而是穿着简单的麻衣的年轻人。他是柏年，哭得红肿的眼睛，大大的眼珠在亮着。我几乎忍不住要叫他一声"柏年"的冲动。

办事的人挥起锄头，在棺木上覆土的时候，遗族们为了向死者做最后的诀别，在灵座前的草席上，依序行跪拜礼。伊东夫妇只是站着，行了简单的礼拜。法师打响的钹的声音，被风吹流动，纠合在一起，分离或接近，或传到耳边，仿佛要把居住在地下的人魂都唤起来一般，很不是滋味。不多久，馒头形的小丘做成了，接着临时墓标也竖立起来了。

这样把埋葬的仪式做完时，究竟是几点钟了呢？太阳完全下去之后，天空的余光下，还看得见的遥远的海，对岸的，只是映出一片苍黑的影子而已。人们向埋葬完成的新坟墓，依恋地频频回顾着走下山去。伊东的脸，在我看起来，是愈来愈凄惨。在行走中，伊东的太太靠近走在前面的老太婆说：

"妈！先到家去，然后再回去吧。"

可是，伊东说：

"不，台北的家还要收拾，早一点回去比较好，反正会去看的。"

说着，就像拉着太太的手似的，很快地走下山去。我怀疑自己的眼睛和耳朵。但是，既不是梦，也不是别的什么。当感觉那是世上深刻的现实时，我简直想咬嘴唇。因为我感到，有生以来不会尝到过的欲呕的重压。我连看到那可怜的老婆婆的身影，都会兴起不忍之情。
这时候，有个人打横里跳出来，叫着说："姨母！跟我一道回去吧！"
就去拉住老婆婆的手。那人便是柏年，他好像完全没有感觉我的存在
似的。那声音，看来很显然的只是对着伊东的行动的反抗。也许嘴唇
反映着燃烧的愤怒，便激烈地痉挛着，还传到全身，振幅过大地颤抖着，
在夕暮昏暗中，还是看得很清楚。对于敏感的柏年，这无疑是相当大
的冲击。我拖着沉重的脚，走下山去。虽然想叫柏年，但是，想一个
人悄悄地思考、反省的心情，充满了心胸。

伊东回到台湾以后，还能把曾住在日本内地时的，完全打扮成日
本内地人的心态一直维持到现在。伊东这种作风与观点，真不敢领教。
即使如此，到底可否把父母当作垫脚石呢？娶日本女人为妻的伊东，
对日方岳母孝敬是对的，但对生身父母有忤逆行为，是千不该万不该
的。

我在黑暗的道路上不停地走着，无法阻止泪水从眼睛滚落下来。
我想我不知该怎样才好，容纳这种凄凉心情的世界，究竟存在不存在？
我的思虑，碎成千千片了。

四

以后，我和伊东、柏年都很少碰面。好像被夺去了一切希望的人
一样，每天过着心里空洞的日子。但是，不管目标的正确与否，最富
于积极性，也认为深深地生活过来的伊东的生活方式，发觉那实际上
不过是神经过敏的，无谓的浅薄的东西时，不知是幸还是不幸，总算
给了我一个信条。那就是要通过医业，堂堂地活下去。医生这类人种，
会不会只顾人的肉体，而忘掉人有精神的一面呢？我开始领悟、诊察

了人的肉体，而不能同时适切地判断人的感情、心理的力量，没有这个自信是不成的。没有比本岛人对医师的盲目的憧憬更浅薄的了。

有一天午后，从出诊回来时，从大东中学校来了电话。是伊东打来的，学生中有因脑贫血倒下去的，要我马上去一下，我急急忙忙提着皮包就出门去。随着伊东的引导到医务室，将躺着的患者，上身和头部稍稍下倾，把下半身抬高，使胸部缓和，能自由呼吸之后，打了一针强心剂。一会儿之后，患者才一点点地恢复了精神。这个患者是伊东所担任的班上的学生。这期间，伊东的看护是颇能搔到痒处的，那时候他的眼睛充满了直率的光。那该怎么说呢？像是心的窗吧，在那清澄的眼中，无论如何点滴都寻不出，对那老妇人加以背拒的不光明的行为的影子。

我想马上回去，可是伊东认真地邀请，说十天后有州内的剑道比赛，选手们每天下午，都在猛练，要我去参观。我与其说是好奇，不如说是愉快的心情产生在前。本校是专收本岛人子弟的学校，想到那些本岛人学生，现在堂堂地挥着竹刀站起来了，胸口就会开豁起来。

道场是相当广大的木板地，戴着面具和护胸的几组选手，把这里当作决战场似的，使出浑身的力量在交战着。时而传来教练的粗大的叫声：

"不要举得高高的，采取威压敌人的姿势，与其说是笨拙，宁可说是不懂剑道正法的人……气势不够！不够！怎不再奋力猛撞呢？"

伊东认真地凝视着，一会儿才开始向我说：

"去年大赛的时候，很可惜，只差一点点，致而失掉了优胜的机会。所以，今年非拿到不可，就像握住真刀真剑一样，必须全力以赴才成呢！"

我没有从训练的场面移开眼睛，只是对伊东的话一一点着头。

"可是，林柏年这个孩子……"

伊东又接下说。这时候，我才转向伊东。

"曾伤过胸膜，这样剧烈的训练，对他恐怕太勉强了。依您的诊断认为怎样？"

我这才想起柏年的事。

"啊！对了。我知道他最近不常到诊所来的原因了。如果可以的话，尽量让他休息是比较好些。"

"啊！就是那个。"

伊东指着正在比武的一组说，面向那边的就是柏年。的确是以全副精神在练着。气力充溢全身，而在把剑尖对准对方的眼睛下，用力打下去时的雷霆万钧之势，这可说是奋勇猛进，还是可称为奔放不羁，仿佛使出全力挥动长久受压制的四肢似的。那气势，连看的人都要渗出汗水来。但是，平常缺乏敏快动作的柏年，在哪儿潜藏着这一种力量呢？我忽然想起有一天晚上，对着我诘责伊东的那种可怕的热情。我想，在这种气势下，病魔立刻就会被吹跑的。

我们不眨眼地凝望着的时候，后方有人发出尖锐的声音叫起来了：

"啊！啊！是牧羊堂医院的先生吧？这太稀奇了！"

回顾一看，是因感冒曾到过我那里两三次的教务主任，担任史地的田尻先生。他是头发半白的中老年人，微弯的驼背，大概是长久忍受复杂生活的缘故吧。但是，那毛毛怔怔地摇动的令人害怕的眼神，却不能予人和蔼的感觉。我礼貌地向他行了礼。

"原来是教务主任，我正在打扰你们。大家都干劲十足啊！今年优胜的可能性如何？"

我随口问了一声，他便回望着伊东，装模作样地大笑着说：

"哈哈，哈哈哈哈！究竟怎样呢？总之他们全都是胆小如鼠的小伙子，优胜恐怕没什么希望吧？伊东君，你认为如何？"

伊东十分慎重地说：

"完全同感，我平常也对这一点感到很惭愧。"

我比较地看了看两个人的脸，再去注视练习的情形。不久，田尻教务主任说："请慢慢观战吧！"就匆匆离开道场。选手们根本没注意我们的谈话，仿佛要打断手腕，仿佛要喊哑声音似的，挥劈着竹刀，我的眼角热起来了，"本岛人青年啊！"我在心中叫喊着。

（我们现在随着历史的成长，非学习我们自身的成长，使得到成长的结果不可。向山峰实实在在地一步步攀登吧，有时要能忍耐爬山路所退下来的脚步。对于我们茫茫的前途，一步的怠惰、颓废都不许可。始终要以不屈的精神，把一切加以新的创造。）

不久，教练忽然下了命令："停！休息十五分钟。"选手们立刻停止练习，互相行礼之后，才解开面具的绳子透透气。柏年看见了我，忽然奔跑过来，可是跑了一半，就转向出口跑去了。我便向柏年追过去。

"柏年君！"

听到我的叫声，柏年停住了脚步，微笑着，靠过来了。大概由于紧张的关系，笑起来的面颊，怪不自然的。

"身体状况好吗？不要太勉强比较好。"我说。

"先生！请放心吧！托您的福，有了这样的身体。手腕痒得不得了。我要赢得胜利给你看。"

柏年抚着手腕，很愉快地笑着。他那浅黑的肌肤，渗出了汗水，我却从那里感觉到某种刚强生命的狂扬。

"请尽力而为，柏年君！历史的脚步不论喜欢不喜欢，日渐向着湍流，本岛人要跃上真正的舞台的时期，就要来临了。所以，这一回你们的优胜，是有很深的意义的。"

我终于说出这样艰深的话勉励他。他对这话仿佛马上领会了似的。

"嗯，无论怎样艰苦，一定坚持下去。本岛人每天像三顿饭一般地被骂成怯懦虫，实在受不了。还有，在打垮那些身为本岛人，却又鄙夷本岛人的家伙的意义上，我也要拼命。"

他所指的本岛人，大概是指伊东吧。不知何时兴起的余愤，会描绘出这样无止境的波纹，是很可怕的。感受性很强的心，如同纠缠住的线，拉错了一条线头，就不晓得会扩展到什么地方去。

"好了。"我慌张地举手制止他之后，接着说，"那种气量，我是很钦佩，不过，必须不会过度的范围内好好努力吧！"

"先生！不会过度的范围，是不彻底的。"

他反抗似的忽然跑开去了。但是，脸上却像虚假似的挂着两串眼泪，我并没有看漏。我第一次接触到他不服输的蛮干的一面，反而感到可悯。

过了十天，对我来说，那是一个紧张的日子。本岛人的选手们，虽然决心要奋斗，可是，由于过去不会在比赛中得过优胜的缺乏自信，以及对未曾接受考验的技巧的不安，交织在一起，这仿佛是自己的事似的，使我的心情非常不安。但是，盖子终于掀开了。不折不扣地赢了。我知道消息时，是纪元节（日本建国纪念日，二月十一日）那天，也就是比赛当天的傍晚。

那并不是做梦，本岛人终于把剑道，变成自己的东西了。多半是心和技一致了，所谓能虚心坦怀地应战的结果吧，或是激烈如喷火的斗志，压倒一切了吧。无论如何，优胜了。州下的称霸，和全岛的称霸是一样的。被欺侮为胆小如鼠的事，现在已成古老的故事了。现在就要吹灭卑屈的感情，本岛年轻人正要开始飞跃了。我欣喜之余，气都喘不过来了。胸部无端地膨胀起来，无法抑制活活的血正在奔跃。我很想看田尻教务主任的脸。

然而，我忘了比我更欢喜的人了，那是伊东。比赛得了冠军的第二天，选手们的座谈会上，由于伊东的好意，我也被邀参加。在归途中，我和当天的英雄，中坚人物的柏年并肩回家时，被伊东叫住了。

"柏年！到我家去一趟，先生也请一道去。"

伊东的喜悦，是不让柏年就这样回去的吧。我的心胸也开朗起来了，我以为柏年今天大概会接受的。

"不！我要回家去。"

柏年咬紧嘴唇，和往常一样，依然如故地表现出反抗的态度。我的神经有点焦躁不安起来，但是，伊东仍然微笑着说：

"我是想为你祝贺，来吧！"

"那是多余的事，反正我要回家。"

柏年自顾向前走，我茫然了。

"柏年，等一下！"

伊东终于生气了。追上去，抓住了衣襟，强有力的手掌连续地向柏年的面颊飞过去。但是，柏年并没有想反抗，任他殴打。

"你真是个莽撞冒失的家伙，那种开始腐化的精神，能有什么用！""老师才是那样的。"柏年并不服输，"抛弃亲生父母的心情，还能教育人吗？"

"傻瓜！你怎会知道我的心情，不过，总有一天你会知道的。今天不讲多余的事，你那种扭曲了的精神，丢给狗吃好了！"

伊东好不容易控制激昂之后，以十分讨厌的样子说。我不知该怎样好。伊东把蓬乱的头发，用手往上梳着梳着，很快地往前走去了。

"柏年君！"我这才开口，"没想到你好倔强啊！伊东先生平时怎样关心你，你大概不知道。无论如何，他是你的老师，一齐去向他道歉吧！"

"我不要！"

柏年仿佛对我的啰唆，很不满似的。可是，他努力不让我看到眼泪，而把鼻水往上吸时，大粒的泪珠反而滚下来了。接着掉了好几颗，都在任其自然。

这天我倒想到伊东家去。我害怕，若不毫无忌惮地究明对方的心理，扫除一片低迷的暗云，彼此的悲剧，总会以悲剧落幕。可是，到真正要付诸行动时，我又踌躇了。究竟是我怕常常招致伊东顽强的威力而被推出圈外，还是不愿搅乱他那好不容易得到的假惺惺的那种幸福的心理呢？我为此焦急、烦恼。这种焦苦的心理，究其结果，可能意味着：如果我被安放到与伊东同样的境遇，可能也会蹈其覆辙的心理弱点吧。我怀疑，恐怕连我自己的心理都有点扭曲了。

五

岁月同时载着悲伤的记忆和愉快的记忆流逝。林柏年他们要离开学校的日子，终于来临了。留下了那光辉的称霸——比什么都值得纪念的礼物。有一天，我从费了半天的出诊处回来，药局生告诉我，大约两小时前柏年提着皮箱来告别。我顿足捶胸地懊悔，已无可奈何了。我静静地闭上眼睛，眼前就会浮起柏年那细眯而有点松懈，却具清澄的眼睛，打消了几分理智的敏锐的低鼻子，和弯成弓形的紧闭的嘴唇。虽然有着也许是环境使然的那种扭曲了的气质，但是，到了面对问题的时候，那刚强的气概，在我脑海中留下了很深的印象。最初来到诊所时，脸色苍白，从上方俯视他的脖子，还残留着少年的纯洁和孱弱。可是，一到最后剧烈的训练时，简直就像成长了一年或两年的人一样，给了我很刚强的感觉。想起来，我们两人，不过是医师对患者的关系而已，一直不曾有过悠然谈的机会，却觉得他仿佛最信赖我似的。如果时间许可的话，很想听听他的希望，以及今后做人的态度，还有，对他表兄伊东家庭的事情，也很想寻根究底地向他探询。

说来奇怪，想见这个年轻人的念头，以后更为熊熊地燃烧起来。因此，很想到他的乡里南投去看看，然而，由于患者络绎不绝，找不到空闲的时间，一直到了三个星期之后的一个星期天早晨，才毅然决然地离家出发。

柏年的家是在南投的镇郊不远的地方，从屋子的外观和室内的家具，大体可以知道，并不是富有的家庭。迎接我的是将近六十岁的瘦瘦的女人，是柏年的母亲，和伊东的母亲有点相像。我向她表明，是在某镇开业的内科医生，和伊东春生先生及令郎都非常友好，同时报告了今天的来意。老妇人就很惶恐似的，弯低着腰，一遍又一遍地行礼，而从眼睛里扑簌簌地滚出泪珠，微微颤动着声音说：

"偏巧柏年正在两天前，到内地去了。家是如你所见，柏年的父亲和唯一的哥哥，在同一个公司服务，是薪水很低的职员，完全没有供那孩子到内地去的财力。可是，先生！那个孩子从小就喜欢读书，说什么工读也要干得好好的，这样苦苦地哀求。父亲示以白眼，加以鞭打，也不在乎，一点办法都没有。如果能像先生一样，做个医生的话，有时我们也会想，借债也可以供他学费呀！"

触及这个老太婆冲口而出的朴讷的本岛语背后流露的亲情，我的眼眶禁不住热昂起来。柏年的内地之行，是完全不曾预期的，这样离开家去，给父母的，是会涌起异样的寂寞感的。为什么不来跟我商量呢？对此虽然有些抱怨，不过，不论对于怎样未知的世界，都有办法使自己沉浸到里面去的他，我想也不会是凡庸之士。从他所做过的事情，所见到的坚忍不拔的功夫，是禁不住要为他喝彩的。我虽然错过了向他问将来的希望的机会，但对于"望子成医"的天下父母亲的这种安逸的想法，真使人有不寒而栗之感。让潜藏在一个年轻人身中的可能，充分地生长，这种没有偏见的热忱，不才是现代的父母亲所应有的吗？医学万能，绝不是对本岛可喜的语词。但是，遇到柏年的母亲注视我的那种含着尖锐羡慕之意的眼神，我的精神就完全消沉下来了。

"你们能答应他，也真不容易了。"

我不得已这样问问。

"先生！大概是那孩子毕业典礼的两天前，伊东先生特别来访，说柏年一定会要求到内地去，不论要进哪个学校，都请让他去吧。学费的问题，虽然他的力量有限，但他也会想办法。说起来真惭愧，我们这才有让他去的意思，只是叮咛要立志做医生。"最后她掩口呵呵一笑。

老太婆每次做出表情的时候，眼角出现了像刻上小小皱纹似的很显眼，这是她劳苦的象征。因为说到了伊东，我不由得把膝盖往前挪，落入感慨似的，侧起耳朵来。伊东这一回的做法，一瞬间给了我晴天霹雳似的冲动，恢复镇定之后，仿佛知道了伊东的心底似的。他坚强的决议，步步逼近我的时候，我感到呼吸似乎就要窒息。如果柏年知道伊东的这种作为，恐怕会咬紧牙关，一定加以撞回去。

"是吗？伊东先生真是个热血的汉子。想想柏年君的将来，我想还是接受下来好。"

我以这话做前提，想透过这个女人，探出伊东的事情。

"我和伊东先生交往并不很久，他们家庭的事情，似乎很复杂，关于这一点，我听到了一些风评。"

老太婆的脸，突然暗沉下来，但马上又恢复了平静说：

"那是没有办法的事情，一切都看成命运才成。"

这样一打开话匣子，她的话就一直说个不停。仿佛触到了不该触及的问题，更加伤害了作为亲戚之一的她的心胸，稍稍感到了畏惧。不过，看到她非常了解的样子：心情也就宽松了。

话是从伊东的童年开始的，稍不注意，话就会重复或纠缠在一起，不容易理出条理，让我来改编一下，用我个人独特的见解，加以整理，就成了以下的样子。

朱良安，也就是伊东的父亲，是个商人，但绝不是地道的商人。良安的先严是清朝的贡生，无疑是堂堂的书香世家。所以，良安自小就被灌输四书五经，纯然是社会的事完全与我无关的所谓读书人气质。但是，时势变了之后，他就不许甘于做个读书人，如果不转向，连生活都要受到威胁。他转向为商人，如所预料，成绩并不怎么好。心理焦躁不安的时候，又碰上了妻子的唠叨，于是，双方的冲突就频频发生，真是风波不断的日子。小孩只有伊东一个，因此，伊东虽然被疼爱着，到十三岁毕业公学校止，他所受到的刺激，是很复杂的。双亲频繁冲突的旋涡，绝没有闪开这个孩子地在暗中进行。此后母亲的歇斯底里愈来愈厉害，彼此互相卷起龙卷风一般的感情风暴，一个旋转之后，变了方向，多半会像雪崩地落到这个孩子身上。伊东这个孩子的心灵，虽然感受着父母的爱心，但对家庭中不间断的重压，大概已无法忍受了吧，公学校一毕业，马上要求到内地去读上级学校。起初，父母对这怪异的要求并不当真，由于这个胆怯的孩子意料之外的倔强的态度，以及东京有远亲住在那里，再加上事业上成绩虽不理想，但又不是没有让儿子读完上级学校的学费，就勉为其难地把这个孩子送到内地去了。但是，条件是：要入医学校。

伊东很认真地求学，如同从笼子里放出来的鸟一样，展开几乎要怀疑自己曾经拥有的大翼，向着空旷的天空飞去。

中学校的成绩，一直都在前五名以内。五年间，伊东只回过家一次，已经变得认不出来似的体格健壮的青年了。怯懦的地方，一点也看不到痕迹了。更令人惊奇的是表现的态度，所使用的日语的腔调，跟内地人一点都没有分别。对只能讲很不流利的日语的父母，或者对完全不会讲日语的人，也很少说本岛话。父母对儿子了不起的成长，在心中互相欢喜，再度送到内地去，而出乎意外的，发生了一件纠纷。

父亲期待着他进医学校，他却背叛了父亲的要求，考上了Ｂ大的日文系。父亲发脾气，更有过之母亲的歇斯底里的吵闹，都是惨不忍睹。这时候，他俩以不转系，学费的供应就立刻中止来做威胁，但伊东的决心仍丝毫不动摇。之后，直到毕业Ｂ大，父亲的汇款不论有无，他都完全不在意，一任青年的血气，设法工读一直苦学过来。对碰上什么才会想到什么的老父母的反抗心，以及洋溢的年轻气概，驱使着他，通过苦学的实践，把他锻炼成刚愎的人物。

"失去了唯一儿子的姊姊的感伤，可不是寻常的。我都没有办法安慰她，很伤脑筋。但是，一切都可以说是天命。柏年要到内地去固然好，如果反而造成了仇恨，就没有意义了。"

老太婆的话，到此结束了，眼睛里却闪着泪光。一会儿，却又变成了像边哭边笑，又不怎么像的表情，露出茫然的眼神。我袖手旁听着，忽然发觉自己的全身无端地热起来。事情的真相，这样就大体明白了，可是，对伊东的心理该如何解剖，我就拿不出主意了。现在可还没有这余裕，只有对老太婆说这样的话：

"伊东先生所做的事，虽然不值得赞赏，不过，他的动机是正确的，很可惜。对柏年君，当然现在已没什么可说的了，也是不用担心的。依我看，那个孩子头脑好，又是有意志的人，不会单方面地使知性造成偏颇的发达的，一定会养成血肉化的教养回来的。"

最后，我并没忘记说这样的话：

"欧巴桑！本岛人的前途，并不限于医业，今后的本岛人，既可做官吏，也可以开拓艺术之道。所以，如果抹杀了个人所具有的天赋能力，是非常可惜的。"

老太婆像了解又像不了解似的，露出了暧昧的微笑。我想到此事情已完了，主人和儿子也快回来了，婉拒了热情的挽留，打算赶上夜车，向车站进发。

我接到柏年的信，是半个月后的事。

拜启：先生，我终于进了武道专门学校，违背了亲人们的期待——经常在挥动着竹刀，要迸裂一般充满活力。在这个学校本岛人我是第一个。用尽力量，踩着大地，挥舞竹刀时，如同无我的愉快，会把我一向郁屈的心，一下子解放开来。请想象我悠悠的心情吧。事实上，我所生活的气氛，不知为什么，会有引起胸口激动的不可思议的力量。最近，树还未发芽的树梢，也会感觉充满柔软的力量。老练的方法、拐弯抹角的理论，我们都没有，这单纯的年轻，不就是我们唯一的武器吗？

不错，我今后非做个堂堂正正的台湾人不可。不必为了出生在南方，就鄙夷自己。沁入这里的生活，并不一定要鄙夷故乡的乡间土臭。不论母亲是怎样不体面的土著人民，对我仍然无限地依恋。即使母亲以那不好看的面目到这里来，我也不会有丝毫畏缩的表现。被母亲拥抱，就像幼儿一般，任其自然。

昨日父亲来信说，学费会尽量想办法。但是，我不想劳烦父母亲，我要尽可能靠自己奋斗。想写的事还很多，下次再谈了。刚才险漏写了一件事，在乡时，受了您很多照顾，由衷地感激。此致
　洪先生

林柏年　敬上

我读完了之后，还不忍释手。在脑中描绘，两颊泛出异样的红潮，皮肤稍稍冒汗似的光润，乌黑的眼睛虽然小些，却炯炯有神的柏年的英姿。也想象把洋溢的热血，集于方寸之间的，手臂筋肉隆起的怒胀。即使如此，比这些更使我愉快的，是柏年的心根。他渡海离去虽日子尚浅，但一点也没有卑屈感。这样有为青年的出现，本岛青年的成长，可以说已经达到了某一阶段。信里并没有提及伊东，他对伊东要负责汇寄学费的事，好像一点也不知道，这使我放下了胸中的一块石头。也许伊东的心理，柏年逐渐得到了解吧。不，绝对不会，对于伊东背拒有土臭味的母亲的态度，这个青年始终坚定着痛责的态势。同时感觉到，经常都不知道是做了什么噩梦似的惴惴不安的人（如伊东）所拥抱的日本精神，究竟是治不了病也要不了命的东西。

一个星期天的午后，我想要让伊东看看这封信，去中学校的宿舍访问他。不凑巧伊东不在家，没办法把信纸放在口袋里，信步而行。走在长长的石板路上，上完了古老的石阶，就出现了青坪优美的高岗，从这里可以把港口一览无余。白云在清澄的天空飘游着，是四月的中旬，由于阳光朗朗，稍稍走动汗就冒出来。

我坐在草坪上，眺望港口。自己此刻所在的位置，和前方背后的山都是同样的高度。周围是名副其实的下界。冯虚御风而不知其所止——古人在文中写得太好了。山峦、河流、对岸的村落、眼下市街的屋子重重叠叠，一切都在阳光下，笼罩在烟雾中，这样反而教人想到这废港的风情之美。可以望见遥远而荒凉地展开着的台湾海峡，海的蓝，融入了天空的蓝，连吐出的气息都会染上颜色似的。曾是台湾长时间文化的发祥地、贸易港，盛名曾受讴歌的这个废港，现在这样静静地睡眠在充满片片晚春色彩的大自然上的情状，使我感觉，不可思议地在我的心灵中，联系上某种悠久的东西，以及人智不可及的伟大的事物。接触经常耸立着的山川草木，以及几乎目眩的蓝空的光辉，清清楚楚地感觉到有生命的东西存在的力量。内地冬晴烧印在心里的我，这才恍然大悟，因而忘掉了故乡常夏的好。使我感觉对乡土的爱心不够。今后，我非用这个脚跟稳重地踏着这块土地不可。乡土所体验的阵痛，个人所尝到的苦恼，看作是最后的东西，好几次希望是最后的，现在不是应再忍耐一次吗？

不知过了多久，感觉山冈下的路上，有人走了过去。知道那正是伊东时，我愣了一下，但马上想叫住他。可是，次一瞬间，我又想装作没有看到，放他过去，是奇妙的心理状态。大概是上一次在墓地上的他的态度，还在我心中某处冒着烟的关系吧。还是在他超人的刚愎之前，要把这信中的文辞让他过目的勇气，消失离散了吧？

一直不会觉得，从冈上俯瞰，伊东的头发，一根根仿佛数得出来似的映在眼中。我的心情仿佛看到了不该看的东西那样，做了无法挽回的事情似的。三十才过三四的伊东的头发，白发不是占了三分之二以上了吗？我顿时不能不想到伊东不为人知的辛劳。线条看来异常粗的，其实不是相当细吗？在伊东认为，要成为一个地道的内地人，是要乡土的土臭完全去掉，为了这个，连亲生的亲人也非踩越过去不可。在学校，或者在社会接受纯日本化青年教育的年轻人，回到家门一步，就会被放到完全不同的环境里。这里有本岛青年双重生活的深刻的苦恼。所以，要克服这种苦恼，向着单方面，从正面加以挑战，并且非把它踏得粉碎不可。还有，在这个时代，我们为了求得牢固的既成陋习的解放，而不顾死活地战胜了它，下一个世代的我们的子女，不就是可以自然地变成自己的东西吗？也许伊东是为了抛弃俗臭冲天的父母而赎罪，才会在感觉上格外激烈，对不成熟的生活方式感到战栗的本岛青年，怀着粉身碎骨的献身精神从事教育去吧。对柏年所表示的好意，不可光把它当作好意。无论如何，伊东的白发，若不是这不顾一切的战斗的一种表现的话，又会是什么呢？

我想腻了！连想都不愿意再想。我终于待不下去地连呼着狗屁！狗屁！从山冈上跑到山冈下。然后像小孩子似的疾跑，跌了爬起来跑，滑了爬起来再跑，撞上了风的棱角，更用力地一直跑。

【导读】

王昶雄，原名王荣生，一九二八年出生于淡水，二○○○年逝世。淡水公学校毕业后，负笈东瀛，先进郁文馆中学，再入日本大学文学系，次年转入齿科系，一九四二年毕业返台，在家乡开设齿科诊所。

他的文学活动在留日时期即开始，前后两次参与同人杂志《青鸟》双月刊和《文艺草子》季刊的编辑工作。返台后，加入张文环主编的《台湾文学》，为决战期的重要作家之一。战前，作品包括小说、散文、诗、评论，大多以日文进行创作，小说虽以短篇为主，但也有数篇中篇的佳作，如《淡水河边》《涟漪》《奔流》《梨园之歌》《镜子》等。战后，曾因语言障碍而一度中断，但一九六五年后，则开始以中文发表文章，继续其写作生命。

《奔流》写于一九四三年七月，刊载在《台湾文学》第三卷第二号，正值"皇民化运动"最雷厉风行的年代，因此，王昶雄笔下所触及的小说问题，自然牵涉到庞大的国族认同叙述，以及知识分子在历史绝境中的抉择问题。历来对王昶雄的《奔流》是否为"皇民文学"，常有不同的看法，如施淑曾说："《奔流》一作，一般评论者有着分歧的看法，有的认为它是日据末期的'皇民化'作品，有的则以为是站在台湾人立场，表现'皇民化运动'下的苦闷心理。"时至今日，在检视所谓"皇民文学"的当下，其实是应该更加谨慎小心，回到人性的问题去加以思索，而非仅失之过简地以"皇民文学"加以批判；

如此还原历史，设身处地去理解当时的时代氛围，才能在这历史经验中获得当代积极性的启示。

文中以"我"作为叙事观点，冷静、知性的旁观之眼，一层一层剖析、显示身处殖民体制下，台湾知识青年所面临的深层痛苦与抉择。

"我"是一位因父亲病故，不得不从日本回到中国台湾的医师，起初在"我"的内心中，不时对照在日本的生活与在中国台湾的差异，感到人生的无奈与哀愁。因看病之故，认识了朱春生（伊东春生）及林柏年，两人的表现异趣，引起"我"的好奇，进而展开追索，在这探索的过程中，从好奇到同情的理解，借着对伊东先生、林柏年的观察与认识，正是对自我内在的追寻与探索，可视为自我解剖、反省的一个历程，同时，体会到身为被殖民者的悲哀，夹在历史缝隙中的痛苦与挣扎。此外，更对个人人格的解体及家国民族的认同危机中，寄予深刻的同情与理解，对在那个年代中委曲求全的人抱持着悲悯的情怀。

其中"奔流"正意味着，在"皇民化"时代，台湾人民如何在这历史的巨浪下，勇敢地奔赴滔滔洪流的险阻与困境，剖析那个时代的内在肌理，指陈殖民统治下的无奈及委屈。最后，当"我"看到伊东先生"不为人知的忧劳"所生的怜悯之心，以及"我忍无可忍，连呼着狗屁！拔起腿从岗上往山下疾跑起来"的形象，更具体呈现出那个时代知识分子双重抑郁与苍白的身影。

——阮美慧撰文

第三章

女性汇流时

爱的结晶

叶陶　著·向阳　译

> 一个女人之为女人，与其说是"天生"的，
> 不如说是"形成"的。

是个亮丽暖和的春日，为了找工作而走累了的素英坐在公园绿荫下的板凳上，恍恍惚惚打起盹来。她的脸色苍白，好像是被北风飒飒打过一样的皮肤泛着一层苍凉，而看起来一点也不柔润的头发已经发红了，更使她显出一副可怜兮兮的样子。

"啊！你不是素英姐吗？……"被这个声音叫醒的她，站了起来，张开惺忪的睡眼。她原来是以前公学校的女教员，由于不能不把她的薪水拿来奉养父母，乃至于延误婚期而过着痛苦的生活。其后因为对于社会运动家瑞昌的主义产生共鸣，在两人谈恋爱的当时，短暂地过了一段充满春日气氛的日子，想不到由于两人朝夕厮守，使她失职被撤，而受到了物质上与精神上的种种压迫，在无法适应打击的情况下，患了严重的神经过敏症。所以一听到有人叫自己的名字禁不住吓得站了起来。

"啊！是宝珠姐啊……"

知道了叫醒自己的人是女子学校时的好友宝珠，素英这才镇定下来。和她的境遇正好相反的宝珠，是J市首屈一指的渔业资本家的千金，

后来为了父亲带着陪嫁金两千元嫁给该市 S 股长。在素英眼中，宝珠该是个不愁吃穿、无忧无虑的人，所以素英想使自己的神经镇静下来，专心倾听久违的宝珠的平稳的故事。可是素英虽然努力要这样做，她这一生的痛苦却像被拔了根、掘了叶一样，神经也就更加受到刺激。尽管心里克制着不要去想、不要去想，可是家里的一切不顺遂还是浮上脑海来了。

——丈夫由于参与社会运动，被强制过了好几年暗无天日的生活而患了肺结核，不要说普通的食物了，就连药也没的吃。因为小孩子营养不良，素英跑去一再恳求地方的福利委员，从那边借来施疗券，也跑去找医生，但什么用也没有（说什么要常吃鱼肝啦鸡肝啦，连米都买不起了，哪能买得起这些？）到后来虽然有点钱了，可是小孩的眼睛却已坏掉了，连自己都觉得自己的存在是多余的，只能和生了病的丈夫这样一筹莫展地过着日子了……

素英回忆起这种种，泪水不禁滚了下来。

对这些事一无所知的宝珠，脑海中则描绘着对于素英的恋爱的羡慕，以及她的爱的结晶——世上最可爱的健康儿子。

"这是假的吗？假的吗？……"宝珠摇着头，她认定自己才是世界上最不幸的人而哭了，哭到后来干脆抱住素英痛哭出声。素英看到宝珠哭成这个样子，倒忘了自己的不幸，反而安慰起宝珠来了。

"你怎么了……不要难过嘛……宝珠姐！"

宝珠仍然不停地哭着。从她趴在素英腿上的双眼流出的泪，渗过素英的长裤，生出了一种温暖的感觉。

"宝珠姐，为什么要哭成这个样子呢？嗯？"

素英一边轻摇着宝珠的肩，一边问她。

哭着哭着，双手完全垂下来的宝珠足足哭了半个小时左右，这才从素英的腿上把头抬起来，自己擦干眼泪，拿起粉盒补妆。

"你是为了什么这样难过呢？……啊？"

素英看着宝珠的脸问她。

"我想要有个小孩……"

"难道你不能生育吗？"

"不是……只不过即使生得出来……不是白痴，就是带有梅毒……"

宝珠说着又泫然欲泣了。

素英听她一说，对于过去有点轻视的宝珠，忽然产生了一种亲近的感觉。

"你看这春天暖和的公园真好呢……稍微轻松一点怎么样呢？"

素英把话题引开了。

"嗯……"

宝珠坐了起来。素英很仔细地从头到脚端详宝珠，她从头发到脚尖可以说都打扮得非常好看，好像从百货店的橱窗中飞出来的模特儿那样的漂亮，不过就是少了一点精神，她的皮肤苍白，和自己比较起来，更没有一点血色。

"怎么了？……你的脸色好像非常不好呢……"

素英这样地问。

"嗯……你的公子怎么样了？"

宝珠答非所问地问。

"在家里啊。"

"几个了？……"

"一个……"

"应该是很可爱的小孩吧……"

宝珠带着几分感情地说。

"也不是……"

素英的眼睛有点模糊了。

"我想你公子一定很可爱才是……"

"为什么？……"

"因为……那是你们爱的结晶嘛。"

宝珠说着笑了起来，她的笑声里带有着自嘲的成分，接着泪水又挂到脸上了。

"并不，一点也不可爱呢……"

素英的回答声中混着叹息。只是宝珠并没有注意到这种穷苦人家讨生活的语意。

"啊，真难过！真希望你能早点明白……"

素英说着又叹了一口气。对眼前的这个人来说，只要能养个小孩就好，她当然会觉得自己有个爱的结晶的小孩一定很可爱啰……素英这样想着。

"早点明白……谁是不如意的人呢？嗯？……"

宝珠兴致很高地追问着。

"不是啦……我的……"

素英心慌了起来。

"你的？……你的爱的结晶？真的吗？"

宝珠好像是不被信赖的人的样子，急躁地想知道真相地问着。

"只是……太坏了……"

"怎么了？……是外面的人搞鬼的吗？"

"不是啦……什么人也没有搞鬼！……"

"那又怎么了？……"

"孩子眼睛瞎掉了……"

"瞎子？……啊……爱的结晶瞎掉了？……"

"嗯……"

"为什么会变成那个样子呢？……"

"说是缺乏维生素……"

"生病了？……"

"嗯，是营养不良的病……"

"营养不良的病？……"

"嗯——"

两个人都沉默了下来。两个人从各自不同的立场一面对于"爱的结晶"瞎掉了的事惋惜着，一方面则悲哀着自己的遭遇。

"爱的结晶"，由于钱的原因而盲目了；理想，由于钱的原因被黑暗吞噬了。这样的时代真糟糕啊——宝珠这样想着。

"请鼓起精神来吧……祈祷上天！让你下一胎爱的结晶是个千里眼……"此刻换成宝珠来安慰素英了。

——一九三五年一月十五日，日文原作，一九八九年五月

【导读】

叶陶，高雄旗津人，一九〇五年生，一九七〇年逝世。幼年曾入书房习汉文，毕业于高雄平和公学校，其后入台南女子公学校附设"教员养成所"受训三年，结训后曾任教于高雄平和公学校、高雄第三公学校。二十世纪二十年代积极参与"台湾文化协会""台湾农民组合"等社运团体，名列重要干部，并且在运动现场与作家杨逵相识而结成夫妻。

　　从家庭到社会，再到街头，叶陶一生经历了多向度的空间移动，以及多重的文化叛离，她的一生，不断实践身为女性的跨界之旅，展现了日据时期以来台湾新女性独特的精神风貌。叶陶创作数量不多，重要作品有极短篇小说《爱的结晶》、新诗《病儿》《我的教练真严厉》等。

　　叶陶的作品深具时代感，擅于将个人经验与时代背景紧密扣合。《爱的结晶》与《病儿》，都是以叶陶自身的生命经验为底稿，通过"女性／母亲"的视角，书写女性受制于社会制度，无法孕生健康子女的悲哀，时空舞台鲜明。

　　《爱的结晶》中，丈夫从事社会运动、染患肺结核、生活穷苦，初生幼儿因营养不良而罹患夜盲症的素英，的确是叶陶本人的生命写照。叶陶与杨逵在一九二九年结婚之后，面临日本政府对台湾社运的严厉打压，而杨逵体弱多病，无以为生，长女及长子陆续出生，却连请产婆的钱都没有，长子资崩因缺乏维生素 A 而罹患夜盲症。

　　然而，《爱的结晶》的内涵意义，却不仅止于一则自我生命纪实。小说中两位女性，分别代表日据时期新旧交替的时代女性之处境：素英属于新世代女性，与丈夫自由恋爱结婚，携手联袂参与台湾社会文化改造运动，在暗郁的时代里遭遇生命的困挫；宝珠则代表旧时代女性，出身富裕家庭，没有自我主体性，在父母决定下，成为"政略婚姻"的牺牲者。两人虽是同学，但阶级身份不同，经历殊异；素英具有自我生命主体性，而宝珠则无，然而，两人却同样遭遇生命瓶颈。在小说中，两位女性都是在"生育"上受到挫败：素英因金钱匮乏，生出不健康的孩子，而宝珠则是感染梅毒。女性孕生的子宫被弱化、被污染，而失去其丰饶的主体能量。

　　在远古"大母神"信仰中，子宫作为"母性空间"，是"女人据以容纳和防护、滋养与生育的女性基本特征"，是丰饶、自主而自足的。然而，在《爱的结晶》中，这丰饶的女性子宫空间被父权体制、金钱体制所操控，失去了她的生命原能；无论是具有主体性、努力想要"越界／跃诚"的新女性如素英，抑或生活在传统文化的"黑甜乡"中的女性如宝珠，子宫的丰沛能量都面临被弱化的命运。

然而，结尾处，叶陶却揭露了阳光的启示。母体子宫空间固然可能被污染、被弱化，却无法被掠夺，新文化改革运动是一条漫长的道路，而新女性素英与旧女性宝珠之间相互鼓舞的姐妹情谊、相互供输生命的能量，象征着只要女性携手努力，黑暗的时代终会过去，丰饶的母体将会不断自我修复、自我增生。

《爱的结晶》与其说是一个悲剧，毋宁说是新旧转型期台湾新女性的一则"阳光启示录"。

——杨翠撰文

天亮前的恋爱故事

翁闹　著·魏廷朝　译

> 向往青春热情、如野兽般原始生命力的
> "我"自此消失。

一

想谈恋爱。想得都昏头昏脑了。为了恋爱，决心不惜抛弃身上最后一滴血，最后一片肉。那是因为相信只有恋爱才是能够完成自己的肉体与精神的唯一轨迹。我不敢说是奇迹。它正是轨迹。为的是只有它，也就是只有恋爱，才能够在这个宇宙间画出我所寻求的某一个点，画出能在一切条件上使我满足的唯一的一条线。如果从这个意义出发，说它是奇迹也未尝不可。那么，在这么跟你谈话时，必须郑重提醒你：夹杂在千万人中间，我不过是一个绝对不会引人注意的凡夫俗子。所以，我想把我自己所经历的事，所想起的事等，毫不夸张，也毫不歪曲地告诉你。你和别人的情形，我固然没法知道，但至少就我自己来说，恋爱的开端总是惨痛的。

有一天——对，我想大概是在十岁的时候——在乡下自宅的院子看见一只把火红的鸡冠顶在头上的公鸡，突然撑开一边的羽翼，以利爪踢起院子的泥土，随即保持着那样的姿势，渐渐逼近一只正在啄土的雪白温顺的母鸡。我并不是存心要看而从开头就看的。委实是那情景偶然刺激到我的网膜。不过，这且不必管他。公鸡简直是在炫耀"老子的风采如何"似的，慢慢挨近母鸡。把鸡冠的红色染得更深，撑得笔直，装出全身忽然充血的模样。你啊，在那时候，岂止是鸡而已，就是人也会充血哩。请别笑！请别挖苦！因为我是在一本正经地对你说话。母鸡呢，母鸡像柔顺的化身一般，瑟缩着身体，露出到处逃跑的样子。其实，当公鸡电光石火似的紧抱它的颈部，准备跳到它的背上时，母鸡是逃跑了。为什么逃跑？当然啦，不会说不要不要，因此只好用行动来表示罢了。甫说，公鸡愈发凶了起来，像箭一般地追逐母鸡。然后，这回以远比当初更加凶猛的气势扑过去，像子弹一般飞快地骑到它的背上。结果如何呢？刚才还想逃跑的母鸡，不是突然放弃抵抗，弯下身体了吗？嗣后的行为，不用说了，又何必说呢。就是这个！就是这一瞬间！我忽然想到，人一天到晚要忙碌，更详尽一点地说，要装出正人君子一般的面孔，又是股票啦，又是生意啦，又是公司啦什么的，到处吵吵闹闹，归根结底，如果他们料想中没有享受这一瞬间的话，我想他们绝不会那样到处扰扰嚷嚷的。荒唐的念头？当然是的。我是不成材的人。不过，一开始就跟你约好了，我只是把一切的一切坦白的，毫不粉饰地告诉你而已。你从现在起，由于听我的故事，会愈来愈认为我是荒唐；我纵然愚笨，也可以充分料想到这一点。无论你怎样看待我，那是你的自由。完全是你的自由。可不是吗？因为你绝对不会把我高估到能够阻止或自由地左右你的意志吧。我的意志？不，我并不具备多大的意志，更何况我又有首先尊重别人的意志的习惯。自说自话，很没有面子，但请你相信，由于尊重别人的意志，结果我心里面终于弄得跟失去意志一样了。我到丧失意志为止的经过，本想告诉你，可是说起它来简直就没完没尽，所以还是先往下面讲。

话虽然这么说，从我这样跟你说话便可知道，我并不是完全丧失意志的。这不是笑话。即使是我，也不想活到完全丧失意志为止。因此，总而言之，请你只要记住一点：就是我还剩着一小块意志。

好，回到鸡的故事来。它把着实残酷的观念移植到我身体中，然后满不在乎地又啄起院子的泥土来。说实话，一直到那时为止，我总以为婴儿这个东西，就像父母所讲的一样，是从石头缝里或头顶上生出来的。但是，我变得认为没有那个道理了。从此之后，就持续了一段长期的暗中摸索。暗中摸索的结果，想必你也可以推测，是违反自然，意外地提早带给我一线光明。你可能知道香蕉的情形，放置不管，它当然也会熟，不过如果要它早一点熟，就得每天把它从瓮里取出来晒晒太阳，不然就把香插在瓮里，从事所谓逼熟。这样一来，原来要三个星期才会熟的东西，只要一个星期左右就熟，情形大致如此。三个星期跟一个星期，是相当惊人的差别呢。同样的，我的少年时代也经过反复地逼熟。于是，无论愿意不愿意，我终于早熟了。我几乎不能相信，在这个世界里还存在像我这样早熟的少年。

在那次恶心的鸡事件以后，我目睹过无数次跟它类似的事件。对，我不会忘记，是我十岁那年春天，由于顺利通过中学入学考试，要向事前许过愿的非常灵验的神报告，而随着母亲到山上的庙时的遭遇。拜过了神之后，我独自走到庙前的庭院。是南风发香，春色无边的风景。的确的。因为那是除了说是春天以外，简直无法形容的季节呀。我的故乡吗？说得太晚了，我的故乡是南国啊。你是北方的雪国吧。如果有那么一天，厌倦了这都市的生活，想找个美丽的地方去走走，那么我想，你不妨到有那座庙的地方去。我站在庙的前院里，忽然看见两只鹅东倒西歪地走过我的眼前。我立刻想通，这两只鹅一定是一公一母。如果不是一公一母，就不可能那样亲热地走；的确的，如果不是一公一母，即使一块儿走，也绝不会那样走法，我想过。这下子，该到证明我的分析果然毫无差错的时候了。两个人，不，两只走进屋檐底下来了。两只中的一只用嘴衔住另一只的颈部。被衔的一方乖乖蹲下来。衔住的一方爬到背上。可是这家伙体积相当庞大，动作又笨得不得了，因此眼看它一遍又一遍，竟从母鹅的背上溜了脚跌下来。你想跌下来几次呢？当我发觉应该从一开始就计算次数的时候，已经数不清它跌下来多少次了，不过光以我数过的来说，就跌下来十九次左右。真使人吃惊啊，最后连看的人都几乎着急起来哩。可是，看它并不是一件不愉快的事。因为它们流着口水，说真的呀，流下口水呢，还有……

还有，我还可以告诉你那更看得出陶醉模样的蝴蝶的情形。还是我中学二年级末期，也就是十五岁那年的初春，有一天在音乐室弹钢琴的时候，从打开的窗户飞进翅膀美丽的凤蝶，不知道怎么搞的，就掉在我手指前面的键盘上。想到这下可好，正要碰过去的那一瞬间，我看出它不是一只，因此把手缩回来。不用说，两只蝴蝶正像被钉子钉牢一般，紧紧地贴在一起。两只宛如人在酩酊大醉的时候一样，摇摇欲坠。刹那间，残酷取代了怜悯，占据了我的心。我这个人，请听清楚，在少年时代到青年时代的过渡期，那真是心狠手辣。简直可以说狂暴就是我，我就是狂暴。可以破坏的，不管是什么，只想统统破坏。那是由于反叛的意志，在我心里产生力量的缘故。直到现在，仍然被我看成宇宙的原理而加以相信的矛盾律，不可能把我除外。我生来比较心软；岂不是正因为如此，我的行为才会统统显得残忍而刻薄？我做了缺德的事。我把忘掉飞翔，正在抛弃生命的两只蝴蝶抓起来。然后，你猜我怎么弄吗？纵然闪落到头上，恐怕也绝对不会分开的两只蝴蝶，我开始企图把它们拉开。原以为没什么问题的，不料却不知道怎么搞的，怎么搞的，始终分不开。我用力拉。两只蝴蝶竟分开了。我把它放在键盘上，还一直以为大概会飞走。哪知道出乎意料的，它们不但不飞走，反而两只都像愈发酩酊大醉似的，不是一面抖动着小躯体和大翅膀，一面互相亲近吗？你认为看见那种情景的我，会采取什么对付手段吗？打死掉？才不呢！我又不是不知道真正的折磨法，虐待不是处死，而是执拗的刑求。我用两手抓住两只蝴蝶，一只在东，一只在西，瞄好最长距离，高高地向空中扭上去。啊，我的残忍性在这里达到最高峰。纵然是你，也一定不会认为我应该以它们只不过是蝴蝶为理由，而做这样残暴的事吧。我，我，想必或多或少知道，简直乱七八糟。只要是没有道理的事，我是样样都干得出来的人。你如果对我有所考虑的话，请特别注意这一点。问我两只蝴蝶后来怎么样了是不是？当然，醉得一塌糊涂，以被抛上去的空间为中心，画出好多个同心圆飞来飞去。好像只能勉强画出方向不定的曲线。有时候快要掉到地上，各自寻找被拆散的对方，拼命飞来飞去。然而，命运指引它们走上愈离愈远的结果。老是各自朝着相反的方位去寻找对方。然后，突然间，两只都好像几乎同时从烂醉中遽然清醒过来似的，停止来回绕圈子，而毅然向相反的方位远远飞去。嗣后，我不相信在这无边无际的空间里，它们还有再度聚首的可能。

好像把蝴蝶的故事说得太多了。我原想稍微谈谈那更热烈的猪，更凶猛的牛，更微妙的蛇的情形，现在还是不谈好了。如果你愿意听，我相信可以就每一种生物来谈谈。比方说那蚕，不，还是不要提这些，继续谈下去算了。我的确有太多该谈的话题。我只要把某一天的某一分钟内所见所闻，巨细无遗地说出来，恐怕要费三个月的时间。我不一定有这么多的空。深知你当然也没有那种闲暇。所以我为了考虑如何把刚才告诉你的这个故事简单浓缩，而弄得几乎神魂颠倒。

我把毫不出奇的事，谈个没完没了。其实，我想告诉你的正事还在后头。在开始谈正事以前，我无论如何，必须先谈这个毫不出奇的话题。

二

刚才已经说过，我只想谈恋爱，一心一意只梦到恋爱。只有恋爱才是唯一的热望渴慕。像我这样的废料，自然没有理想、希望这类好东西。从而，一般人所向往的名誉、成功、富贵等事体，我更是从来没有想过。不过，我倒是想过要把自己喜欢的唯一的女孩，紧紧地搂抱在怀里。是的，我只想要这样。现在也仍旧这样想。啊，心爱的女子！把那女人用这只胳膊尽力搂抱，贴紧那甜蜜的樱唇，然后使这副肉体跟她的肉体合而为一的时候，"我"这个东西才会体现出完整的状态。你啊，这个想法一旦在我心里发芽，立刻就以惊人的速度茁长，不久便在我的五体扎了根。你相信吗？在这个世界再也没有像我这样的偏执狂，我是疯疯癫癫的。不过，能变成从小渴望的疯癫，即使谈不上骄傲，也稍微感到满足。我为什么会变成这样一种人，相信聪明的你不必等我做不厌其烦的说明，单凭刚才告诉你的我少年时代的环境就可以充分推想出来。你说无聊是不是？可是，在我看来，人类思想感情的发生和进展，似乎统统开端于无聊的、带幼稚气味、琐碎的事项。而重要到几乎可以支配这个人类的一生的琐碎事项，却因各个人而非千差万别不可。果真如此，那么我纵然从那种邪道的圈内，抽出足以称为我的血肉的一套价值千钧的思想，照理也毫不足怪。可不是吗？何况，被称为邪道的东西，随着时间的经过，会渐渐有点不像邪道呢！

我希求一个爱人，以苦闷的情绪，以疯狂一般的心境。我在夜晚上床的时候，可真是说着"爱人哟，睡吧！"才就寝的。当然由于没有名字，不能喊出口，的确感到遗憾。不要说是名字，连住在哪儿也不知道呢。因为，你啊，我一次都没有遇见过她。还有，偶尔半夜醒来，在我心海中浮现的，一定是爱人的姿容。尽管我不认识她，她却分明站在我的眼前。在含笑中毫不慌张的圣女似的姿容，清清楚楚地映入我的瞳孔里。我立刻以虔诚膜拜的心情闭上眼睛，为的是爱人的姿容太庄严了。我老看见她周围照射着光环。我会伸出双手，接着紧紧地抱住。啊，我的大美人！我在这个世界里最喜欢的你！我充满着热情去吻我的爱人。因为我的唇在热烈地寻求她。我把爱人的整个身体搂抱。我的胸怀热得简直要燃烧起来。由于爱人太可爱，连泪都会流出来。

抱歉，因为不知不觉兴奋起来……我的胸膛眼见就要裂开。你大概也知道，所有的肌肉就像抽筋发作一样地颤抖。因为是你，我才敢厚着脸皮说这些话。如果是别人，我绝对不会有说这些话的心情。请听一听，在你面前，我不在乎自己变成什么样子。请留心，直到现在为止，我无论怎样受到逼迫，也从来没有这样把自己的真面目暴露出来过。可是你，看起来单纯而善良的你，请看穿我内心的深底吧。我是野兽。如果圣贤的路就是人的路，那么我是分明走岔了路的，活该被看不起的存在。请看不起我好了。可是只希望你不要嘲笑我。因为野兽即使应该被看不起，也不应该加以嘲笑的。何况又不是什么值得嘲笑的东西。关于这一点，我想啊，如果这地上再一次到处充满野兽，那该有多好！请不要生气，因为我并不希望人类绝灭。我的意思是要现在的人类忘掉他们的生活方式与一切文化，再一次回到野兽的状态。说实话，我看见，比方说，与其说是为了御寒，倒不如说是为了夸耀而把那花几百块钱买来的围巾挂在肩膀前面，就会感到莫可名状的厌恶。它一点都没有发挥重要的御寒的功能，这只要看它不是围住脖子而是悬在背上，就可明了。看到那种情景，难道你还能无动于衷吗？

我简直想吐。还有，例如那收音机，这个东西实在受不了。不管在街上行走，或在室内静坐，那不断地向鼓膜冲过来的噪声如何呢？实在无法忍受。那样子，人类竟也能不发疯，我觉得简直不可思议。我如果在这个城市内再住两年，那我必定会发疯。我自己清楚得很。因此，我想再过一年左右，换句话说，在还没有疯掉以前隐居乡间。如果在那乡间也从早到晚听得见广播的声音怎么办？当然，要搬走。如果新搬去的地方也同样的话呢？你还不如直截了当地说，如果头上到处充满广播的声音怎么办？果真那样的话，不用说，我只有发疯。大致想得到的结果好像除此之外无他。再说，想起市区电车、汽车、飞机这些，我就禁不住毛骨悚然。市区电车这家伙虽然像鼻涕虫一样慢慢爬行，不是老相撞啊，追撞啊什么的发生车祸吗？真是糟透的家伙！再想想它肚子里的东西，步履蹒跚的老太婆，一大早就满脸苍白并且拼命坐着打盹的中学生……此外，这家伙的毛病还多得数不清。说起汽车这家伙它的劣迹更是臭不堪闻。在并不宽敞的马路上，难道非那样猛跑就会来不及送死吗？像疾风一般——不，疾风，对这家伙来说，是过分排场的形容，因此改为像鼠疫一般，的确像鼠疫一般，掠过衣袖和下摆，倏地跑过去。后面只留下厌恶和沙尘。要缩短生命，这是最好不过的方法哪。还有，这种情形如何？想除掉它，特地靠到路边立定的时候，飞快跑过来戛然煞住，从窗子探出脸来喊一声"老爷！"等等。不管是脾气再好的人，碰到那种做法，相信大概也会跺脚捶胸吧。最后要说到飞机，这个东西，早上才听到什么太平洋横断飞行、大西洋横断飞行的新闻，到了晚间就一定会有坠机的消息传来。哪里谈得上壮举呢！多方联想起来，我觉得自己似是一个完全不适于生存的人。这是真的。我老早以前就一点一点地感觉到我是一个不适于生存的人。这种感觉要到什么时候才会达到可怕的毁灭的顶端呢，那连我自己也

不清楚。大概不会在那么遥远的将来吧？不过，我的毁灭，是跟你毫
无关系的事。连对我自己，也是无所谓的事……

对不起，说话离题了。好像变得好冷哪。门外说不定已经在下雪
呢。对了，今年真难得，还没有下过一次雪哩，尽管眼看后天就是圣
诞节，对，对，提起圣诞节，据说我正好生在圣诞节这个节日前后的
半夜里。所以，明天就是我的生日呀。问我几岁是吗？啊，你问到了
伤心事。到了明天的半夜，我就满三十岁了。后天早上醒过来的时候，
我已经不能不把自己的年龄算作三十一了。今天是我三十岁的最后一
天，我完全忘掉了。现在意外地得知这个值得惊叹的事实，我又是高兴，
又是伤心！啊，我的青春已经过去了，消失了，今天就此宣告结束了。
你十八岁是吗？咦，你为什么要告诉我？你大概不知道你刚才这一句
话多么刺伤、挖痛我的心吧？可是我要告诉你：你刚才这一句话正完
全对我的生命刺上最后致死的一剑！我的青春从此拉下最后的一幕。
对我来说，青春熄灭的生涯不能算是生命。正好在你这年纪的时候，
我就抱着这种思想。我还没有把我十七八岁时的情形告诉你吧？其实，
我想告诉你那时候的情形。我打算一步步告诉你，请你仔细听听吧。
那时候，我向往着恋爱，渴望爱人。即使在梦寐中，也不会忘记："我
心爱的女子啊，出现吧！"这就是我灵魂的呼唤。就是在现在这一瞬
间吧，只要这位女子出现，我一定随时准备用尽全身心灵的力气，把
她抱住。只要一分钟，不，只要一秒钟就行了。在那一秒钟之内，我
的肉体可以完全跟爱人的肉体融合。我的灵魂也可以完全与爱人的灵
魂紧紧地贴在一起。此外我无所期待，无所需求，而且希望"我身何
妨直消逝"！就是到现在，我仍旧在焦急地等待那一秒钟。我以为在
三十岁以前，那一秒钟必定会来探访我的青春，并且深信不疑。可是
如你已经觉察到的，一直到现在这一瞬间，它还没有探访我的意思。

我已经对自己发誓过，如果到我三十岁的最后一刹那为止，那一秒钟还不来采访我的话，我绝对要中断生命，做了坚定的决议，绝对不要再活下去。请不要笑！因为我自己也知道这是愚蠢透顶。不过，我只想说出这一点，请你让我说出来，那就是：凡是世上的人，统统毫无例外的，都是被比我更愚蠢透顶的想法所纠缠，尤其在当他将要抛弃生命那一瞬间，非到达毫无道理的愚蠢的极点，绝对不可能断然实行。请不要误解，我并不是在指责。我宁愿正由于这一点，而几乎要称赞他们。他们要是不能够以这种方式各自解开人生的困境，我想我无论如何也不会对他们有一丝一毫的情谊。不过，我的人生计划，刚才也已经说过了，现在就要到达大团圆的境界了。现在，我多年来的种种演技，统统已经成为无聊的、空虚的了。无论如何也没有人会相信，它能在此后仅余的三十小时左右之内，忽然转变成有意义的、充实的。它遵循那令人战栗的概然律，那应当唾弃的惯性律，连最小限度的可能性都没有。

你啊，还处在青春顶峰的你啊，正像那芳香的酒变成了教人皱眉的醋酸一样，我精神内部对人世所抱的至高的爱，如今就要完成发酵作用，正在逐渐变成激烈的恨。纵然我的人生和青春在悠久的岁月中几乎等于零，我确信这无穷小的恨，也必能跟无穷小的恨一起对宇宙发生破坏作用。

三

话是这么说，我也曾经感受到蛮像一回事的恋爱，也曾经过见蛮像一回事的爱人。回想起来，那是我中学四年级那年深秋的事。放学后，我跟朋友照常到公园附近的一家馆子吃甜不辣去。我们天天到那儿去吃甜不辣，一天也没有缺席过，的确一天也没有！当放学的铃声响遍校舍，我们同时就会感觉到甜不辣的香味一股脑儿猛扑鼻孔。那时候如果还有继续讲课的老师，我就会跟朋友互相眨眼示意，同时在肚子里相骂，不久，起立敬礼一过，立刻一溜烟跑出去。每次总是我最先开始行动。好几次由于老师还没有答完礼，换句话说，老师的脖子还在弯的时候，就开始行动，结果被迫重新敬礼。还有那种卑鄙的事吗？跑进宿舍，丢下书包，脚自然就迈向甜不辣店。我和朋友的步伐，总是不期而一致的。从学校到甜不辣店，走得快一点，来回要三十分钟。关门时间是五点。我们在校门碰头。

"喂，几点啦？"我问朋友。

"四点半了。"朋友回答。

"好，走吧！"

就是这个样子。要是只有二十分钟的时候，就跑步去。短于二十分钟时候，就不得不放弃。那时候，采取另外一种方式。到了九点，熄灯，大家睡得静悄悄之后，两人就爬越四周的围墙出去。你啊，夜晚的市街，才真美丽呢！有一次，深夜里从甜不辣店回来的路上，被脑筋死板板的汉文教师发现了，那家伙向校长密告，弄得被勒令停学一周的时候，好高兴哟！因为我家就在同一条街上哪。每天从早到晚就跟朋友一道在甜不辣店度过啊。世上到处都是莫名其妙的事。打算不让我们吃甜不辣而做的处罚，反倒给了我吃甜不辣的自由哩。好笑不？不好笑吗？如果觉得好笑，就请随便高声笑一笑吧。你为什么不笑呢？谈吃没意思是吗？那真抱歉。我还以为只要谈吃，可以有数不清的话告诉你哩。

那么，我来告诉你，我们，也就是我跟我的朋友，由于怎么样的原委而发现仿佛像是爱人的女性吧。情形是这样的。是在星期天。我们一早就在逛街。朋友是个哲学家，他仰慕叔本华，并且认为这个世界是值得悲观的，值得慨叹的。我？我什么东西也不读，换句话说，是个废料。那时候，朋友自己说他正面临着精神上的蜕变期。他对我说："我是何等愚蠢呢！我从今天起不搞哲学了。"然后，他引用某一位哲人的话来说明他的心境，那就是"哲学家好比在沃野吃枯草"。他还加上了一句话："我从今天起抛弃哲学，开始谈恋爱。"这样，朋友就声明从哲学家转变为恋爱者。我反正从来没有对学问这个东西下过功夫，所以马上就回答："这样比较好。"表示赞同的意思。朋友阴郁的脸颊开朗了。他老是过充满阴影的生活，所以这个变化重重地刺激了我的心。我们很快活。我们跳华尔兹，跳那自街上的舞厅偷看，而靠模模糊糊的记忆学会的华尔兹。我们穿过开始有落叶的喷泉公园，选择最热闹的马路走过去。那条马路上有百货公司模样的大店铺一间间排列着。我们就穿着寒酸的制服迈大步。结果当来到一家布庄前面的时候，忽然看见两三个女子，那些女子在里边买东西。发现的人当然是嬉皮笑脸的我。因为朋友尽管口里说不要做哲学家，但由于长期的习惯，老在凝视地面。退一步说，就算不是老在凝视地面，漂亮女子的姿容等，也不可能正确地映入他戴眼镜的眼中。我轻碰朋友的肘，没有说话。没法子说话。担心这样会被女子们发觉。朋友立刻发觉了。他微微一笑，并且突然低声喊道："机会来了！"

我了解他的意思。我们在一棵树下站定。接着在经过大约五分钟的协议后，断然决定打冲锋。首先由我站在前头，趾高气扬地闯入了布庄。掌柜的疑神疑鬼地向我们瞟了一眼。啊，穿制服的中学生！为什么被那样轻视，到现在我还无法了解个中理由。他们并没有向我们说"请进"或打其他的招呼。不过，那倒也无所谓。我们不过是由于踏入只有妇女进门的店铺而感到难为情罢了。女子们回过头来。哦，其中的一位！穿浅红色的衣服，年纪大约在十八岁左右的女性！那正

是我们在梦中描写的故事里面的女主角。当从正对面看她脸蛋一眼的
瞬间，我就清清楚楚地感到这一点。她有着着实柔软的腰和优美的脚，
我的热情立刻达到沸点。啊，十七岁的穿制服的中学生，好惨哟！

　　她们不久就走出布庄。我们也走出去。隔着十步左右，我们跟踪
她们。她们走到哪儿，我们跟到哪儿，像两条忠实的狗一般。寒风吹
过马路，排树飒飒地颤动，静静地把叶子摇落。叶子暂且随风飘舞，
不久便留下轻微的声音，躺在地上。我悄悄地倾听自己心脏的声音和
大自然所制造的若有若无的声音。那是完全出乎意料的。你不觉得奇
异吗？人在最激动的一瞬间，平时完全感觉不到的这些微小的音响，
竟突然成为唯一存在于天地间的音响，来支配我们的这个事实。

　　她们走进妇女用品店。那是一间窄小的店铺，因此我们就在隐约
可见她们身影的树下等候。三个女子经过了颇长的时间之后，才各自
在双手提着几乎要掉下来那么多的货，从妇女用品店走出来。她们把
美丽的女子夹在中间走过去。只有美丽的那位，约莫回过两次头看我
们。我们已经平静下来了。她们逐渐从繁华的马路拐弯到僻静的马路。
这样跟踪差不多有半个小时吧，当几乎没有行人，路旁成列的房屋快
到尽头的时候，女子们忽然失去了踪影了。在转眼间不见了。朋友气
得直跺脚把眼镜拿起来擦。可是我的确看见了，看见浅红色的衣裳飘
一下，接着美丽女子的脸在偷看我们这边，虽然只是一刹那。我告诉
了朋友。朋友差一点正要掉下眼泪。他取下眼镜，因此在我看来是如
此。他慌慌张张地戴上眼镜，结果没戴好，掉下来。我在空中把它接住。
我们弄齐步伐向前走。女子的家鸦雀无声。我们一时茫然呆立在门槛。

　　"有人在家吗？"这样招呼的是朋友。没有回答。从纵深很长的
房屋中传来了回声。

　　"有人在家吗？"我用跟朋友相同的话招呼。然后我们就像完成

了责任的人一样，默默地站着。听到有人走出来的声音。

"有什么事？"是个二十五岁左右，瘦长型，朝气蓬勃的青年。

"不，没有。"我回答道。青年悠闲地走过来，站在我们旁边。那从容不迫的态度，立刻使我们轻松起来。

"不，有事。"朋友否定了我的话。

"什么事啊？"青年一面笑，一面用仿佛向老熟人说话的口气问过来。

"哦，刚才走进贵府的小姐……我想确实是走进贵府……"朋友露出一本正经的脸色说道。

"啊，确实是走进来了，有什么……"

"不，没有。"我插了不必要的嘴。朋友撇开我而说道：

"请问，小姐是不是已经出嫁了？"

青年大声笑了起来：

"不，还没有，可是明天就要出嫁。因此，如你们所看到的，今天出去买嫁妆。她是我妹妹。"

我们戛然碰壁了。一会儿，朋友用尖锐的声音说："原来如此。"接着以极低的声音对我说："喂，回去吧。"

我向他轻轻点头，表示赞同，左思右想，我不知不觉地说：

"令妹真是一位漂亮的小姐！"

青年愉快似的笑了起来。我一定是满脸通红了，赶快跨过门槛，走出门外。朋友留在那儿说道：

"请别见笑。"

这一来，青年好像更愉快地笑着说：

"不，这不算什么。你不必在意。年轻的时候，谁都会这么做。"

我们向青年鞠个躬，分手了。

啊，那位青年多么值得怀念！两个穿制服的中学生又多么寒酸！

你啊，这就是我的初恋。你不认为惨痛吗？我们在可悲的恋爱的出发时遇到挫折，过后有一个月左右，吃都几乎吃不下去，而陷入深渊一般的忧愁里。哲学家朋友露出简直令人不忍卒睹的忧郁表情。不过，我们一声不响地熬过了这番考验，关于我们共同的失恋，一句也不交谈。

四

我五年级的时候，也就是我十八岁的时候因为暑假而回家。假期快要结束了，季节已经进入八月下旬了，阳光渐渐柔和，树木刚开始飒飒作响，马路开始刮风，天空在树木上面慢慢增加高度了。想必从前到现在也一直被敲响的寺院钟声，第一次把它的音响传到我的耳鼓里。大自然所造造的微妙的音响，在我心中复活着，我就要做上学的准备了。

在这段时间中的一天，我青梅竹马的邻居女孩班上的朋友，到她家来玩。她向同学介绍我。晚饭后，她们到我家来。大家在我的书房谈许许多多的话打发时间。我的魂都被那位同学勾去了，完完全全迷住了，爱上了那位女孩。于是，我们俩的交谈渐渐变得不对劲了。当我的女友觉察到我的不安时，她狼狈地对那位女孩说要回家。接着，她们就走出我的房间。临走时，我的女友当着她朋友的面轻轻拥抱我。这对我们来说，丝毫不算是不自然的举动，可是我生气了，愤怒了。

由于愤怒，到了第三天，我喜欢的女孩要回去的时候，我也闹别扭，不要送她。多傻啊！那样勾住魂魄的女孩自己要离开，我竟躺在床上。还有那种糊涂虫？

我懊悔了，被强烈的悔恨之情所罩住了。不过，幸运得很，我知道她的住址。那总算是最低限度的安慰。

返校后，两个月过去了。在这期间，我继续不断地想念那位女孩，追想她的花容月貌，一刻也不能忘掉。于是，入了十一月，在某一个吹着凄风的星期天，我决定独自暗访她家。我搭上火车，坐了一个钟头光景然后下了车，是个冷清清的乡村车站。我为了抑制跳动的心房，暂且站在车站的出口，欣赏那儿的田园情调。啊，这就是她所眺望的风景呢！这里就是她上下车的车站呢！那实在是个可爱的联想。你明白这项事实吧？人类的欲望，其实只是一点点而已。我不抱任何野心。只要能得到她，我衷心打算选定那冷清清而引人哀伤的田园为永居之地。我开步走。她家很快就被我找到了。我迟疑不决，可是想想与其来到那样渴慕的女孩的家而回头，倒宁愿死掉了的好。于是我鼓起勇气，敲了她家的门。四十岁上下的风采端庄的女人替我开门。

"请问，是哪一位？"

我报出名字，那位女人毫不惊讶地说："那请进来吧。"我进去，跟那位女人相对而坐。

"老实说，我是因为令爱的事，想请求您才来的。"我开口道。

"我家的女儿对我提起过你。请不必客气地说好了。"

我爱人的母亲用出乎意料的恳切的言辞对待我。那一定是由于我手足无措，要设法安抚我心的缘故。我吞吞吐吐。事先准备好的种种言辞，一下子就冲到嗓门来。我不知道该选择其中的哪一种才好，伤透了脑筋。许许多多的话在我的声带下面挤来挤去，堵塞住了。而且那时候我才知道，这些话统统不能用。我陷入了困惑。这时候，突然浮出一句全新的话，它以惊人的气势，推开正在挤来挤去的许多话，从里面的声带飞出来：

"伯母，请把令爱嫁给我吧！"

喊那句话的，并不是我，是话本身凭自己的气势迸发出来的。不管怎么样，它的确是了不起，是很高明的话。虽然不幸并没有产生应该有的功效，但是直到现在，我仍旧认为它是我一生中所能发出的唯一的漂亮话。

伯母用低沉的声音回答道：

"说起来真对不起，她有未婚夫在家乡。承蒙你看上小女，实在感激，不过由于这种情形，没办法满足你的愿望，真抱歉。再加上她父亲在大约一个星期以前去世，我们必须在近几天内回到家乡去。"

伯母的声音，也许是由于我的主观吧，变得有点黯然。听到她父亲的凶耗，我吃了一惊。我把眼光移到隔壁的房间。线香的烟，在覆着簇新的白布的遗骨壶前静静地上升着。突然，我伤心起来了，于是说道：

"她父亲去世了？我一点也不晓得。我想致吊，请让我上香吧。"

这时候，从餐厅纸门中间出现了穿女子中学制服的年轻女孩。啊，那正是我连梦里一直描绘的幻影，想念不已的爱人的姿容。她用带着微笑的眼睛，注视我一会儿，但又马上失去踪影了。那是因为怕母亲发觉的缘故。我的心脏扑扑狂跳。可是她母亲站了起来，我不得不跟在后面，走到隔壁的房间。她母亲替我点燃香火，我恭恭敬敬地在故人的灵前行拜，低下头很久。忽然感觉到热热的东西沿着腮子流下来，我不禁用手把它抹去。手背上有一道，从手腕湿到食指的指甲。啊，我是在哭吗？不，不，我绝对没有哭的道理。只觉得有什么东西在紧迫胸膛。只觉得忍受不住沉重的东西压在我的心上。我站起来，回到隔壁的房间抓起帽子，用旧了的、破了洞的帽子，挤扁了的、挂有薄薄的金属徽章的帽子。

"打扰了。伯母，再见！"我往门口跑出去。伯母吃惊地从我后面追来。我一直往前地跑到大门外面，然后回头看。她的脸从走下踏脚石的伯母背后出现。

"伯母再见！"我再喊一次，可是对方恐怕没听见。因为喊了，只是自己的认定，它并没有变成话。

你啊，善良的你，这就是我的恋爱，就到此为止。从那时起，再也没有遇见过她。因为嗣后大约四个月光景，我就从中学毕业了，她也从女子中学毕业了，她的同班同学，也就是我邻家女友也毕业了。大约到了四月底，我听邻家女友说，她跟母亲一起回到遥远的家乡了，那样就结束了。时间一点点地把她的影像从我心中抹去。我把她忘得一干二净了。再过两年左右，得知她结婚的消息，可是我并没有感受到冲击。知道那个消息，是从邻家女友跟母亲不动声色的交谈中觉察出来的。

你想，她后来怎样啦？连我也不知道。然而奇怪得很，自从我不再见她数起，第四年的某一天，我收到一封她的来信。上面只写她的名字，却没写地址。直到现在，我仍然记得那封信的文字：

分手后，在梦中度过了四年。暗怀你逐日深印我心版的英姿，偷偷打发时光。啊，尽管如此，你我远隔山海，无法测知是否能够抱着紧迫我身的焦思，同难忘的你一见。如今，留在身旁的唯一回忆，就是思念往日你离开寒舍时忧伤的神态而感到心碎的情景。侵蚀胸怀的苦闷只是恨自己那一天为什么没有跑过去，向你和盘托出这颗寸断的心。这段悔恨的回忆，只怕毕生也不会退去。既然如此，现在并没有什么怨言要对你说，只是想奉告你，我青春的时代已经过去了，从往日在你房间第一次见到你的时候起，我就偷偷地仰慕你；始终没有向你倾诉，完全是由于自己软弱的缘故。归根结底，我只是弱女子，我已经无力挣扎。我又清清楚楚地忆起你的风采。

再见，再见，你年纪还轻，但愿你千万把我忘掉吧。我写给你这最后的书信，完全是为了奉告你这一点。再见！

你啊，这就是她的来信，我已经烧成灰烬的心，有一部分差一点就重新燃起。可是，一切都保持沉睡的姿态走过去了。

你啊，还非常年轻的你啊，刚才告诉你的，就是我到今天为止的恋爱的一切。我当然只不过是废料而已。但是对于这么深切地寻求恋爱，这么热烈地盼望爱人的我，上帝竟一秒钟都不会赐予过，我无论如何不认为是有理的。啊，青春在消逝着！它正在飞快地消逝着！

你啊，很耐烦地热心倾听我又长又臭的故事，好心的你啊，天又好像开始亮了。请把那件上衣递过来。我必须在天亮前回家，因为公司的上班时间是七点。何况，我现在还不能搭那慢吞吞的电车，摇晃一个钟头左右，先回家整饬一番，对，对，有缘或许会碰头也不一定。第一次到你这儿来，马上就要说这些话的我，在你看来，反正是不像样的男人吧。不过，如果我对你说，我没有一个可以谈这些话的朋友，相信你也能多少原谅我的无礼才对。你一定从几十个，不，从几百个男人口里听到过同样的话题吧？不过，遇见像我这样意志与行为极端分裂的男人，今夜怕是第一次。啊，我整个晚上躺在你身旁。我多么希望搂住你啊！可是我不能那么做。我不但不以此为荣，反而觉得很羞耻。归根结底，可以说，像我这种窝囊废毕竟只有被瞧不起，才算获得应有的评价吧。

啊，我想拥抱你！用我两只胳膊全力抱紧！不，我没有这份福气。啊，不行，不行！请把那顶帽子递给我。下次来的时候再说好了。到那时候我一定会提起勇气给你看的。现在可不行！因为我还有一肚子该说的话，难过得很。下次如果有机会来一定特地再谈那些话。现在，我心里还很难过……咦，你哭了吗？为什么呢？到底是为了什么呢？请不要哭。就算为了让我轻松一点好了，请不要哭。被你一哭，下次我再来找你，会使我的心变得沉重，脚变得迟钝。真正善良的你！请不要哭。再说，如果你答应在我下次再来以前，愿意一直就你自己和我的命运认真地想一想，那么我就答应下次一定再来找你。

天要亮了。我非赶时间不可。请送我到那边门口吧。对不起，善良的你！请露出你的笑容，让我看一眼。谢谢，这样我就可以放心回去了。再见！再见！

——本篇原载于《台湾新文学》第二卷第二号，

一九三七年一月三十一日出版

【导读】

翁闹，号杜夫，约生于一九〇八年，彰化社头人，自称是养子，对亲生父母一无所知。一九二九年毕业于台中师范，与吴天赏、吴坤煌同为首届演习科毕业生。教职服务五年期满后，即赴日留学。翁闹生性浪漫，恃才傲物，因迷恋日本女性，屡屡展开情书攻势，终不被世俗见容，被迫失去高薪的工作后，流落街头，饥寒交迫，据说因精神错乱而死于一九四〇年左右。评论家刘捷因此称其为"幻影之人"。翁闹的创作，现存的作品中以小说为主，另有六首新诗、一篇散文、四篇随想、十首译诗，皆收录在许俊雅编、陈藻香译，彰化文化中心出版的《翁闹作品选集》。

目前可见的翁闹六篇短篇小说，依主题分类，可分为两类：一类为刻画现代男女情爱心理，如《音乐钟》《残雪》与《天亮前的恋爱故事》；一类为描写乡土小人物，如《憨伯仔》《罗汉脚》与《可怜的阿蕊婆》。两类对于人物心理皆有细致的剖析。翁闹的小说与水荫萍的新诗，可视为日据时代现代主义的双璧，在台湾二十世纪三十年代的文学场域中，相较于强调大众、乡土以及反殖民立场的现实主义的文学主流，两人独树一帜的感官经验、心理分析、象征手法的艺术风格，有着令人惊艳的艺术前卫性。

被视为翁闹代表作的《天亮前的恋爱故事》，亦可视为一篇成长小说。小说以第一人称自我告白的文体，由天亮后即满三十岁、来自南国的男子"我"，向来自雪国的十八岁妓女，叨叨地告解自己早熟的性启蒙，对爱欲的渴求与挫败。故事始于十岁目睹鸡、鹅、蝴蝶的交媾画面，历经青春期对街头邂逅的日本妙龄女子的爱慕，到十八岁时与女子中学的日本女孩无疾而终的爱恋。从黑夜到天亮前，这位坦承自己是"废料""野兽""偏执狂""疯癫"与"不适生存"的独白者，不遗余力地诅咒市区电车、汽车、飞机种种都市文明，希望人类回到原始、回到野兽状态；并声称"到三十岁的最后一刹那为止"，如果不能实现灵与肉完全跟爱人融合为一体的话，"绝对要中断生命，做了坚定的决议，绝对不要再活下去"。

这篇带有世纪末色调，展现厌世的个人主义小说，其悲剧性即在于小说结尾处，隐藏在"我"告解的话语背后中，那位始则讪笑，继而倾听，终于感动落泪，似乎暗示愿意以身相许的日本妓女，最后却被"我"拒绝。理由是"公司上班的时间是七点"，我"不能不搭那慢吞吞的电车"，以及"我多么希望搂住你啊！可是我不能那么做。我不但不以此为荣，反而觉得很羞耻。归根结底，像我这种窝囊废毕竟只有被瞧不起"。至此向往青春热情、如野兽般原始生命力的"我"的叛逆性，全然被资本主义体制驯服，只能以颓废、虚无、丧失生命热情的面目赖以苟活。小说中迷恋日本女性的主人公，无疑是作者翁闹的化身，在那充斥着自我否定的形象中，也展现了殖民地知识分子在日本殖民体制下被压抑而无所安顿、荒谬、虚无的存在写照。

——徐秀慧撰文

花开时节

杨千鹤　著·林智美　译

　　她们仨的笑声如花灿开。

一

　　美丽的人儿，比起你对我的惠爱，我是更深、更深地爱着你的。这一辈子，我将滔滔不绝地向你如此表明。请你瞧瞧吧！

　　南国的太阳，虽说才只是三月天却已相当强了，暖烘烘的阳光照射在这青翠校园的草上。我们在这里朗读着莫洛亚（结婚、友情、幸福）书篇中的词句。诵读的声音，恰好与礼堂处飘出的钢琴乐曲，融合成优美的旋律，洋溢于这不算大的校园里。

　　蓝天一碧如洗，绿草地也散发着淡淡的草香味，令人感受到一股清新的青春气息。我们虽不是一群容易因此动容而多愁善感的罗曼蒂克少女，但由于即将要毕业了，心里也泛起一缕缕淡淡的哀愁与感伤。平时，只要一上完了课，大家便匆匆赶着回家，互相催促着："快点！快点！你的动作怎么慢如牛！"如今却是与各自的近朋好友，三三五五、成群结伴地漫步流连于平日精心照顾的花圃间，或悠悠然地躺在草地上，留恋着所剩无几的学生生涯。与以前从"女学校"毕业那次不同，这回一旦踏出了校门，大家势必得依各自的命运去面对结婚或其他现实人生中的种种境遇。因此而引发出的不安与哀愁，虽然谁也没说出口，但一直盘踞在每个人心底的深处。

"某某某，你结了婚之后，在街上碰到我们，该不会装不认识而挥袖一去吧？"

"某某某，再过一个月，你就要成为医生太太了吧！"

被问的人显得难为情，而问话的人倒是一本正经，而且还掺杂着几丝喟叹。要告别少女时代，开始跨入多彩的婚姻生活，几多惜情？几多憧憬？这些人的心中，不知正交织着多么复杂的感情！我真想一窥究竟，了解这些已订了婚的同学她们的内心世界。在课堂上，她们看起来一如往常，静静地专心听讲。虽然状似认真地在听课，谁知她们的心思是否已飞到九霄云外了呢？不过，这也只是我自个儿的忖测而已。下了课，她们依旧与邻座的同学一起用功读笔记，并未显出任何不同的样子。或许，她们只不过是将"结婚"看作人世上极为寻常的一件事罢了。

三月初的某一天——音乐老师走进教室来，她说："从今天起，我们该开始练习唱毕业歌了。你们以前在'女学校'毕业时已唱过了，现在大家就先一起唱唱看吧。"

说完就转身面对着钢琴坐了下来，而我们大伙儿一时怔住，不禁面面相觑。

朝夕相处，同窗共学。
萤烛之光，白雪辉映。

在我们歌声的余韵中，却夹杂着一阵阵细微的啜泣声。

"是谁？"

钢琴声突然中止，老师站了起来。我们都屏息不作声。啊！是林同学，是我们班上第一个快要结婚的同学。看到她脸上捂着的白手帕，正随着她的啜泣而在微微颤动着，我的心头也猛然震撼出汹涌的波涛。这位向来不太表露出自己感情的林同学，如今竟然也会如此激动——

"毕业，目前对于你们各位来说，的确是件令人伤感的事。然而，能够沉浸于这般心境的你们，正处于人生无比幸福之中。感怀少女时代而引出的所有泪水，就让它尽情地流吧！能哭出的眼泪是珍贵的。老师平常总是唠叨地骂你们音阶没唱准，练习态度不够认真，等等，如今到了这离别的时刻，其实老师也感到心酸，只是我把它给忍了下来。你们想想，我每年都必须经历这般离别感伤的情怀，相较之下，你们不觉得老师更可怜吗？好了，大家提起精神，以高高兴兴的心情迈出校门吧！在这人生的旅途上，不能只靠泪水，也不能单凭意气用事，必须以发自内心的真诚去面对一切。光是说说、喊喊也没用，是需要好好认真去做的。今后你们将面临的前程必定与往日不同，每人都难免会遭遇到人生中的一些困难或欣喜的事，请你们记住，在悲伤中要拿出勇气，而在得意时不要骄恣忘形，需持以谦逊、戒慎的心而行。我不是用空泛不实的高论来激励你们，这些都是我身受人生历练，由失败中体验过来才说的，是打从心底说出来的一番忠告。老师现在所说的话，或许你们一时无法接受，但是在往后漫长的人生旅途中，或许有朝一日，你们也会记起曾经在音乐教室里听老师所说过的这番话。我也是一下子感伤，情不自禁地说了这许多话。你们都是优秀的学生，这不是我在这里故意夸奖你们，你们都是本性纯朴、温顺的好女孩。希望你们能永远记住现在这样的气质，一直将它好好地保持下去。"在优雅、美丽之中，少女应持有一缕凛然之风。"这是我平日的信条，就以这句话作为各位的毕业赠语吧。

突如其来地听了老师幽然道出一番肺腑之言，同学们一个又一个感动得哭了，顿时全班都垂着头、黯然神伤。我没有哭，哭不出来。只觉得老师说的话好像汇聚成一股暖流，流贯了全身。我悄悄地抬起头来，瞥见窗外有几个正在准备那天中午聚餐的低年级同学，从走廊经过而往餐厅去，她们正抬着樱饼及寿司，使我猛然想起今天正是三月三日的桃花节呢。经过我们教室时，她们也往室内偷瞧了一眼，恰巧与我的目光碰了个正着。

这位很适合穿一身素黑色、宽领的日本和服，显出高雅、艺术家气质的女士，一向是我们所喜爱的音乐老师，当她讲完了相当长的一席话之后，好像一时不知所措，便又转身面对着钢琴坐了下来。然而我已是了无心情唱歌，便将目光投往窗外的校园景色。灿烂的阳光照耀着那美丽的变叶树，枝头上停着一只不知名的小鸟，它像是突然想起了什么似的，不一会儿，"啾啾！"地叫着飞走了。由学校的弓道场传来"噗！"的一声清响，不知哪个同学正射中了箭靶。

从那一天开始，大家更是切切实实地感觉到毕业的时刻真正临头了，尤其是已订了婚、不久就快要结婚的同学，感触必定很深。平日不打网球的，也忽然热衷打球，有的也成群结伴去郊游等等。为了把握所剩无几的少女岁月，不愿空留任何遗憾，大家都匆忙地将自己投入于各种各样的活动中。

我们全班的学生才四十人不到，其中由台湾同学聚成的小圈圈只有三组。其一是以颇能表达见地的谢同学为首的六人小组，她们已有四个订了婚，成绩相当可观，是属于"好姑娘"典型的一群。另一组是我们称之为"好搭档"的两人，在班上并不足以构成什么影响力，是来自极偏僻的乡下——偏僻得几乎使人想不到，居然也会有"女学校"的毕业生呢。此外就是洒脱不羁、让老师应付不了、另眼看待的三人小组——朱映、翠苑与我。我们三人决定在毕了业之后也不立刻改变生活状况。并且还约定好了，将来即使有任何一人结了婚，也都丝毫不准削弱我们三人目前的友谊。

"或许，始料未及的，结婚之日突然来临。如果婚姻美满、成功的话，至少在某段时期内，少女之间的友情将为结婚所扼杀。因为两份同样强烈的感情是很难双全并立的。"虽然莫洛亚在书篇中是如此给"友情"下了注解，而"你认为如何呢"？

可惜，翠苑、朱映与我，都还来不及发出反驳的言论，我们就已在"萤烛之光，白雪辉映"的骊歌声中，踏出校门了。

二

毕业与结婚，对于年轻的我们而言，似乎只有一墙之隔。还不满一年，就已听说有好几位同学会先后到学校去分送订婚礼饼或分发喜帖等等。我也曾两度受邀去参加了在"蓬莱阁"办的喜宴。屈指算来，班上同学竟然已有一半出嫁了。这些同学还在上学时，就已相当热衷准备出嫁的事。虽然我也颇能理解她们那安分知足地、仅求片隅幸福的心愿，然而也难免觉得她们太过于单纯了（这样说或许会招致责怪之语，但无论如何，我个人的想法确是如此）。那么仓促、轻易地就嫁人了，我总觉得这样的人生像是短缺了些什么似的，有点遗憾。

"只有你们的三人小组，全都依然坚定不移啊！"

"没面子，我们大概是没人要了——"不，其实不然，那阵子我们相当认真地在找寻"自我"，在自我的世界里徘徊思索。

住在三重埔的姑妈那时经常到我家来。她总是对我说："已经从学校毕了业，年纪也不小了，有好的对象也不肯谈婚嫁，真是拿你没办法！"

有一次她又对我说："对方是医生，将来赚钱不可限量，人又老实，烟酒不沾，生活俭朴，这都是我平日亲眼看到，可以向你保证的。实在是不可多得的好对象，你可以放心嫁给他的。""你的母亲早逝，父亲年纪也大了，不要再任性固执，好好考虑考虑吧！"姑妈一口气说个不停，打量着一直没开口说话的我，想要从我脸上找出一丝应允的迹象。

"以前我们那个时代，如果有人来提亲，就只有自个儿悄悄躲起来的份儿，哪能说出自己的心意？现在你可能也不好意思明说自己的意愿。你不搭腔，我就当作你已答应，来进行安排吧！"

"阿姑——，请等一下，我不想就这样轻易、毫不在乎似的结婚啊。"

"就是嘛！结婚是人生大事，我也不可能将自己可爱的侄女，这样仓促地就嫁出去呀。只要你交给我来办，在订婚之前，我总会安排让你们两个年轻人见见面，彼此也谈谈话。阿姑虽是生长在旧式社会的人，但也不打算再用我们过去那套老方式，连对方长个什么模样，也要等到结婚当天才知道呢。"

那是我生平第一次被人提起婚事，体会到这古往今来，一向总是会让人觉得面红耳热，难为情的事。我一边儿听着姑妈说的话，一边儿却一页又一页地猛翻着书本。

当姑妈终于走出我房间时，念中学的侄儿正好上楼来。

"嘿嘿！是要当新娘子的事吧？就干脆嫁出去算了！女人家嘛，虽逞强说着大话，终归是时候一到，一个个毫无问题地就嫁出去了呢！"

"胡说！"

我心中充塞了太多的感受，还不断地澎湃扩张着，没工夫去理他，也懒得为他那自以为是的一派胡言发脾气。

"对象是谁？我知道了，是医生，对吧？我去找个学长帮你调查调查如何？"

"啰唆！别来烦我了。"

"是，是，我的大小姐，就让你自个儿慢慢地去烦恼吧！"

同学们大概就是这样子被提亲，在口口声声对方是如何如何的完美的说辞下，答应了亲事，然后就出嫁了吧。女人的一生，从懵懵无知的初生婴儿时期开始，经过幼年时代，然后便是一个学校接一个学校念下去，尚且无暇喘口气的时候，又紧接着被催促要出嫁，然后在生儿育女之中，转眼就衰老而死了。在这过程中，难道就真的可以撇开个人的感情与意志，而将自己完全托付给命运，任意受安排的吗？不，我也不尽是要对那些事全盘质疑，而是对于尚无心理准备就要被安排结婚，感到不安与不解。果真每一位已结了婚的同学，她们都是心甘情愿、同意出嫁的吗？在茫然的心境下，哪能将终身大事给决定了呢？我渴望能静一静，有喘息的时间与空间，来了解我自己，好好审视我自己。过去二十年的岁月里，经历痛苦与哀伤之余，我尚未能好好看清自己。啊，说得也未免太严重了吧？我只不过是乖迕，不肯顺从地出嫁罢了。

有一天，我一大清早就被叫起床，说是父亲有事要我过去。不知是什么事？我心里直打闷鼓。还相当早呢，大概父亲夜里睡不着觉。显然他正醒着，不时还传来无力的咳嗽声。

自从母亲去世以来，我与父亲的关系，可以说，除了当我需要钱而向他开口的时候以外，是缺少了一般父女亲情所该有的温馨对话。

这或许是因为父亲具有古老的传统观念，不想对女儿表露关心。再者也因为我曾是个母亲的宠儿，过去只缠着母亲，在母亲无限的关爱下，自由自在地长大，一旦母亲去世了，似乎突然变了个人，在家里也不愿多说什么话了。可不知父亲他自己是否也疼爱着我这女儿呢？受现代教育的我，当然也期望能像其他同学那样，与自己的父亲能相互沟通、亲密地自由交谈，或者向他撒撒娇、要东要西的。我多么渴望父爱能如此表露出来，因此竟连不该置疑的父爱，也没把握了，而胡闹猜疑起来。

想起在母亲逝世两三年之后，六十多岁的父亲有一次突然病倒了，无法胜任以往每天到现场监工的职责。那时我还在上"女学校"。如果父亲去世了，我可怎么办呀！怀着这样的心情，我全心祈求神明保佑父亲平安，甚至还比母亲卧病时更用心祈祷。（以前实在还不懂事情的严重性。）我在心里呼唤着："什么神明都好，各方神明啊！请听听我这可怜少女的祈愿吧！父亲可是我在这世上仅剩下一个可以依赖的亲人呀！虽然他是常绷着脸，没能说出一句亲切的话。"我为父亲的健康担忧极了，不管是上学的时候，或是回到家里站在母亲的灵牌前，我都不断地祈祷。然而我却是个不会开口表达出自己心情的女儿。

"她简直不是我的女儿。对我这濒死的父亲也不能说出一句体贴的话，从我床前走过时，总是默不作声的。"

父亲伤心地向前来探病的亲戚们如此诉说。我听了不禁泫然泪下，感到万分的孤寂。当年母亲在病床上也是一再地对别人喟叹道："真是白疼了那女儿。"对于母亲浩瀚无边的爱，我未能做任何回报，连一言半语的安慰话也来不及向她说，她就这样走了……如今又听父亲痛心地埋怨，我真是气愤自己怎么这个样子，无尽的懊恨从中而来，滂沱的泪水也泛滥泗流。

"爸爸，要不要吃稀饭？"我被家人连连劝说了之后，怯怯地走到床前去向他请安时，说出这样一句。

"我什么都不要！"父亲咆哮着。那声音之大，几可令人忆起他生病前原有的声量。

我们虽是这样的父女关系，但自从我由"女学校"毕了业，再继续升学以来，也能察觉到过去没注意的细微之处，体会出父亲缕缕的爱心。我想，不善于表达自己内心的爱，说不定是台湾人性格的倾向吧。看看父亲、母亲，还有我自己，我忽然发现到这个通性。如今父亲有事要对我说，真是稀有的事啊！趋近父亲时，我仍然如往昔那般，怯怯的。

"惠英！"

被父亲一叫，我畏惧地钉在那里了。掀开蚊帐，父亲憔悴的脸庞蓦然映入眼帘，我随即又俯下了头。

"你姑妈也告诉过你了吧。那门亲事我是赞成的。稳重、可靠、认真、肯上进的青年，是可以托付终身的对象。至于财产，那不是问题。对这件事，你不可再像以前那样任性固执了。"

父亲的话，字字、句句，铿锵有声地落入我的心坎。

"据说你总是埋怨着，如果母亲还在世的话，就如何如何。其实我也是想和你母亲一样，事事为你着想、为你操心的。总之，这一次你该想清楚，好好考虑考虑。"

父亲的话，流露着多么亲切的关爱，使我下定了决心，好吧，就出嫁吧。这回我不能不抛开以往那些不可名状的犹豫了。当我写信给住在南部，我一向心仪的二哥时，透露出这般的心境。不料，他回信却殷殷向我劝解道：

"你的心意我十分明白，父亲的心情我更是清楚。我倒不认为你的心境该归之于少女莫名的感伤。虽然你不会当面对我说出什么，但我们是血脉相连的兄妹，我对你的性格十分了解。纵使你的朋友们，在茫茫然的心境下也可以论婚嫁，换作你就不一样了。你是不可能简简单单地就甘愿接受的。虽不能说你这样子是好的，但毕竟那是你的本性。大概在某种程度内，顺着自己的本性行事也好吧！你说为了不让父亲为你操心而决定出嫁，其实大错特错了。对父亲以及对我而言，无非是期望你能终身幸福。如果你能真正得到幸福，我们才能安心。如今你若贸然地勉强自己而结婚，虽然一时或许可以让父亲放下心来，但是，惠英，如果你嫁过去后不感到幸福，将会如何？父亲的忧虑岂不是要比现在更加深吗？这样吧，父亲那里，我会写信向他解释的。你目前还年轻，为了要充分体验人生，就这样保持现况，或许是不错的吧！"

于是我毕竟又得以坚持己意，渡过了一关。不过，为此我也着实尝了各种苦滋味呢。在学生时代就已订婚的朋友们，她们大概没经历这样的痛苦就简单地决定了婚事吧？至少，从她们那时在课堂上仍然显出与平日无异的情形看来，想必就是如此的。

"你们就是从小就被母亲宠惯了，长大也变得不知天高地厚，连惠英这丫头，也尽说些任性的话，将来没人要，我也不管了。"

有一次，哥哥在事业上不知有什么闪失，父亲气得东吼西吼着，连我的事也提出来骂。我缩着头，站到边边去，心里直想着："爸爸，我只不过是你可怜的小女儿。爸爸，你仍然是我亲爱的爸爸。"

三

朱映、翠苑与我的三人小组，我们在毕业后大约每个月相聚一次，一起去看看电影，或互相交换书刊来看，情形似乎与以前在学时差不多。只是彼此见面的机会要比原来所预期的少了很多，总觉得是一项缺憾。但是，能有这样的聚会，已经着实滋润了我的生活。我们刚毕业的时候，一本《娘时代》（少女时代）的新书风行一时，读者很多。那本书将我们这群未婚少女内心里含糊不清、不可名状的烦恼写出来，我们颇觉心有戚戚焉。不过，再怎么说，这一本书是出自日本人之手，所描述的内容，毕竟与我们这些生长在台湾的姑娘也有多处不尽相吻合。那么，我们又真正以什么样的心情看待这待字闺中的少女岁月、姑娘时代呢？虽说那正是我们自己的亲身体验、眼前的感受，但真正要我们观察出什么具体形式，或要说出个所以然来，却是件相当困难的事。只知我们是身处于"沿袭古风"与"趋向新世代"的夹缝中，受到两者之间的一层强烈的摩擦力所羁绊、捆套。

有一天，我们三人在看完电影之后，顺便也去拜访一位我们在学时就退学、结婚，已成为医生太太的老同学。如今她已安顿下来，就等着要当妈妈了。我们曾在她结婚不久时去看过她。那时，她每听到我们在谈话中提到了"母爱""抚育孩子"之类的字眼，心里就起疙瘩，使我们觉得她真是个怪人。谁知道这一次我们一进入她家，她就拉着我们一起欣赏挂在她家墙上的一幅油画，那却是一群小孩在原野嬉耍的温馨景象呢！

她还说："有了家庭仍然和学生时代一样，最盼望星期天的到来！可以去看电影、去郊游野餐，真是最快乐不过了。归途顺便去片仓街吃寿司，喝热腾腾的'番茶'。个中乐趣，若非置身我这样生活的人，也许不容易体会到的吧。"　"但是每次付钱的时候，都得付两人份，所以五元左右的零用钱就像插了翅，一下子就花光了呢。"听她补上这样的一句，十足已成了个打着经济算盘的标准家庭主妇。接着她又说，这阵子似乎变成爱看如《榎健》《绿波》等的喜闹剧，以及《刀剑武打》之类的影片了。她继续喋喋不休，几乎是专等着我们这些好听众来让她能以"结婚先辈"的身份大谈一番，过过瘾。

我们每次若想要一采究竟、了解结婚之后的生活情形，便相约一起去台北大桥附近这位医生太太的家。我们的目光四处打量、暗中观察，结果发现到她近来已不如刚结婚时那么注意打点自己的衣着及收拾屋内的东西了。

"你们三人当中，谁会最早结婚呢？"她也用促狭的眼光，在我们每个人身上溜来溜去，想要观察出什么新苗头、新动静来。

"大概会是翠苑吧！"

医生太太最后终归是将矛头指向翠苑——这位衣着讲究、家庭富裕的千金小姐。既然那么想知道，何不干脆找本算命卜卦的历书，拿出来翻翻看，不就行了吗？

"反正我一定是最后一个了。"

有着一双乌溜溜大眼睛的朱映总是这么说。这大概与她的出身籍贯有关吧。每次听她这么说，我心里也都觉得难过。

"你们三人都赶快结婚吧！人生真正的苦乐滋味，尽在其中呢！"

我们东拉西扯，聊个够了之后，正准备要起身回家时，这医生太太常以老气横秋的口吻，又加上那样一句奉劝的话。

"真是的，她以为我们每天尽想着要出嫁的呀！没意思！"我们真大不以为然。

"不管怎么说，你们确是正处在如花似玉的锦绣年华呢！既没有柴米油盐的烦忧，也无须为公婆费心，逍遥自在，什么问题都没有。"

有时这位医生太太也会叹口气，吐露出这样的真心话。但是那时她也必定不忘记又再加上一句：

"但是，未结婚的你们，还不能算是成年人哩。"

四

在学生时代里，一年的时光似乎是相当漫长。然而，毕了业之后，闲着待在家里过着轻松的日子，却觉得才一眨眼工夫，一年就过了。听到学校又送出新的一批毕业生，不由得使我们这些毕业以来一直是生活漫无目标的人，心里突然着急起来。概念上，开始觉得该考虑结婚了。要不然，自己是否会落为"硕果仅存"最后的一个？这样的焦虑很快就潜入了心头。

几次有人来家里提亲，但父亲没问我的意思之前，就全打消了。在一个刮着强风的夏日夜晚，我突然心血来潮，翻开毕业一年来所写的日记看。上面尽是写着何时与朋友到某某地方郊游啦，看了什么有趣的电影啦，不被家人重视而伤心落泪等等。可说是连篇长句，别无其他。自从踏出了校门，这一年内，我真是没什么长进，毫无收获可言。纵然我不会特别打算要去获得什么，但也不无感到心有未足的一份空虚。为了鞭策自己，给懒散、缺乏干劲的自己注入一股新活力，于是我想到要出去找工作做。我曾经在一次网球赛的机缘，结识了一位〇〇女高毕业的文学同好——田川小姐。我们两人在一起就高谈阔论，连我与翠苑她们所未能话及的议题，我与田川也都能谈得口沫横飞。我就是在这段时间，由田川处获知机会而进入一家报社工作。

事先我并没有和家人商量就暗自将写好的履历表送出，直到录取通知来了之后，才去向父亲禀明，并准备好好挨他一顿骂，心想他一定会大发雷霆的。我本来就已明白，像我们这样的家庭是不会喜欢让女儿出去工作、让人说闲话的。但我已下定了决心，从此不再去担忧左邻右舍会投来什么异样目光而受到拘束，要明确地决定今后自己的生活方式。父亲是颇在乎周围眼光的老人，但他并不如以前那样固执，也已渐渐地能跟我交谈几句了。那阵子，不知是否父亲对于新时代的趋势，以及对我都已有了一番理解，总之，那一天不知何故，他并没有因为我要出去工作而动怒。

"爸爸，那么明天起我就要开始去上班了。"我不太放心地又对他说了一遍，但父亲依然是一言不发、默不作声。

刚好那个时候，一向常出口说她自己一定会是最后一个出嫁的朱映，竟意料不到地提及："有人来提亲了。上个星期天，母亲与我在教会里瞥见了那个人，印象还不错，所以我想或许就答应下这门亲事了。"

来商量似的，她就这样子说出了这天大的消息。听她的口气还十分干脆的嘛！虽说我们三人都有容易受感动的共同点，但就自我意识的强度而言，朱映不像翠苑与我，她总是不常表达出自己的主张。然而这次朱映的婚事，我们尚无置喙的余地，便已迅速地次第进展下去，他们在"国际馆"正式"相亲"见了面之后，已在双方家长认可下，公开交往了。过了一段日子后，朱映方才得知对方的学历及家庭状况，都与媒人所说的有相当大的差距，但那时朱映对他已有深厚的感情而不会动摇了。

"他说月薪是八十元左右，这样是否够用呢？我们在学校的家事课上所拟出的'家庭理财规划'，都设定以百元的月薪来做的，但现实与理想毕竟不同，拘泥于理想也于事无补的嘛！"

朱映虽然没有将她的意思说得十分明白，不过，把她书外之意也综合起来，大致就是如此了。

我与翠苑两人也被介绍与朱映的对象认识。如果我说他是个单纯的人，或许人家会不高兴。但"单纯"往好的方面来解说，那他确实像是个为人正直、踏实，又能永远挚爱妻子的老实人。被朱映催问着我们对他印象如何时，翠苑倒是以"攸关人家一生的话，我无法说出"而开脱了。我则回答朱映说："可以凭你自己的感觉而信赖下去的人吧！"

"送定"（订婚）那一天，我们一早就自动到朱映家帮她化妆、换衣服等等，几乎比她本人更兴奋。她那美丽的脸庞，显然长出了比平日更多的青春痘。

"昨夜睡不着觉的关系。"朱映有气无力地说。她那样的声音，像是对这匆匆来临的婚事所产生的莫大感触，似乎是认命地喟叹着"将来所有的一切，从此就这样被决定了"，我擅自如此忖想。

朱映穿着红色旗袍，戴着翡翠耳环，真是个令人眼睛为之一亮的美丽新娘。我们在帮忙做事的当儿，也被她吸引住而不时地注目欣赏。

不久就正午十二点钟了，男方"送定"的一行人也来了，屋里熙熙攘攘热闹起来。朱映什么话也没说，拉起我的手，按在她怦动的胸口上。我们两人四目相对，说不出话来。男方动用了好几台的"力亚卡"推车所运来的酒、罐头、糕饼等等，在嘈杂声中，被搬进屋里。一百——，两百——……朱映的亲戚——大概就是姊姊吧，正帮忙着清点聘礼的数量，她那机械性、不带任何感情的声音，相当大而刺耳。随着一层层叠高了的物品，朱映的人也好像是一节节被取走了，我禁不住有这样的一种错觉。

朱映的母亲走进房来，她已是满面泪痕。

"我就只有她这么一个女儿，为了她，我总想竭尽所能地去做。不过，一个没有父亲的孩子，要做到让她能比得上人家，毕竟是不容易。

虽说嫁到那里并不是十分理想，但总算能有个归宿、安顿下来，我也可放心了。"

平时，朱映的母亲常对我们说那些话的。但如今她为了女儿订婚而忙来忙去、张罗周旋着，竟连我们想向她开口问好的一个空当也没有。朱映她本人，倒是没什么特别表情地与我们一起望着一箱箱的礼饼盒渐渐叠积如山。我对这样的她有些不满。另外有一件事也使我感到不满。当她在客厅里被戴上了订婚戒指之后，回到房里来，那时我们觉得她的命运就从此被决定了，而不禁伤感，却看到她嘴角挂着微笑，眉宇间掩不住欣悦，确实是一副喜不自禁的模样。为什么会是那样的心情？真令人费解！我想有一天该好好问问她。

至于我的工作，当初我决定要开始上班时，意志是那么坚定，是怀着满腔热血而去的。事实上我也因之得了一些磨炼，使我有所长进。但是半年多以后，我又觉得透不过气来，而把工作辞掉了。这并不是因为年轻姑娘做事不能专一，或态度散漫，其实是因为有种种的情况使然。然而，我就职上班之事，毕竟是如同女性一般的"暂时就业"那样的结局，而没成为终身从事的职业。

"辞职的直接动机为何？"

当初我上班已过了一段时间之后，住在外地的二哥才得知消息的，那时他并没有特别说什么。这次当他回来台北，发现不稍久我竟然没对他说什么又已经把工作辞掉了，不禁感到意外，便找我来问个究竟。

"因为似乎快要迷失了自己。"

"啊！那么辞掉也好。"

既不是玩笑，也不是太认真，二哥轻淡地说了这句，而没继续追问。

五

一个初夏的午后，热烘烘的南风吹得人懒洋洋、昏昏欲睡，我这个任性的女孩，明明有着一大堆该做的事还没做，嘴里却直嚷着日子过得太无聊。大哥的儿子上了二楼来，告诉我刚刚有两个年轻的女人来找我。他以为我因感冒在睡觉，所以就这样子告诉她们，她们便回去了。大概公共汽车不会那么快就来，或许她们还在候车站等车呢，我急忙奔出去。很意外地发现了这两人就是住在基隆的谢同学，以及比我们高一届的她嫂嫂。

"哇，真难得，什么时候到台北来的？"她们那一小组的同学们，除了她一人以外，全都已经结婚了。"不知她感到多么寂寞哩！"每当同学们在闲话家常时，提到谢同学，就往往这样说。谢同学是个外表朴素、贤淑、稳重的人。那一天她穿着一身素色洋装，裙长还是比时下的标准长了些。或许是因为我们已太久没碰面吧，那天我特别对她端庄的气质，有很深刻的感受。无论如何，久别重逢，真是太高兴了。

"先进来家里坐，再好好聊吧。"

本想可以听她说些同学们的各种消息等等。谁知她竟说还有事，需要到别的地方而必须告辞。真是奇怪的人，既然专程从老远来访，却又立刻要走。那么就站着聊吧。

"最近好吗？这阵子在做些什么事？上次在同学会上碰面，可惜没机会好好与你聊呢！"

"我还是老样子，每天过着极平凡的日子。你现在工作得如何了？"

我们已有好一段日子没见面了，居然聊起天来也变得不顺畅，好像总是找不到话绪，不时地还插了些客套话来。

"在高雄结婚的林同学，又搬回台北了。那天我们到她家，看到她去夏生的婴儿，已长得胖嘟嘟的，非常可爱哩。对了，黄同学好像也在两三个月前，生下了一个女儿。"

"咦，那么我们班上的同学都生女儿呀。谢同学，你哥哥已经结了婚，接下去就轮到你出嫁了，到时候，你就打破纪录，第一个生个男孩吧！"

显而易见地，红霞立刻飞上了她的面颊。啊，我真是个淘气姑娘，为难了她。

"朱映她现在如何？是嫁到台中去的吧？"

"是的，但她现在因为待产而回到台北来了。她当初果断地做了决定，完成终身大事，结果好像是过得蛮幸福呢！"

"惠英，你也下决心结婚吧！我原以为你会先结婚的呢！"

"哪里！你才会比我先结婚呢！我要对你说的话，怎么反倒给你抢先说了呢？总之，要结婚时，可别忘了通知我呀！"

女人家谈话就是如此无聊，一时找不到话题，终归就扯到这些。去年还在谈谁订婚了、结婚了，而今年已是在讲谁生的娃娃如何、如何了。我们出了校门才不稍两年光景呢。总之，这种话聊起来，永远是谈不完的呢。但是，谢同学所等的公车不久就来了，她好像还有事，赶着时间似的，匆匆打了招呼，便上车去了。

回到家里，我嫂嫂说："这是刚才那两位送来的。"同时就递给了我一个印着鸳鸯以及"囍"字的饼盒。天啊！我恍然大悟！刚才谢同学说什么最近的糕饼比较不好吃啦，又说什么昨天非常忙啦，她吞吞吐吐的话中所夹杂的这些句子，当时我听得莫名其妙，还以为扯进不相干的话——。原来她也要出嫁了，是特地送订婚礼饼来的！

"谢同学，恭喜你！"

我真想对那已乘着公车离去的谢同学，大声地说出这样一句衷心的祝贺。心中怀着这股冲动，我捧着饼盒，一步步地走上楼。

"你知道朱映昨天在 × × 医院平安地生下了一个男孩吗？"大约在谢同学来访之后两三天，翠苑打电话来。

哇！我高兴地叫了起来。兴奋得像是飘浮于宇宙间，我按捺不住地以高亢的声调四处宣扬这个好消息给我家里的每个人知道。

挂了电话约一小时之后，翠苑穿着一身漂亮的横纹旗袍来到我家，邀我一起到医院去看朱映。最近，翠苑热衷地谈着她今后两年要去研习洋裁。谁知她过不了多久之后，可能还是会冒出一句"我要嫁人了"，而打消现在的念头吧。因此，我故意浇她冷水。她却说："那就请你拭目以待吧！"这阵子，她突然变得很起劲，讲起话来也意气风发、精神百倍，哪像一年之前的这个时候，她还直嚷着"无聊死了"，那副无精打采的模样，如今已消失得无影无踪。

我们三人小组之中，有一人当母亲了，我与翠苑也分享着无比的快乐。两人一路上兴致勃勃地谈论着。"从此我们可不是要变成小宝宝的'姨妈'了吗？""啊，不，未婚的我们，可能不适合被称呼为'姨妈'的，还是以'姊姊'称呼，比较妥当吧。"如此你一句，我一句，我俩意见参差。这样子的对话，不由得又使我忆起那难忘的一日。

六

那是一个刮着强风，风沙吹得教人睁不开眼的日子。我们三人去八里海水浴场玩，也当作是欢送即将结婚的朱映。幸好还未入夏，所以游客并不多。我们斜躺在海滨休息所的藤椅上，饱览眼前一望无边，海阔天空的景色，那怡人的蓝色淡水河，以及海浪冲击岸边所激起的白色浪花。或许是因为八里的途中，我们所搭乘的公车会发生故障，以至一路颠簸过来而颇为疲倦吧，那天，我们总觉得心情特别凝重。笼罩于心的一片感伤，似乎要比当年踏出校门时更沉重。三个人都只是静静地躺着，久久没有人开口。

"喂，专程来到这里了，难道不到海滩走走、看看吗？"

为了排除沉闷的苦楚，我迅速起身，做着准备，同时也邀她们两人同行。翠苑却说她不想去。她这个人，今天来的时候，就已开始有点不太对劲。

"为什么不去？"

"浪不是太大了吗？"

"啊呀！没关系的啦。只是在沙滩上走走而已……难道你怕会死掉？"

"如果只是你和我死了，那也没什么大不了的，如果是朱映，那就可怜了！"

依然是意气消沉的声音，没有一丝儿笑意。

"啊，不要闹别扭了嘛！我自己现在也还不想死呢。天空那么清澄，而你的心境为何这般阴霾？"

朱映一向话就不多，听着我与翠苑这样的对答，也一直没插嘴，只是默默地打开手提篮，开始拿出衣服，做着准备。

"好了，不要开玩笑了。总之，一起去走走吧！"我与朱映两人又合起来邀她，而翠苑却硬是不肯同去，那我们只好让她一个人留下来了。我与朱映用围巾扎住头发，手牵着手，在松散的沙地上，一步步地往前走去。其实，我似乎也能体会出翠苑当时的心情。我自己何尝不也是郁闷不堪、坐立难安？因此才会任由一个心情不好的朋友自个儿留下来，而我们自行离去。

浪，波浪，波涛汹涌的大浪——

那天的淡水河，风浪汹涌。我俩走过的每步脚印，立即被阵阵强风吹散得了无踪迹。我们根本无法停下脚步。不知是因为被强风往前推送着，还是被自己内心不平静的情感所驱策着。口里咀嚼着吹入的风沙，心头回味着稍纵即逝、虚无缥缈的少女时代。

不是对那即将要出嫁而离去的友人有所不满，少女之间的一份友情，必然是抵挡不住结婚浪潮的冲击，从而一下子就动摇，真是脆弱得可怜，令人心里难过。其实也不全是因为友情遭结婚所摧败。听朋友说要结婚时，大家虽然口头说着对她祝福的话语，一丝寂寞却也同时悄悄地潜入心底。坦白说，那就像是被丢下、遗留下来的一份落寞吧。难免会觉得这样，大概是因为少女看着自己每日过着漫无目标的生活，总是会对那样的自己感到可悲又可怜的。

当我心里想着这些事的时候，不知朱映在想什么？她的手渗着冷汗。回头一看来时处，发现休憩所已成了远方的一个小点而已，使我们顿感不安，于是就停住脚步，不再前进了。看到我身旁友人纤细的双脚，使我想着她这羸弱的身躯，如今正充满了勇气要面对现实生活的挑战，而倍觉感动。波浪有节奏地直直拍打着岸边。啊！这一波波的浪潮！友情的波涛，结婚的波涛，人生的波涛！远方恰有一帆小舟，如一小片树叶似的，在海中漂浮着。

"我明知选择结婚的对象不能只看学历及其他外在的条件，但一想到若是结婚之后，会因此遭人在背地里风言耳语，使我原本好不容易已下定了要嫁给他的决心，又不禁迟疑，动摇了。"

朱映虽然不为对方的外在条件所影响而决定要结婚，却好像仍然为此感到困扰和彷徨。

"只要你自己能过得幸福，我想谁也没理由说什么闲话的。人生无非是要追求幸福，可不是吗？幸福或许就像长着翅膀的青鸟，当它飞近我们身旁时，不及时抓住是不行的呀！"那阵子，我刚开始忙着上班，才能说出这番勉励的话来，平日的我，是反倒需要别人鼓励的呢！

"你看，刮着强风的沙滩上，有两个少女眺望着碧蓝的海水，为了寻觅幸福而正互相说着勉励的话。这可不正像是电影中的一幕？"

我好像禁不住非要奋力做点傻事不可，突然间开始一个劲儿踢着脚边的石子。踢着、踢着，结果变成是用脚的大拇指在沙滩上写了"友"字，下面又加了个"情"，并且两眼也牢牢地盯着这两字看。但是，这两个字不一会儿就被强风吹得消失了踪影。于是，不知不觉中，我们两人便与风竞赛似的，一遍又一遍地猛在沙地上写着"友情"这两个字来。

"喂——"

在怒吼的狂风中，或许也掺杂着这样的呼唤，但我们只顾在沙滩上一个劲儿地写，写得浑然忘我。

"啊——是翠苑吧！"

抬起头来，顺着朱映所指的远方看去，果然发现到头发包着围巾的翠苑，她那小小的身影，正在远处向我们招手呢！

"她大概感到寂寞了。"

"回去吧？"

"不要！"

我真是个十足孩子气的少女，也顾不得朱映会担心，撇下她，径自朝相反的方向，疾行而去。我的眼睛、面颊、耳朵，被风沙刮着，刮得我好痛。

七

那次到海滨出游之后，又已流逝了一年多的时光，无形中，大家都有或多或少的一些改变。

当翠苑与我来到××医院，脱了鞋要上去时，这才突然想到竟忘了问朱映是在第几室的房间。我们刚上了楼梯，看到左边第一间的房间是开着的，便探了头，往里边看，正好一眼瞧见了许久不见的好友，她面带倦容地正要从床上坐起来。

"是男的？可真是劳苦功高了啊！"

也没来得及招呼，或说什么客套话，我马上将正在吸奶还是肉团似的婴儿，抱了过来。好轻啊！只能感觉到他柔软的婴儿服而已。

"你真的可以起来了吗？不是才第二天吗？"

"哪里！今天已经是第五天了。我早先也打过电话给你们，但都不在家。"

她一边说着，一边儿带着几许羞赧地将胸口的衣襟合起来。像是完成了重大使命，成了世界上一位幸福的母亲那样地微笑着。

"辛苦吧？"

"不，还好，没想象中的那么难受。"

"婴儿像谁呀？"

"鼻子与母亲很像"，"侧脸看来倒是与父亲一模一样"，就这样你一言我一语地，我们妄自品头论足。

"宝宝将来可能成为伟大的人物呢！快给我抱抱。"翠苑说着，就把婴儿抢了过去。

"那时就得多多请你关照了！"

我的这句玩笑一出，三人不禁哄然大笑，也引来同室其他人，用大惑不解那样的眼光，突然向我们注视。

——日文原作题目《花咲く季节》于一九四三年七月十一日

刊载于《台湾文学》第二卷第三号

【导读】

杨千鹤，一九二一年生于台北市，台北第二师范附属公学校、台北静修高等女学校、台北女子高等学院毕业。一九四〇年以日文开始随笔（散文）书写，次年进入《台湾日日新报》担任家庭文化版记者，除撰述文化艺术等报道之外，并发表文章于当时的《文艺台湾》《民俗台湾》《台湾文学》等多种刊物，备受文坛瞩目。其后因结婚以及战争因素辍笔。第二次世界大战结束后，又因国民政府来台，政局骤变，日文遭禁而停笔。一九五〇年曾以无党籍身份当选台湾地方自治实施后首届民选县议员，次年任台湾妇女会理事。一九九三年她在日本出版《人生のプリズム》（中译本《人生的三棱镜》），重新展开文学书写。二〇〇〇年将旧作集结为《花开时节》一书。

这篇《花开时节》发表于一九四二年出版的《台湾文学》，被公认是日据时期描述台湾女性知识分子青春期思想和精神的佳作。小说以三名将从女子专校毕业的台湾女性（朱映、翠苑、我）为主要角色，铺展出她们踏出校门，进入社会之后的不同发展，在日本殖民的末期，她们是少数接受高等教育的女性知识分子，然则由于台湾民风，一旦毕业，就得面临来自家庭和周遭预期她们婚嫁的压力。小说以这样的文化背景，凸显出日据时期女性知识分子的人生处境：遵循"古风"，接受父母安排进入婚姻归宿，或者走出夹缝，掌握自己的命运，不被旧社会所羁绊。朱映的结婚生子、翠苑研习洋裁的决定，以及"我"的拒婚而进入社会工作，呈现了当时台湾受过高等教育的女性的三种选择，最后则结束于朱映生子之后，三人在医院中面对新生命降生的欢笑和喜悦。从少女踏出校门的"花开"，到新生儿降生的"花开蒂落"，这篇小说通过娓娓道来的叙事架构，写出了二十世纪四十年代中国台湾知识女性的内心世界，写出她们在婚姻、家庭、爱情、友情与自我成长多重交织的生命体验前的彷徨与惆怅，读来令人动容。

杨千鹤发表这篇小说时才二十一岁，因此这篇小说带有相当浓厚的自传小说味道。纤柔、细腻的文笔，真诚地写出了二十世纪四十年代日本殖民下中国台湾年轻女性从学校毕业，面对婚姻与人生之路的恐惧和社会氛围，同时也意图探究"幸福"的真义，当三个走上不同人生之路的女性抱起刚降临人世的婴儿时，她们的笑声，如花的灿开，何谓幸福就在笑声中得到答案。

——向阳撰文

第四章

时间可以用来歌诵

阉鸡

张文环　著·钟肇政　译

想象那个时代的那个人。

一

丈夫阿勇静静地坐在屋檐下的竹椅上，一如往常木然地把眼光死盯住正在夕阳下逐渐消失的屋脊，好像傻愣愣地想着什么心事。

"这人到底知不知道今天是村子里拜拜的日子呢？"

月里已经不再抱怨丈夫了，可是看到那傻乎乎地想着心事似的面孔，难忍的焦灼感便涌上心头。

"阿勇仔！去厨房里洗洗碗筷好不好？"

被妻子这么一吼，他好像微微一怔，但马上就鬼魂般地起身，也不管淌下的口涎，踩着涉浅滩般的步子走向厨房。不用说，月里并不是有意把丈夫当牛马，让他洗洗碗筷什么的，而是希望能在那茫然木然的面孔上，加上那么微细的一丝紧张的痕迹。但是，他的脸早已失去了描画那种线条的力量。当月里第一次觉察到这一点的时候，曾经为之魂飞魄散，一颗心都差一点破碎了，连忙跑回娘家向父母哭诉，然而双亲只能说，能做的都做了，还能怎么样呢？月里从双亲的口吻里感受到冷漠的意味，只得抱着眼前一团漆黑的感觉回到婆家。如今又过了一年岁月，绝望已变得麻木，习惯于跟一个不会给她迫害的鬼魂一起过日子。虽然如此，可是一旦村子里有了热闹的节庆，月里的心便乱成一团了。这是怎么回事呢？连她自己都莫名其妙，但觉一股劲地在慌乱着急。这一次的祭礼，好像也是被看透了这种心情吧，月里被邀请当游行的弄车鼓的"车鼓旦"，竟一口答应了。拜拜两天前下午四点，要在祭礼委员家的库房排练，月里有点等不及，也有点害怕的感觉。因此，空荡荡的屋里如何收拾，她都茫无头绪，饭是好不容易地煮了，那些日常琐细活儿居然使她觉得忙迫万分。村子里，这消息已经传开，人人都在说长道短。这次的弄车鼓，车鼓旦是个真正的女人哩，真女人扮车鼓旦，在村子里还是破题儿第一遭啊，人人好奇地奔走相告。就因为人们说个没完，月里禁不住地想拉倒算啦，也向负责的人说过，可是月里自己仿佛也被煽动着，让出到民众面前跳舞的魅力给吸引住一般，没办法打从心底拒绝这项差事。

"伊娘的，是谁泄漏了？"

负责人原来是想在秘密里准备好给村子里的历史竖立纪录的游行场面，直到当天晚上才突如其来地亮出来让人大吃一惊的，想来八成是关系人之一等不及了，向人透露出去的。然而，月里倒也不至于大惊小怪。这些日子以来，来到村子里的叫作"男女班"的歌仔戏，岂不是堂堂正正地在舞台上上演，让人们陶醉吗？而且村子里还有些男女青年离家出走，跟着那些戏子跑了！月里好羡慕那仙女般的古典装扮的女人身姿。她觉得这一生在死以前，希望至少也穿一遍那种衣裳。

说到一九二四年，那正是"台湾歌剧"的全盛时代。歌仔戏从乱弹到九角仔，不管北管也好或者南管也好，都不再说戏的名称，而一律称为男女班来了。受了客家歌剧对一般的戏剧的影响，戏里的女角，非由女人扮演，便被认为是不成话说。即使是乱弹，演到夜里十一点，到了末尾时，便成了歌仔戏的曲调，使村子里的人们大为高兴。歌仔戏为什么能够这样地抓住民众的心呢？一方面，这也是由于它与向来的戏剧不同，不再用文言体的科白，而是用易懂的闽南语来说的。月里就是因此受到影响，胆子壮起来了，同时另一点是过去她依照村子里的习俗，不能过分打扮。她有个有病的丈夫，所以被迫过着与寡妇一样的生活。长久以来的悒郁，使她渴望看到化妆过的自己，也渴望让别人看到。

"我不能被一个男子爱，并且也爱他吗？"

有时，她会突然地被自己的独语惊醒过来。我不是有老公的女人吗？想来，她是在这样的心情下答应了邀请的。然而，村民们背地里说这位背德女人是发情的母狗，对她肆意抨击。他们还是同情阿勇，将攻击的箭头射向不守妇道的妻子。这一点，乍看似乎是残忍的，不过却也是村子里的道德规律所使然。但是，如果我们可以代替月里来说话，那么我们便应该说：如果有这种爱管闲事的道德规律，那为什么民众的眼光不肯投向使这对男女落入这个地步的事件呢？这也就是这个故事所以被编造出来的原因吧。一九二四年——说来已是古老的往事了，但人的欲望不会那么容易地就依循着时代的社会道德而改变的，因此这件事不见得就是那么古老的吧。

这且不提，不管村子人们怎么说，月里的那个游行队伍的委员还是次第进行他的准备。终于到了拜拜的晚上，SS庄的庙前广场上松把与锣鼓阵沸腾起来，从月里家不远处的排练场地听来，犹如滔滔巨流，轰然而响。弄车鼓队和即将汇流进这音响溪流的人群也出动到庭院上了，松把点上了火，竹片响板和起了弦仔的声音，观众在庭院里围成圆阵。

那女人就是月里吗……人们屏着气息，踮起脚尖，伸长脖子，从前面的人的肩头上看过去，仿佛每个细微的充满魅力的步子都要看个一清二楚似的。预演就在群众面前展开了。月里那仙女般的面孔，在扇子背后时隐时现，舞出女人的娇羞，那模样美得够人销魂。她大胆地舞起来。男人扑向她，她闪避，一面闪避又一面送秋波。松把光摇曳，观众如痴如醉。男的舞者也上劲了，甚至使观者微生嫉意。观众们只因从来也没有在露天下看到过男女相思相悦的舞，所以个个都好像着了魔似的。就在这热舞的当儿一个男子恰如一块黑影，从人群中离开，走向月里，大吼着："混蛋，你这婊子。"一连挥动巨掌，猛虎般地捆了月里的脸颊。人们突地怔住了。月里踉跄着舞步，楚楚可怜地用双手捂住面孔，人们这才轰的一声闹起来。

"是月里的阿兄来啦！"

有人这么喊。人们乱成一团。拉弦仔插进双手掩脸的月里与阿兄之中。松把给弄熄，月里被带走了。虽然没有酿成乱斗，但那个阿兄模样的人好像有意追究邀妹妹来跳舞的人。不过群众把这人搁下，聚到庙前来了。庙前挤满着锣鼓阵、松把、艺阁，喧哗声震耳欲聋。这里，不再有人记挂着月里的悲剧。只有一部分目睹过事件经过的人们，脑子里烙印着美妙的场面，耳畔响着响板与弦仔的余韵，以空洞的眼睛看守着游行。

第三天，村人们又传告着在月里家发生的兄妹间的口角。

"如果你真愿意关心我，那就不要只在拜拜的时候来，应该每月来一次才是。还有，阿爸阿母也请过来。不然的话，你就不必当我是妹妹啦。只有使我痛苦的时候来说我是你的妹妹，我可不愿领情啊。"

被血红着眼睛的月里这么一说，男子猛跳起来了，可是他被阻止住，也觉察到没有人愿听他的话，所以铁青着脸很快地就离去了。有了这样的阿兄，便有这样的小妹，人们这么批评。祭礼一连继续了三天，不过月里可没再在游行队伍上出现，甚至也没有到过戏棚前。没有人知道她在受了那样的侮辱之后如何打发了时间，如何想忘却心口的创伤。人们只知道，有人看到她的老公阿勇来过几次市场，买了些食物回去。想必她是一直躲在房间里，直到祭礼告终，足不出户。几天后，村人们又传告了种种其他的消息。传言说，拜拜期间，月里家进了偷香贼，有人说月里把他撵了，有人说不。不过这一点只是市井间的传闻，究竟如何，不必多所查究。阿勇出来购物，这一点倒确实是可令人猜到月里的烦恼是深切的。因为阿勇不是一个人能够去买东西。虽然比月里年长两岁，已经二十五了，可是他的灵魂被一个叫作打击的妖魔抽去了脑髓，连如厕，被命令做点什么，都只能机械性地行动。他差不多已经是个没用的人。他好像被赶着般地在村子里的街道上走了几十米，凝滞着眼光疾步走，碰上电柱就突地停住，仿佛一只达到旋转力巅峰的陀螺，定定地站在那里，使人觉得力气尽了以后会扑倒，但他却保持着颤巍巍的均衡。接着从嘴边淌下了口涎，拖着长长的丝挂在胸口上，眼光也随着低垂下来，以为人要瘫痪了，却又向前扑倒般地迈开了步子。这就是阿勇最有朝气时的样子。没有朝气时，他就坐在屋檐下的竹椅上淌口水。月里对这样的阿勇，真是一点办法也没有。如果害上了热病什么的，她便可以充满体贴地来看护他的，然而他简直就像是在影子里融化了的人，她每天都好比抱着一块影子，自然是没法可施了。就是拿药给他吃，他也像是一棵根部腐烂的青菜，再怎么浇水，叶子也不会青绿起来，叫人焦灼无奈。看着他那坐在檐下的竹椅上，凝望着阳光的侧脸，有时会悲从中来，眼眶刺热。阿勇也是人子哩。如果他的双亲还在，能不能看着这样子？只有这样的当儿，月里的心才静如湖水，觉得这一生可以看开了。原本是一个眉清目秀，顾长个子的青年的，月里想起当初嫁过来时的新婚生活，仿佛做梦似的。失去了灵魂以后的阿勇，依然残存着当日的神色，只不过是脸颊瘦削了，下巴也尖了些而已。

　　然而，为了使月里的思绪在湖水上静流，她未免太健康了。如果不是鼻子微微地低了一丁点，她确是胖瘦适度型的美女。由于不化妆，头发也草草地束住，因此除了那活泼的健康美特别吸引住人们眼光以外，装束都是不起眼的。当作新嫁娘的回忆使她陶醉，手脚发麻，横躺下来时，她会像麦芽糖般地在梦里融化。看来，她的眼里是那样地渗着伤感。丈夫病前和病后，双亲都来玩过，堂姐夫也一块来。堂姊夫还把手表取下来放在桌上神坛边，称赞她做姑娘时怎么好。大家回去后，那只表不见了。强烈的阳光照在曝晒的棉被上。那是客人用过的被。不知从哪儿来的蜂嗡嗡地响着，在屋里也听得一清二楚。月里慌忙地把棉被收进来，寂寞感忽地袭上来：心都碎成片片了。想起来，不幸好像就是从那个日子开始的。因为在那以后的种种场面，如今都想不起来了。阿勇依然在屋檐下的竹椅坐着，一动不动。

二

　　阿勇家原本在市场边的闹街上，自从父亲郑三桂把药店让给林清漂以后，家道中落，不得不把家搬到较偏僻的目前这个家。这房子以前是租给在市场卖菜的一个姓叶的农夫的，三桂原就小气，加上家运衰落，人就更加暴躁起来，把那个农人房客赶走了。农人为了临时另租房子，吃了好大的苦头，并且他还埋怨说，因为是被赶出来的，所以租金方面也被逼付了较往常高的数目。这位叶姓农人还说了一段妙话：

"药店的三桂老板不得不搬到我住过的那种屋子住，看他那神气活现的样子，真是因果报应啦，好过瘾哩。房租吗，贵一点又有啥关系，就当作是治坏蛋的费用吧，爽快得很哪。"

可是屋主听到了这话，便去找叶理论了。我可没跟你多要租金啦，不高兴退租算啦。这房东来到叶家门口大吼一通，又成为村人传告的话题。总之，郑三桂就因琐事给整个村子散播了新的话题。只因那是因为他的先人有了先见之明，才使他成为那么骄傲的人，过着任性的生活。只要提起本村的福全药房，几乎是无人不识的。村子里除了福全药房之外，尚有一家曾经当过庄长的黄姓人氏所开设的药店。由于这黄家代代都是大地主，所以药房的经营也由佣人一手经管，人们都说，这佣人比少爷还神气。相反地，福全药房一般认为比较容易进去。另外也有西药的回春医院，不过贵得村人们非有急症才去，平日便多半靠中药来医治。再呢，三桂的先人不但叫人在招牌上写了"福全药房"四个大字，还在卸下了窗板的窗边搁了一只木雕阉鸡。不晓得这是为了让不认字的人认出"有柴阉鸡的店"呢，或者是为了避免与黄家的店子夹缠不清，不过不管怎样，作为装饰物来看，这家药店的宣传手法倒是十分成功的。村人们通常都不说福全药房，光叫柴阉鸡。在村人们眼中，想来这只用木头雕刻的阉鸡必是第一次见识的。还有，村人们与其读字，远不如看雕刻，印象来得更深刻，当作标记也是很方便的。然而，如果福全药房的老板未能察觉到这阉鸡的命运，那他用了它应该是瞎打误撞的吧。后来，村子里的一些有识阶级——例如一位算命先生便曾经就这只阉鸡做了一场评断说：如果这项宣传造成了这一份家当，那么他也应该想到阉鸡的命运才是。这是因为当郑三桂把这家店子让给林清漂的时候，不知是为了追思先人，或者是为了孝行，也可能是为了纪念店子的全盛时期吧，只把这只柴阉鸡留下来，到如今仍然搁在阿勇的床底下。想象中，偶像崇拜也就是经过类似的方式进化而成的吧。偶然地，这阉鸡的招牌不但风靡了全村，还传遍了邻近几个村子，而这家药店所出售的药的功效，造成了简直近乎迷信的情况。也就是这爿店子，使得这一家买了田园，纳了妾，还盖了房子。于是村子里的有识人士又替他的儿子下了个断语：本来，阉鸡是不会传种的，因此偌大的财产也不会有继承人，这一点为什么没有想到呢？那只阉鸡，应该连同店子让给林家才对的。再不然，拿阉鸡来当神祭祭也行。这一班有识之士便用这种论调，将这一家的子孙与阉鸡拉在一起，展开了他们的话题。当然啦，这只是村人们之中的有识的哲学之士的说法而已，如果村子里出现新的所谓"知识阶级"的学者，那就会运用另外的论调来分析阉鸡的精神上的缺陷，与村人们形成对立的吧。他们也许会说：阉割造成虚荣，虚荣亦即无基础，但这是有识的哲学之士的解释，与故事无关，所以大可不必多研究他们的议论。总之，这只木雕阉鸡是这一家发达的根源，它使福全药房跻身于本村富家之列。装在方形厚木板上的药剪，不住地在切药材，铁制的半月形研臼，也不停地在研制药粉。儿子三桂像只病胡瓜，不是结结实实的汉子，但倒够狡猾，绝不会是倾家荡产的人物。媳妇勤快，妻子也贤惠。一脸皱纹的老母，人人都说是幸福的老太太，每当村子里有婚礼时，为了讨吉利，也定请她牵新娘下轿。因为她年纪已近九十，所以总是被其他的几位幸福的太太搀扶着，走向花轿。牙齿已全部掉了，一开口说话，整个脸上的皱纹便全动起来，嗓音颤抖，所以几乎有点滑稽。不过这也是幸福的象征，所以人们便以满心的敬畏，务使自己不至听漏了一个字。当新娘跨过门槛时，她会念吉利的四句，老婆婆的扁扁的颤音，人们听来却恰似古典音乐。老婆婆笑时，由于皱纹的牵动，整个脸儿平坦了，使人担心是不是像橡胶那样收缩掉，因而孩子们便禁不住地笑起来。当孩子们看到布满皱纹的脸上，裂开了一只红红的嘴巴笑起来，便口口声声地叫着阿婆，缠住她。大人们发现老婆婆的双腿站不稳，便连忙大声叱骂小孩们。请老婆婆牵新娘，照例有红包，多半是两元，偷偷地塞进老太太的口袋里。这时，她必定推辞如仪。

"免啦免啦。喔喔，这里的人，力气好大啦，我老婆婆真受不了。"

"不！阿婆！"

老太太耳朵聋了，所以邻房也可以听到这种和蔼的一问一答。

"这是要祝福阿婆长命百岁啦。"

"是吗？喔喔，阿婆贪财啦，又要吃，又要拿。"

儿子也开玩笑地说过，妈妈都快九十了，自己的零用还自己赚，这话使孙子、媳妇也都笑了。这位老太太八十八岁时过世，村子里破天荒地办了一场热闹的丧事。老婆婆死后，村人们与这个家庭的纽带便由郑三桂的母亲来取代。这样过了四五年，其后郑三桂的双亲也隔了两年相继过世。这些，当然对三桂本人的财产毫无影响，不过却也因此，郑家与村人们之间的联结，便算是断绝了。不管形式上的也好，精神上的也好，郑家的一切便落到三桂手上，当然啦，三桂也没有想到这些琐碎的事，对一家人的运势会发生影响。不过似乎也可说，三桂这个人是德薄能寡，到了连这么名誉的事都觉察不到的程度。他有两个儿子，一个名春成，另一个叫春勇。妻子背微驼，出身好家庭，不过据云不晓得从什么时候起，差不多没有跟娘家来往。有人说，每次娘家有人来玩，夜里就会偷走一些药材，这个谣言真是匪夷所思，因而娘家那边也受不了，渐渐地就落入断绝来往的状态里。三桂这个名字，据先人的说法，是三桂与三贵同音，意思也可看作是雷同的。可是"贵"字未免太明显地给人"贵"的感觉，所以为了掩饰，改用桂字，其实所要表达的也正是一个"贵"的意思。先人所想的三贵，也就是财、子、寿。福、禄、寿，也是三贵，先人就是希望儿子身上会有这三件宝，所以才取了这么个名字。由于三桂身材瘦小，有个诨名叫"猴桂"，意思是瘦得和猴子一模一样。如果他的脑筋够明晰，那么再加上生就的狡猾，说不定可以成为长于谋略或富于奸计的人。可惜他太没有学问了。三桂的青年时代，村子里也开设了四年制的公学校，但他念了不到一个月就不念了。后来，也进了汉书房，还是很快地就辍学，在家学习先人的乡下医生手法。连这一点，也没有能够完全学会老爸的衣钵。如今他有两个儿子，长子公学校六年级，次子四年级。老大阿成很有希望，像校长先生就鼓励他与其进师范学校，更不如进中学。阿勇虽非伶俐的孩子，却也并不笨。与双亲的狡猾一点不像，都是善良的孩子。然而，也不晓得正如村子里的有识之士所说的，是因为阉鸡的招牌作祟了或者什么，最有希望的大儿子竟在快从公学校毕业出来时死掉了。村人们背地里说，福全药房走霉运的征兆来了。

"药房嘛，都是大秤子进小秤子出，所以稍稍乐善好施一下也是应该的，可是他们那么小家子气啊，偏偏要向穷苦人家说恕不赊欠！"

这是说，药店都是贪求暴利的，所以为了赎罪，对穷人施舍施舍才对。村人从来也没看过三桂无精打采的样子，由于他是个利己主义者，所以固执而倔强，绝不轻易地在人前退缩。

"三桂兄，药钱等我竹笋出来才付。"

"这可不行哪。你的对手只有我一个人，可是我的对手可是几十几百个人哩。如果大家都学你的样子，我还能做生意吗？"

这就是三桂的日常生活的一部分。只因他是这样的一个人，因此福全药房的伙计们也都待不久，往常都是等阿成放学回来，才照药方单抓药，用纸包得整整齐齐交给顾客。也就是因为这缘故，所以上一代人死后才不过十几年光景，佣人都没了，如今只有一个小伙计和三桂夫妇俩看着店门，厨房里的工作全交给一个洗衣的女人。于是三桂便想：自己年纪也四十出头了，与其让阿勇进中学，倒不如上师范学校，来得快些。师范出来，回到村子里的公学校，逢到节庆的日子，帽檐加了金边，肩上更佩金肩饰，腰间还吊着一把剑，神气死了。到了有恩俸可拿，那时就可以把药店让给他了。还有比这更合理的安排吗？他那轻浮的乡下老婆也认为这是妙着，表示赞成。不料，阿勇从公学校毕业出来，却进不了师范学校，只好让他上R市第一公学校的高等科。R市与SS庄相距四公里，阿勇便在R市寄宿。R市与SS庄之间还有个TR庄，本来也可以让他在TR庄的林清漂家住下寄读。可是反正寄宿费差不了多少，为了不愿担这份人情，三桂决定让阿勇在R市住。清漂的二儿子福来也在R市第一公学校高等科就读，凭这一层关系，两家便较前亲近了些。"还是不要常到清漂家去打扰人家吧。那个人好自私，小心以后惹麻烦。"

三桂向儿子阿勇这样告诫。

"让两个儿子都上学校，怎么月里就不给读书呢？"

三桂很中意清漂的女儿，乖，而且动人。三桂是这么想，可是如果换了他，他也不会让女儿上学校吧。女人的命运就像菜种，看你怎么播怎么种，便不一样。尽管质好，如果后面的过程不好，也是枉然。清漂就说过：所以嘛，女孩受教育，过分地去照顾，也不见得有好结果。对这一番话，三桂还着着实实称许过一番哩。

三

　　一九一五年春间，TR 庄与 SS 庄之间，铺设了制糖会社的铁路，SS 庄的产业因而大为发达起来。但是，SS 庄的会社铁路车站在村子的缓坡下四五百米的地方，从村子到那儿，还得靠台车或牛车来搬运，尤其夏天，满路泥泞，颇不方便。入冬以后，传闻里说车站会延长到村尾米，三桂对这一点也深感兴趣。他想到如果在车站前有十间左右的房产，那就不必每天坐在药店店口，像钓鱼般地等待顾客上门，舒舒服服地躺着也可以过下去。假使火车开到村子里的街路上，那么除了那个地点以外就再也没有设立车站的地方了。三桂发现那个地点与自己所有土地还隔得好远，觉得好遗憾。那附近，大部分还是属于清漂哩。清漂原本也是 SS 庄的人，后来因为开设货运行，搬到 TR 庄去的。他是三桂的母亲娘家的亲戚，母亲在世时经常有来往。三桂于是有了野心，逢到 TR 庄有拜拜什么的时候，便特地跑到清漂家，打听打听房地产及山产的货运等行情。然而在清漂这边倒也另有野心。他念完四年的公学校，为了准备考台北的医学校，希望能够离开故乡，可是双亲偏偏不许，如今每次看到医生全部变成富翁，便懊悔不迭，怨恨双亲。好久以来，他看到三桂的药店开始走下坡了，便有意弄到手。他觉得他会"国语"（指日语），也懂得汉医，实在大可不必干这劳什子的货运行当。

　　"三桂兄。"

　　清漂总是这么称呼比他大三岁的三桂。

　　"你也不必老是守着药店，该扩张扩张事业啦。"

　　"你想借资金给我吗？"

　　"开玩笑！我自己都不够啊。有不少事，明明知道可以赚，还是出不了手。"

"是指铁路吧。"

"也有。"

"那只是传闻吧。"

三桂听着远远传来的拜拜的铜锣声这么说。

"也不一定哩。时势不一样了，真的，没有像 SS 庄这么远的车站啦。"

"这跟你的货运行有关系吗？"

"有啊。"

清漂好像不太乐意似的这么回答着，岔开了话题。他倒是以同情的口吻，巧妙地谈到近来西药房增加了不少家，所以汉药店必定受到威胁吧。他故意地说起汉药店的前途不可靠，想让三桂感到灰心。这时，阿勇虽然已经从高等科毕业出来，但因考不取上级学校，只好在家帮忙药店的事。在清漂这里，二儿子也是没有能考进上级学校的，目前在"庄役场"（乡公所）工作。然而，到 R 市的学校学来的，只不过是爱赶时髦，药店的生意依然没有起色。因此，清漂认为福全药房再不会有前途了。药店生意也要靠走红，一旦开始走下坡，通常都会滚落到底的。清漂看准了顶让这爿药店，正是时候了，不过碰到三桂那冷峻而精明的眼光，便决定还是等人家坦白地提出来吧。三桂这边深知彼此都在窥伺对方的缝隙，即令是亲戚，也未便轻易地就启口。如果药店干不下去了，改改行也是顺理成章的事，但在确定下一个目标以前，放弃药店等于就是放弃死抱住的木桩，让波浪把你卷走。当然啦，三桂其实也未尝没有想到，如今这爿药店就只有让清漂来接手才对。清漂那一身白麻纱圆领的瘦长个子，的确有着汉医派头的。并且，清漂在那方面有一手，这也是村子里人人知道的事。就这样子，三桂尽管特意跑到 TR 庄来，也总是谈不出一个结果，大家都不肯把肚子里的话说出来，当然没法谈拢啦——三桂向老妻这么埋怨。不久，冬去春来，三桂又干了件无聊事，使他的药店受到了沉重的打击。

在 SS 庄，一年当中最热闹的行事是旧历三月三号。这一天是清明，同时也是 S 庙的拜拜日。这天晚上，三桂竟在路过时顺手摸了一把刚搬到村子里来的杂货店老板谢德的女儿的奶子，引发了村人们群情激愤。五色缤纷的村子里的姑娘们聚集着看大戏的时候，他趁着黑暗伸出怪手的。自从那女孩搬来以后，村人们都传告着说她是荔枝般漂亮的姑娘，而三桂竟然不顾自己一大把年纪，看中了她那要爆裂般的乳房。三桂大概是认定人家是搬来不久，不至于声张的吧，不料那女孩惊叫了一声，使得三桂遭了一顿毒打狠揍。三桂的老婆目瞪口呆，一句话也说不出来，默默地迎接了老公，不过她倒也逢人便诉说一定是哪儿弄错了，那女孩本来就像只蝴蝶般的，很可能就是被诬告了。可是谁也不肯听她的。

清漂听到了，马上就赶来看三桂。当然是为了提防三桂自暴自弃起来，把药店卖掉。在清漂来说，为了顶让三桂的药店，非等到三桂彻底地受到打击，因此他并不觉得这件事是多么不体面的事。阿勇这个没有见过世面的年轻人，倒是耿耿于怀，看店子时也总是躲在柜台后面。

"三桂兄，你也不必太记挂着啦。"

清漂站在病榻旁安慰。

"是你运气不好，一定是着魔了。所以不妨认为是碰上了夜叉，忘了算了。如果你这里人手不够，我可以来帮帮忙。"

三桂好像被打惨了，清漂从来也没有看过他这么软弱的嗓音和眼光。

"哎哎，我反正活不了多久啦，只要阿勇的婚事定了，我就……"
三桂的眼里第一次涌出了泪水，所以清漂也禁不住眼热起来。

阿勇与月里的婚事被提出来，是在这次的拜拜后几个月的事。要
想把这爿药店弄到手，等于就是投考医学专门学校，所以村子里的事
业家们都对它垂涎着。为了这，清漂想到先把女儿许配给对方，讨得
了欢心再来进行。于是，当两家婚事决定了之后，事情便往对清漂有
利的方面展开了。三桂的身子恢复了一些，阿勇的婚事也顺利进行，
他这就有了活力，提议用清漂所有的可能成为车站近旁的土地来和药
店交换。这对没有现款的清漂来说，简直就是一箭双雕的事。

四

西北雨打翻了桶子般地落，屋檐水管水迸溢，鸭子在庭院里泅泳，
月里忙于枕头布的刺绣和桌巾的编结，母亲也为她从 R 市买来了丝线。
关于聘金，没有向媒人提出过分的要求，这使月里感到轻松。她一面
刺绣一面想起的阿勇，的确是个很乖的青年。圆聘后，两个哥哥对她
特别好，这也是令人怀念的事。"下雨了，把上衣穿上吧"，母亲的
这话听来特别沁人心中。在 TR 庄的林清漂家，店子与住居之中有一
块正四方的庭院，下雨时，从住居出到店子，都得打雨伞，不过通风
特别好，夜里凉爽。庭院上种着旃檀、桂花等。阿勇小时候，和母亲
一起来看拜拜，住在这里。从居门看进去，庭院上花朵盛开，在住家
门口做女红的月里，显得好漂亮。她坐在一把藤椅上，跷起二郎腿专
心地做刺绣。三桂巴不得早一天把这个媳妇娶过门，每次来到 TR 庄，
也不经过媒人就直接向清漂说：

"我家人手不足，得早些让孩子结婚才行呢。"

在清漂这边，反正女儿已许给了人家，几时娶过去都是一样的，不过一旦到了商议日期时，总又消极了，说还没准备，根本就无意早嫁。土地与店子的事，清漂不免也贪心起来，希望能有比时价高出一倍的价格。SS 庄上那块地，当时每甲二千五百元应该是最好的价钱了。可是清漂主张想到将来，应该有五千元。再者，他还以为如果没有五千元，那么为了那片店子，得负一大笔债。但是，三桂这边也强硬地说，加上店子里的存货，非有一万元以上，否则便不想放手。这么一来，阿勇的婚期就没法决定了。一天，当媒人阿金婆来到清漂家商量时，三桂凑巧地也来到了。老婆婆看到三桂的脸色，觉察形势不利。尽管是亲戚，不过事关婚嫁的问题，应当全权交给媒人才是，家长双方直接谈判，实在不成道理。如果双方不互相客气些，必定会伤了感情，这么重大的事情，要是伤了感情，一定对将来有不良影响的。俗语也说"先小人后君子"，起初是应当透过媒人，把想提的全提出来，以后便应该亲亲密密，这也就是这句自古以来的格言所规定的。而这两个人早已把媒人撇在一旁接触过了，教媒人失去了立场。老婆婆有些不愉快起来了。但是，两人谈着谈着，老婆婆总算谅解了，原来他们之间已弄到非有她出面，便很可能使这桩婚事泡汤的关头，因此老婆婆禁不住地积极起来了。她把咬碎的槟榔吐掉，拈了另一只塞进嘴里，坐直了身子说：

"清漂和三桂兄啊，男人在谈房子土地的事，女人好像不太应该插嘴，可是我总算也是负起了把两家联结在一块的任务的人，你们就忍耐着让我也说一句话吧。"

尔虞我诈的两人争执到了顶点时，爱插嘴的老婆婆这么一番说辞，总算把两人冲到喉咙的话给抑制住。

"这样不就好了吗？"

老婆婆比三桂还少一岁，所以她往常都是把三桂当作兄长的，于是她的话有劲起来了。

"将来你的女婿家贫穷了，你的女儿也不会太好受的，还有你这边，媳妇的娘家没有钱了，顶让过来的药店生意好不起来，最后又得转让给别人，这也不是你愿意的事吧。"

两人因为老婆婆的话刺中他们的矜持，便缄默下来了，而且面孔也和平了许多，于是她探出了上身。

"我没说错吧，大家都是自己人哪。"

"不错啊。"

清漂表示了同意，于是老婆婆忽然有了自信。

"所以嘛，看在我的脸上，就减三千元吧。"

"哎呀，这可太过分了，阿金。"

三桂惊诧地叫了一声。清漂缩住了脖子等待阿金的话。

"买卖啊，三桂兄，靠眼前的讨价还价赚的是女人生意，靠将来的希望，这才是男人的生意哩。背城借一，知道吧，这是男人的话啊。"

两个大男人瞠目结舌了。在 SS 庄，顶顶出名的就是阿金婆的一张嘴。碰上这张嘴，整个村子里的人都会成为亲戚的。

"怎么样？差不多可以成交了吧。"

这，这算什么话啊，三桂在内心里嘀咕。

"阿金，你到底知不知道那一带土地的时价呢？一甲地，时价不过是两千五啊。"

"我当然知道。你的目的也不是要买一甲两千五时价的土地吧。双方都是投机，不是吗？明天，如果那里成了车站，清漂也不会愿意一甲四千块钱就卖掉吧。"

话是刺中了三桂的要害啦，所以他也不想再争下去。看到两人都不响，阿金就反复地说就这么决定了，一面在那支长烟管上换上了烟草，陶然起来。清漂的女人也出来，万分羡慕地向阿金笑笑说：

"女人如果都像阿金婆那么聪明，那就不用再担心被男人欺负了。"

"这可不一定呢。喏，就这么说定了。"

老婆婆又叮咛了一句，揩了揩嘴边的红槟榔汁。

三桂与清漂交换了一个眼色，可是此刻三桂是居下风，因此马上便又岔开了视线。

"该请我喝杯茶了吧。"

阿金婆的话使清漂的女人转醒过来似的，连忙拿起茶壶，一边说"哎哎，听着这么好听的话，都给忘了，失礼失礼"，一边为阿金婆倒茶。庭院里的旃檀被那只给雄鸡穷追不舍的母鸡撞了一把，花瓣纷纷地掉在地面上。

清漂与三桂的这笔买卖，在料想不到的情形下成交了。但是回程三桂觉得"牝鸡司晨"这个词，一定就是指像阿金这种女人了，而他自己也不知道究竟满意好呢，还是不满意，心里倒似乎有一抹不安。在阿金婆来说，只因婚事很可能触礁，所以不得不挺身而出，聘金是少了，不过房子与土地的买卖也会有一笔中人礼，因此大为高兴。这个红包赚到手以后，可得好好地拜一下土地公才行哩。这是意料之外的赚头，非得分出一些孝敬孝敬神明，否则下次便不会再有这种甜头了，阿金这么祈祷。

入秋后，阿勇迎娶的日子是看定了，可是林家忽然碰上了不幸，结果又给延到明春。在乡下里，向来的习俗是婚嫁前如果两家有什么变故，便认为这桩婚姻是不吉利的。这次林郑两家的婚姻，由于过程上有了这么多波折，最后好不容易地才成定案，所以这一点倒是不成问题的，当媒人听到清漂的长子夭折的消息时，着着实实地大吃了一惊。她从未做过这么麻烦的媒人，而且像清漂这边，正要干起一番大事业的当口，家里的台柱忽然断了一根，这好比是在幸福的背后发现了魔鬼，自然叫人吃惊。阿金不由地想：佛教认为一只猫的死，都对人生有所教诲，真是一点也没错啊。清漂流着泪叹息着，把药店的店面改建。勤奋的大儿子，一直都被当作是一家依靠的，这一来跟三桂的遭遇毫无两样了。清漂为此有些不安起来。憨子才会送亲终，这真是无情的箴言啊。

长子死后，清漂完全变了个人，话也说得很少了。这倒使他看来更像个汉医。名医总是没法放手为自己的骨肉开药方的，村人们都这么说。不过在月里看来，父亲虽然够可怜，但却也因了哥哥之死，父女的情分仿佛变淡了。听着改建工事敲敲打打的声音，月里终究开始希望能早一天离开这个家了。这也许就是一个女人成长的过程吧。

清漂的药店决定正月中旬开张，店名仍沿用原来的福全药房，不过店面则取消了木板窗，全部改用玻璃，以便求个面目一新。阿勇的结婚也定在正月末尾。SS庄与TR庄之间，巴士开通的消息传开了，车站店铺的传言也随之传遍全村，村子里忽然高涨起繁荣的气氛。三桂为了重振中落的家运，在可能成为车站的土地上开始了营建连三栋的二楼房屋，每天都有牛车载着建材驶过。乾坤一掷，成败在此一举，三桂因为盖楼房与娶媳妇，成了村人们谈论的对象。那可是村子里第二栋的二楼建筑哩。他会飞黄腾达呢，或者身败名裂呢，人们议论纷纷。也是趁着这一份气势，阿勇得了恩师的帮忙，在役场获得一个职位。这么一来，阿勇就要有个美貌媳妇，并且也可以跻身村子里的准绅士阶级了。他就这样，马上要踏出春风得意的人生第一步了。

在清漂这边，他的TR庄福全药房与SS庄福全药房不同，为了让它多少有一点文化味，嵌上玻璃，改善店内的光线，使人有完全不同的感觉。这就是说，福全的店号是顶过来了，但阉鸡的招牌，他是兴趣缺缺。他对女儿的出嫁并没有记挂多少，倒是药店开幕的事占满了他的整个脑海。有时，偶尔也会向女儿告诫一些一个家庭妇女所应遵守的妇德。

女人的命运与菜种一样，一切都是天命，下雨或不下雨也都如此。清漂好像想起了大儿子般地湿润着眼睛，对月里叮咛。

"嫁鸡随鸡，嫁狗随狗，这是大家常常说的话。你也知道吧。女人的血缘虽然是在娘家这边，但这一点与女人的命运完全无关。女人的命运是跟婆家相同的。而这一点，完全看一个人的如何努力而定。"

父亲的嗓音沁入月里的耳朵里，明明知道那是当然的，可是泪水还止不住地滚落。女人只是为男人制造后代的机器吗？月里在这可喜的现实当中，却茫然地感到悲哀与不安。她虽然丝毫也没想到将来在婆家没的吃还有娘家可以指望的想法，但总觉得被什么赶着。

"不用哭了，人生的前途，每个人都会感到不安的。而且阿勇还是个善良的青年哩。"

母亲也拭着眼泪挨过来安慰她。

"最要紧的就是阿勇，只要他坚强，就是苦一点也……"

不过月里倒没有像母亲那样担心着婆婆与家庭的复杂。

"阿母。"

月里希望在哥哥的服丧期间过了以后才嫁，但却没法向母亲开口。她总觉得，长兄在时才是她最幸福的时候。

五

由于三桂拥有三栋二楼以及一大块可能成为车站用地的土地，

所以村人传告说也许他会趁着村子的兴隆之波浪，飞黄腾达起来。也因此，阿勇婚礼的时候，村子里的绅士们之中送礼金来的意外地多，使三桂深感有面子。农人们最糟糕了。他们迟钝，根本不懂人家了不起——绅士们这么说。然而农人们倒反过来嘲笑那些绅士们太无节操。也有人听到农人们说：三桂被殴打时，没有一个人肯出面帮助他，如今大家却都跑到他家去喝喜酒去了。君子近有利而远不利，话是如此，不过三桂倒也不会那么容易地就被喜悦冲昏了头。

到 TR 庄去迎娶的唢呐和爆竹，打破晨霭响起来。

"是去娶阿勇的新娘哩。"

园里的农人们都回过头来看这一队三十几个人的迎亲队伍，有挑礼物的，有唢呐班，也有媒人乘坐的轿与六人花轿。三桂家前庭搭起了帐篷，准备了二十张喜宴桌子，只等新娘驾到。亲戚的小孩们所放的鞭炮，在街路的这个角落扇起了拜拜的气氛，连一些大人们都笑逐颜开，兴高采烈的样子。

花轿傍晚时分才到，三桂家一下子沸腾起来了，有挤过来看新娘的，准备宴席的，还有就是穿上体面衣服的贺客们。

街路边的门口拥挤着想看新娘通过的妇人们的面孔。村子里的青年们之中，婚礼时穿过西装的没有多少位，所以人人都在注意看新郎穿着的情形。黑呢西装，红皮鞋咻咻地响着，该穿黑皮鞋才是啊；领带针上的珍珠是真的还是假的呢；不管怎样，三桂家的小子有这种排场，真不容易啊；不，高等科毕业，又在役场工作，应该的吧；等等。照村子里的习俗，新郎必须由亲戚或年长的好友陪同，左手提菜篮，到应该邀请的每家去分发香烟或槟榔才算尽到礼数。新郎红着脸，陪同的人在一旁殷勤致意。真感谢您的照顾了，今天晚上，准备了一些粗酒粗菜，请您一定赏光——这么说着向男人敬烟，女人则敬槟榔。

阿勇穿上那双还没穿惯的鞋子，脚跟磨痛了，踩着八字脚到许多人家去敬礼。大体上说，阿勇的礼貌不算失败的，可是那只鞋子不是定制的，这一点人人都看出来了。村人们看到阿勇这生硬的新郎，便想起了庄长的儿子结婚时的事，反复地当作永不厌腻的笑料来谈了。那位新郎穿着大礼服，戴上大礼帽，一出现就以那种异样的姿态惊倒了村人们。那有尾巴的上衣与水桶般的帽子使村人们个个瞪圆了眼睛。不是疯了吧？村人们哑然，被敬了香烟也说不出话来。这已经不是可笑不可笑的问题啦，村子里的女人们赶快躲进房间里笑得前仰后合，有些急性子的人还为新娘担心起来。还好有识之士又出来了，告诉大家那是西洋的礼服。礼服还可以忍受，可是那有边的桶子，实在教人没办法领教。连走路的样子也不对劲。因此，庄长的一位亲戚告诉庄长，他们成了笑料啦，以后不许再放纵儿子啦。阿勇的婚礼总算完成，厨房门口偶尔会有桃红色衣裳的新娘出入，三桂一家真的是大地回春了。这位新娘子，勤快地干起她的活来。

一个月过去，两个月也过了，阿勇的新娘子被遗忘了，月里也开始杂在村子里的女人们之中到溪边去洗衣服。阿勇从役场下班回来就一步也不离开家，招来了同事们的揶揄，不过新夫妇俩倒是幸福的。

"有时也得到爸爸的新居去帮帮忙啊。"

二十岁的新郎与十八岁的新娘，开始意识到世人耳目。中元快到，雨水多起来，传闻里的巴士通行的事也大体确定了，因而阿勇家也忙起来。R市的开南客运公司派人来勘查 SS 庄与 TR 庄之间的道路情况，村子里的街路上每天都有汽车的喇叭声响起，小孩们麇集在车旁看。有关巴士的传闻成为具体的事实，但火车站延长的事却一点也不见动静，这使得三桂焦急起来。以目前的家计来说实在无法透视几十年以后的事而投资。为了站前的房子，他背了一笔债，生活已经是捉襟见肘了。三桂原以为看准了无法预想的社会进化抢了个先手，然而这着先手能不能依循社会进步的路线前进，大成疑问。以村子来说，不能让车站老是那么远，这是常识，但世上的事有些是不能靠常识来判断的，三桂禁不住地感受到，这次他是真正跳进社会的波涛之中而四顾茫然了。三栋楼房的落成近了。而三桂却相对地愈发不安起来。那一次拜拜之夜被揍后，他身体一直不好，胸膜常常发痛，于是他一有空闲便跑到 TR 庄的药店，靠自我判断开个药方抓药来吃。看到清漂的店子生意兴隆，心痛之余，有时禁不住地坐在那店里，享受回忆自己的药店的乐趣。由于三桂来得勤，有人便说这家药店可能是与三桂共同经营的吧，因此清漂看到三桂来，总是没有好颜色。三桂开始咯血。他猜疑心重，只要身体情形好些，便亲自到 TR 庄的福全药店去抓药。有时看到主人托词不在，店员便老实不客气地在药包上写明药费数目才交给三桂。三桂气愤不过，便默默地付了钱，然后用力地阖上钱包，匆匆地赶回 SS 庄。他开始诅咒清漂，甚至也拿媳妇出气。嫁过来后一个多月的时候回了一趟娘家，以后月里就从来也没有回去过。那一次是正式的归宁，她希望这一次是玩的，顺便也打算请父亲免去公公的药费。阿勇也高兴地表示赞同，并吩咐说，万一不行，可以偷偷地记下账，他会去付清。

然而，月里回到娘家一看，情形完全不同了。父亲专心于他的新事业，连碰面的时间都没有，好不容易地才在吃饭时，流着泪向父亲请求。她说明做一个媳妇的立场，而公公这一生是从未花过药费的，为了安慰病人，希望不要收费。父亲默默地在吃他的饭，一言不发。比起没有电灯的 SS 庄，TR 庄的家看来明亮而又余裕。

"月里，药费不是问题啊。我们不愿意的是因肺病而衰弱的他会在这里倒下去。你的爸爸是想在我们家死的，这种心意才教人受不了。"

二哥用了"你的爸爸"这个字眼，使月里觉得格外难过。看到他那激愤的面孔，她再也不想说话了。福来一方面是因为店号刚好跟他的名字有缘，另一方面生意确实太好了，因此如今月里的公公凭过去的一段渊源就要来纠缠，故而深感不快。同时他还觉得，最近他与一位名望家的千金谈起了婚事，能够与月里的婆家断绝来往，这家药店才算真正成了他们林家的东西，而摒绝了像三桂这种人的执拗的出入，便可保持面子。这就是牌局里的"清一色"了。

"阿兄，那你是不管我啦？"

"你一开口就管啦，不管啦，其实如今在你来说，婆家的繁荣比娘家更重要啊。所以嘛，家里也有家里的做法——"

"福来！"

父亲好像听不下去了，斥了二哥一声，不过还是不发一言。

"阿爸……"

"嗯，你们两个都没错。不过，现在必须考虑的是不能两家都垮了。还有就是福全药房是刚在 TR 庄创业，再跟三桂有瓜葛，对药房是不是有利呢？我倒是想，再过一段时间，药房基础稳固了，那时便可以帮助他们了。目前，我以为还要多考虑考虑才好。"

"明白了。"

这话的意思就是说，月里的公公是被讨厌的人，而且正在走下坡，应该避免被连累。为了月里，还是先与三桂断绝，到了某一个阶段再来给她帮助，换句话说，就是等三桂死后，郑家落到阿勇手里以后，再来为郑家的复兴而相助。综合母亲的话，父亲的意思大概就是这样。这等于是说：等成了富翁再来行善。月里无心在娘家住下来了，决定傍晚时分回去。母亲流着泪挽留她，但这只是感伤而已，月里踩着夕阳的影子，匆匆赶回 SS 庄。

这条路曾经坐在轿上走过的，月里浏览着山丘上的草木想：回去后如何向公公交代呢？一路上想了三个小时，她决定撒一个谎。

爸爸老是吃自己药房的药，所以才好不起来。算命先生说，五十五岁是不吉的年份，非大损，否则便可能折寿。月里的苦肉之计，倒也使三桂的心平下来。虽然是荒唐的事，不过想起来却也是合乎道理的。

林郑两家从此疏远了。阿勇看到父亲受苦，打算亲自到 TR 庄去抓药，可是被妻子阻止住。三桂总算也听了一家人的劝告，第一次接受西医的诊疗。然而，他的病况不佳，加上满心忧愤，终于在三栋新楼房未落成时就一命呜呼了。

六

三桂的死是可怜的，连亲戚们都很冷淡，甚至也有人说他死得正是时候，车站的事已经不可想望了，所以善后都没做就逃一般地死掉。然而，只有三桂的妻子深谙丈夫的癖性，因而心疼不已。信了算命仙的话，愿意接受西医的医治，都显示了他的趋于软弱，还好像预感到死似的。出殡时，吊丧客还不到阿勇婚礼时贺客的三分之一。不过这倒一点也不算奇怪。这村子里有一位当了十三年区长的陈先生，晚年连一个壮丁团（普设于乡镇的一种团体，类似民防团）都没有去看他，这是人人都知道的故事。进茅屋去吊唁死人，没有人认为是一件体面的事。一旦家门没落，一切公职都失去，从庄长到派出所的巡察一个个更迭，终于再也没有人想起他的过去的功绩了，这时陈先生便只是个贫穷农人而已。三桂的店子垮了，又没赶上时代的潮流，那么比陈先生更坏的现象在等着他，是自然不过的事。如果车站没能延长到预想中的地点，那么三栋楼房的房租收入，连付债款的利息都不够，充其量只能把楼下充作商店的山产物库房，楼上租给人住罢了。一切都显现出料想之外的事实，最后三桂一家人只得搬到赶出房客要回来的这幢在村东后街曾经充作养猪养鸡的房屋。阿勇的母亲让媳妇帮着，小心翼翼地饲养那只像是三桂的遗物般的母猪。这是说，如今他们一家人必须靠猪仔来过活了。并不是人人都看透了阿勇，认定要讨债就趁现在的想法，然而家里的财产已经少得不是母子俩所能应付的地步，这使他们深感意外。阿勇好像看破了似的，听任东西被查封。最后剩下的唯一的财物，就是这一幢农屋了。人一旦开始在斜坡上滚落，再也没法止住。倒下又爬起来，这是人生之常。阿勇使出了所有在学校学来的学问来解释，但还是敌不过母亲的泪水。一家的首脑以泪洗面，这个家必趋于黯淡。于是阿勇的家运，落到恰如风一吹便会消失的一缕烟。

月里没有生下小孩，每天每天都勤奋地帮着婆婆养猪。养母猪让它生小猪，成了他们唯一的生产手段。在这种情形下，阿勇到役场上去班，也不得不凡事萎缩，几乎成了群鹤中的一只鸡。而且这只鸡还是羽毛脱落了的惨兮兮的鸡。日常的衣着不用说，连村子里的有闲阶级常常来的那种大伙分摊费用买东西吃的活动他也没法参加。这么一来，他就落到准绅士阶段的水准以下，即令请来了恩师也没法可施了。从役场下班回来，他便得和妻子一块到田园里去采给猪吃的番薯藤。面颊瘦削了，变黑了，也憔悴了。到了四月份，天气激变，一会热起来，一会又得慌忙地拿出夹衣来穿，阿勇的母亲开始受不了这种天气。某日，她终于中风倒下来了。母亲衰弱的身体，受了病魔的侵袭。一样一样地换药，还是没能治好母亲的病。奇异的是在 SS 庄与 TR 庄之间巴士通行的一天，阿勇的母亲过世了。对阿勇来说，那是悲苦的一天。

阿勇在这寂寞的郑家葬礼上，首次体会到了落魄的悲哀，人从此一变。他失去了青年人的热情，连到役场上班都感到心怯了。在仅剩下夫妇俩的闲散的家里，他连翻开杂志的意趣都没有了。母猪生下了小猪，月里一个人没法料理，他便决心辞职，与其在那里像继子般地萎缩着，倒不如在家帮老婆的忙。不过关于这点，他倒是对妻子抱愧的。他下定决心拼命地干活。因为一个乡下女人，有穿洋服的丈夫是够体面的事。一般都认为只有那一类人，才配在村子里的街路上痛快地挺起胸膛走路。然而，即使阿勇不辞去役场的职务，昂首阔步的权利也早已失去了，因此月里也就不想阻止他。尽管这样，阿勇递上了辞呈后，回到家还是躲在寝室里号啕而哭。

"好傻，真不像个男子汉大丈夫。早知道这样，为什么要辞掉呢？一个男人，二十一岁了，如果是个了不起的人，已经当上学校的训导啦。"

妻子这番话好像针一般地刺向阿勇，使他头都抬不起来。他想起自己没有能进师范学校，又失去了一切财产，忧烦极了。为什么我不能像别的农家子弟那样和平过日子呢？每次嗅到妻的双手有猪食味，阿勇的心胸便起一阵绞痛。猪们开始在猪圈里催午食般地响着鼻子，月里便从房间出去了。听到妻的脚步声渐渐地从厨房远去，阿勇便从床上爬起来，这里那里地收拾起屋里来了。不知不觉间，村人们把郑家一家人遗忘了。阿勇沦落为一个平平常常的贫穷青年。也许人都是易于习惯于境遇的吧，月里也增添了农家女的坚强。尤其女人一旦看开了，似乎都会强起来的，孱弱的阿勇，给人们的印象是四时都跟在月里身后走着。

每个村庄都会有一些喜欢恶作剧的青年，SS庄也不例外。这些年轻人每有空闲便背地里飞短流长地说阿勇的老婆一定会跑掉的。

"真是牛屎上插了一朵鲜花。看来阿勇会做一只乌龟，帮老婆看门的。"

这样的话终于也传进阿勇的耳朵里。可是这些话并不是一个人说的，是几个人聚在一块冷嘲热骂的，因此阿勇尽管愤怒，也拿他们没办法。那种欺负弱者的心理确实教人愤恨，可是阿勇倒是信得过妻子的。怀恨在心却又没有抗争的方法与力气，没有比这种情形更叫人难受的了。于是村子里的这一类讽言冷语成了阿勇精神上的另一种负担。

"月里，我们把这房子卖了，到 TR 庄或 R 市去吧。"

阿勇被逼得受不了，这么说。

"TR 庄比这里还讨厌呢。而且爸爸和哥哥都不可靠，TR 庄根本就没有一件可依靠的啊。R 市也一样，没有指望，只有比在这里更糟。"

月里有时也想过去都市比在乡下好些，但万一找不到生活的方法，那就更可怕了。

"你在意那些小流氓的话吗？"

"不是的，只是觉得这个村子，腻了。"

两人都缄默下来了。阿勇好像累了。月里看得出丈夫的身子瘦薄了许多。阿勇不适合在强烈的阳光下工作，这几个月来太过劳累了。得了疟疾后，他听月里的劝告看了医生。发高热的时候，阿勇也不住地埋怨这村子教人讨厌。他已衰弱得从园里回来必须躺下来休息，否则饭也吃不下去。一连又发了热，医生说是慢性疟疾。竟害上了要多花钱的病——他颤抖着手拿药吃，一边这么咒骂。

"谁教你上园里不带伞或蓑衣。"

妻这么说。急性疟疾虽然激烈，但好得也快。慢性的要好受些，但每三天或五天便来一次，脸色也很快就变黄。阿勇因这场病，身子更不行了。另一点是好些了马上就得上园里，便不免常淋骤雨，病也就拖下来了。阿勇的面孔黄得像色纸。大热天里还要盖上棉被，抱着火笼抖个不停。热来了，便喊阿爸阿母喊个没完。

七

自从阿勇得了疟疾以后，他多半在家里无所事事地过日子。当人手不足的时候，看到村子里的街道上有人懒洋洋地走着，那是很教人焦灼的事。月里由于没法光靠养猪过活，只好到金银纸制造厂去做工。这种情形使得阿勇不好意思再开口向月里要零用钱，便勉强驱策着疲困的身子到田园，回程顺路砍了些月桃，以一枝一钱的代价卖给鱼贩、肉贩或村子里的商店，以充作绑东西的绳子。背二十枝月桃，就教阿勇吃力得什么似的。他的身体一天天地衰弱了。沦落为采月桃的阿勇，走在街道上，看来那么苦兮兮的，惹得村子里的妇女们大为同情月里。到了盛产水果的五月某日，阿勇到俗称山仔脱的地方割给猪吃的野芋藤，割好后，一如往常地穿过香蕉园，来到杂木林找月桃，不料碰上了在园里做工的阿漫，受到一场冷嘲热讽。阿漫也是血气正旺的单身汉，每次碰上总会开开玩笑。可是这一天，阿勇觉得阿漫的话不是玩笑的，因而感到侮辱。

"阿勇，你不必自己一个人这么辛辛苦苦地养老婆啊。咱们两个来养，你就舒服多了。反正你的身子……"

这种淫秽的话，使得阿勇忽地火冒三丈，背过手就从腰后的刀架抽出了刀，猛地砍向阿漫。阿漫闪过了这一击，四寸粗的香蕉树被一刀两断了。阿漫没命地逃开。阿勇浑身的血都倒流了，身子颤抖，一时天旋地转起来，就在那里栽倒下去。他好像以为自己杀了人，当他听到香蕉叶在风里啪啪地响着，这才发现自己坐在地上，满头大汗。被砍倒的香蕉树渗出了树液，太阳在头上猛烤着。大地摇晃的感觉那么强烈，他再次横倒了。不知不觉间便在香蕉荫下睡着了，一阵冰凉掠过了背脊，他猛地又醒过来，雨点在打着香蕉叶，这使他着慌了。是骤雨！疟疾最怕的就是雨啊。阿勇爬一般地在田野间的小径上赶回去。热烘烘的身子淋了雨是很凉快的，可是脚步踉跄着，自己的生命仿佛从脚边融化着，他一次又一次地颠踬，肩上的猪食也纷纷掉落。回到家时，月里还没有从工厂回来，阿勇像一个从水里爬上来的投水者，浑身透湿，嘴唇发紫，颤抖不已。阿勇不知道月里是什么时候回来的。她在灯影下缝补阿勇的衣服，好像哭着。他只模糊记得她喂了他几次茶。一团漆黑里，两脚好像还在溅着水花。

"几点啦？月里，怎么还不睡呢？"

如果是十二点，那么阿勇是昏迷了差不多十个小时了。

这一天起阿勇就卧床不起，村子里的人们也有段日子没有人看到阿勇。连在工厂一块工作的妇女们也问月里他是不是死掉了。秋收开始，人手又不足了，村里人这才来到阿勇家，希望能请他帮帮忙。他们发现阿勇悄然坐在屋檐下的竹椅上，淌下的口涎在胸口牵着丝，愣愣地看着院子。

"阿勇！"

他只是微微地侧过一下脸，不发一言，仍凝盯着什么。

"想请你帮帮忙的，病还没好吗？"

月里到工厂去了，来访的人看不惯在桌上跳的鸡，鼓着手掌赶开了。阿勇就这样再没人管，整日里都那样坐着。

"阿勇死了，月里才会幸福的。"村里人又开始说话。有人说：话是不错，可是娘家那边，如今恐怕也不好意思把已经成了郑家唯一支撑的月里要回去吧。也有些爱管闲事的人忧虑地表示：一开始就不顺遂的，所以一切都不行啦，而且月里也埋怨着娘家，听说阿勇刚得病的时候，月里就回娘家求助，却被二哥拒绝了。也有一次，有人说阿勇的病是可以治好的，那是有某种邪魔作祟，月里便到处去要了药来给阿勇吃。阿勇虽然稍稍恢复了元气，但人就像是一只陀螺，凝滞着眼光跑步般地步了几十米，碰上了电柱，恰像陀螺到达了旋转力的巅峰，定定站住。以为他会倒下去，却又忽然拔腿跑起来。

这就是阿勇恢复元气时的情形。月里还是跟阿勇住在一块。这种影子般的男人，有时也会使月里不知如何是好，但当她看开的时候，却又觉得这也是对双亲的报复，不免有些快乐起来。看，这就是 TR 庄福全药房的千金，双亲为了想成为名望家，把女儿给牺牲了。有一次，月里还想跟阿勇来个合照，将照片寄给父母看看。人们不管这些，一股劲地传言说月里的双亲是要等阿勇死后，才把女儿接回去。月里对这样的说法嗤之以鼻。

"我就是死了也不离开郑家啦。孤儿成为幸福的方法，是知道自己的本分哩。"

女儿的这种言辞当然不会不传闻到父母那儿。也因此月里已断绝了与娘家的一切联系。可是过了一年，阿勇还是老样子，情形好时便会出到市场，照月里的吩咐买些青菜回来。这样子，与其说是夫妇，倒毋宁更像拖着一个有血缘的影子一般的男人走路，使得自己的身子都仿佛轻得经不起一阵风吹来了。阿勇成了一只被雨水打光了羽毛的惨兮兮的鸡，而月里似乎下意识地恐惧着被人们讨厌。也因为如此，她较前更注意服饰。有时看着镜子，会忽然好想化妆起来。我不是女人吗？为什么不可以化妆呢？从来没有人说过不行的啊，月里在心中自问自答。她还是没有能冲破村子里的习俗。影子般的阿勇坐在屋檐下，从不管月里。两人就像一对母子，是有联系但想法则是南辕北辙。月里是容易使唤的女工，也是相当美貌的女人，有时显得稍轻率，但也不会被飞短流长。阿勇几乎砍死阿漫的事，不知如何传扬开的，阿漫成了村子里被讨厌的人物。蚯蚓也有三分心志，人们这么赞扬阿勇。有人认为阿勇虽然坐着一动不动，但那是恶犬般地守着月里呢。事实上，阿勇是不会有这种力气的。而村子里的风习仍是正派的，以后再也没有人敢学阿漫的样子。也因为这样，月里就像个男人那样，随便哪里都去做工。很快地，她说话的口气也像男人了。这一来，男人也就大胆起来，跟她开开玩笑。正如画家不应该和模特儿说话那样，月里也必须有工作的女人的尊严与矜持。被金银纸工厂的年轻人们怂恿着，月里答应扮演车鼓旦，也是由于她不再把男人放在眼里，内心也有点放肆起来的缘故。另一层就是希望让自己的美姿展现在众目之前的心情，使她大胆起来的。什么是送秋波呢？她希望能把它具体化。

　　也就是因为如此，她从那天晚上以后个性一变，并且社会上人们对她的观感也不同了。保持男性与女性之间的尊严与矜持的帷幕给撕破了，她开始有了个外号叫村子里的夜莺。村子里家家户户的父母们都严格地吩咐女儿们避免去接触她，月里也屡次地成为人们的家庭纠纷的原因。某个月夜，月里被一位太太的娘家的人抓进派出所里，她已经自暴自弃，生活放肆了，化妆与胭脂成了她的命根，不管人们讨厌不讨厌，她随时都不忘点上一抹红唇。然而，月里也第一次发现到村子里的青年们是一点勇气也没有的，他们的自私自利使她深感愤然。月里成为村子里妇女们的众矢之的。尽管如此，逢到收割期，月里偶尔也会被请去帮工。她能杂在男人们之间干活，工资却又便宜，有些农家倒是觉得很划算。例如李怀家便是。对月里来说，既然到处充满白眼，能有个李家可以做工，也是很高兴的。李家没有女儿，也没有未婚青年。三个儿子都已娶了媳妇。其中两个哥哥是笨头笨脑的农人，每天上田园里做活，老三瘸了两腿，去春才与名叫"大头仔"的女人结婚，已有个男孩，受着一家人宠爱。虽然双亲都畸形，生下的婴孩却白白胖胖，可爱极了。这大头仔头部特大，手脚又小，连每天梳头发都要婆婆帮忙。瘸腿仔阿凛讨厌大头仔，但父亲李怀总是吼他。

"阿凛！你总说阿珠讨厌，如果阿珠也说你讨厌，那你又该怎样？"

"阿爸，我原不必结婚的。"

"娘的！还不知足呢。"

于是阿珠和阿凛才结婚的。奇怪的是过了一年，孙子也生下来了。不但李怀喜出望外，阿珠娘家的父母亲也送来了比往常多的贺礼。不过阿凛还是对妻子不满。他至少是公学校毕业的，脚虽不好，但成绩是优等的。尤其画画，村子里人人称赞他。就因此阿凛有强烈的自尊心。反观阿珠，名字好美，外观却是大头仔，人人都这么叫她。阿凛是没有人叫他瘸脚仔的。阿凛会写信，每到过年的时候，街坊邻居便要来请他写对联，因此有什么事，人们便会送鸡或者什么的，"有了好凤梨啦"这么说着送水果来的也有。阿凛会用木炭画肖像，附近老人也有来请他画肖像的。阿凛人挺好，大家都喜欢他。虽然人人喜欢他，但就是没有人为他介绍一房正常人的媳妇，因此阿凛怀恨世间的无情。阿凛的刺绣也棒极了，附近的女孩们便由母亲陪同，来请教他。不过每当阿凛拿出铅笔要写生时，这些姑娘们便笑着走开。瘸脚仔的画好像还是不受欢迎。也因此，阿凛更渴望着能画美丽的女孩，便常画些杨贵妃啦，王昭君啦。自然，这不能使他满足。他好想能画画现代的女性美。这个家庭就是由于这个样子，没有一个人担心月里。这使月里非常高兴，每次被请来李家，便勤奋地做工，使李怀夫妇俩大为满意。

月里对李怀太太总是婶婶长婶婶短地叫得怪亲热的。李怀太太便也常常安慰她，认为人们对她实在太苛酷了些。

八

早稻开始收割了。月里仍觉得来李怀家帮工较有意思。田里，割稻师傅手忙脚乱地干着活，热闹极了，乌秋也飞到牛背上来嬉戏。月里从晒谷到厨房里的活儿，无一不做，且做得好起劲。

"月里，你好勤快啊。"

连阿凛的房间，她也收拾了，因此阿凛好感谢。他正在客房兼书斋的房间中心的床前的桌上写着什么。

"人家都说我懒呢。只有你称赞我。"

月里也朗朗地回答。墙上满满地贴着阿凛画的画。月里一幅幅地看着：心想不是有天才，绝对画不出这么美的画。她钦佩得五体投地。

"能画得这么好，一定很安慰吧。真教人羡慕。"

"才没有安慰哩。好像跟老头对看着，没意思。"

说来也是的，画里的人不是老头便是古代女人。阿凛还只有二十八岁，可是额角上已刻着好几道深深的皱纹。

"咦，为什么？"

月里那清脆的嗓音，使得阿凛的心有些怦然起来，便说出画这些东西是多么无聊，不能到别的地方去学画又是多么遗憾，还表示一张张地画着，等于就在等死。这话使月里大吃一惊。这样的人，居然有这么大的志气，那种智能令她吃惊。她以为阿凛的烦恼只是生来残废，没想到他有对人生的不可思议的慰藉，月里不禁觉得深得吾意。月里想了这些就出到庭院里，大头仔正在那儿赶偷吃谷子的鸡。不知怎的，阿凛的一席话好像在脑子里隐现着，竟觉得希望多听一些。他内心的吐露等于也是触到自己的内心。想起来，自己岂不也是残废的吗？阿凛的烦恼，正好也等于是自己的烦恼。阿凛的话使她奇异地感动起来，似乎自己也变成了一个残废的人啦。并且认为自己也是残废，那就更能用阿凛的话来表达自己的心情：心绪也就奇异舒泰起来。对啦，我也是个残废。月里茫然地这么认定。然而，尽管她这么认定，可是一旦看到大头仔，便起了一种反抗心，感到一股嫌厌之情。她觉得大头仔整个人都是畸形残废的，而她与阿凛则是人变形而成的另一种人，尽管是残废，却拥有了不起的东西。好比说，大头仔是投错了胎的，而他们则恰如变形的竹笋根，有着艺术味与深刻味。在强烈的阳光下，谷子就像黄金一般，一粒粒地闪着光。看着看着，月里觉得自己真的是残废，心平气和了。残废的阿凛有了不起的技能，而另一个残废的我，有着完好的手脚与整齐的五官。听着阿凛的倾诉，月里仿佛觉得自己的人生受到了启蒙，也觉得阿凛就是她所遇见的男人之中最了不起的一个。在大白天里，她一面拉起嗓门赶鸡一面这么想。这就成了两人幽会的动机了。谷仓后或库房里，两人尽情地交谈着残废与人生。

"我也和你一样的。"她说。

"为啥？"

"我想你应该是最了解的。阿凛兄，你画我吧。我希望看到在你的眼里所看到的我。"

"好，我画，我画。"

月里成了阿凛的模特儿。看了这情形，大头仔虽然说不出，但心里燃起了苦苦的嫉妒。不过父亲倒是认为这可以压抑阿凛的向学心，反倒对月里亲切感谢。阿凛的画不再是木炭的，而是用水彩，当清净的月里在画面上出现时，月里高兴得几乎流泪，禁不住握住了阿凛的手。

"阿凛兄，像吗？这就是我的脸吗？"

"像，只是我没有能画得更好。我不知你怎样看你自己，不过我看到的你比这画更美。"

"这看起来像残废吗？"

"不，你不是残废。"

"为什么？为什么呢？"

月里的脸上罩上了一朵暗云。为什么不是残废呢？说是残废，才更使我舒服啦。她说：

"不行。我觉得看起来像个残废，才能表达出我的心情。"

"勉强说，这眼里的光就是残废。想从环境跳出来的这种眼光，也许在旁人看来是残废的吧。"

阿凛绽开了脸，看了看月里。

"同志！"

阿凛叫了一声。月里一惊，回头看了一眼。谷埕上，阿凛的母亲与大头仔还在晒谷。

"我也跟你一样哩。"

月里细声地笑了笑，把画拿起来看了看。到了入秋以后，人们这才知道了月里与阿凛相爱。那也是因为阿凛偶尔会双手撑着木屐样的东西，拖着不听指使的脚爬一般地前往月里的家，人们这才发现的。自从画了月里的肖像以后，阿凛人变得不落实起来了，大头仔有一次偷偷地跟踪他，终于明白了事实的原委。起初，加上阿勇三个人一起吃东西，后来便只有阿凛和月里两人了。大头仔看到后，急忙回来，想在房间里上吊，却被婆婆看到了。大头仔边哭着边向婆婆说出了一切。这事很快地就传遍了整个村子，有一天大头仔娘家的父母与兄弟们来包围月里的家，差一点没把月里拖出来。

"你这臭婊子，月里，出来吧。把你这夜莺的肉撕开，才能给人教训教训。"

然而，月里那决意的苍白的脸，使他们畏缩了。

"臭婊子，你另外还有男人吧，干吗还要抢人家的丈夫？"

"抢？"

月里头发松乱了，牙齿咬得紧紧地说：

"没下卵的，杀了吧。一个女人也杀不了吗？"

看热闹的围过来了。大头仔的家人被有识人士阻止住，双方只互相叫骂一阵便散了。只有看热闹的，意犹未尽似的疏疏落落地走开。月里和阿凛没法再相会了，可是两个人的热情反而更被煽动起来。

"我愿意永远背着你走。"

大头仔跟踪阿凛，所听到的月里对怨叹脚不好的阿凛所说的安慰话由大头仔公布出来，而这话到了秋深之际被付诸实行。两人在村西不远处的碧潭双双投身而死。李怀咒骂了月里。看到月里的尸首还背着阿凛，更是怒不可遏，去找阿勇赔，可是阿勇愣愣地，什么也不懂。结果葬礼费用都由李怀负担，月里的灵位请一个乞丐婆送去给阿勇家。阿勇一点也没有悲伤的样子，左翻右寻地在空荡荡的屋里找了半天，好不容易地才看到的是床里的那只木雕阉鸡。阿勇好像也知道了今天起只有这只鸡陪伴他似的，抱着它傻傻地想着什么，并一任口涎淌下。村人们传告说，郑家躲着一个活的影子和亡灵，他们走过阿勇家前面时，没有人再敢往屋内窥望一眼，有些迷信的人还要喃喃地念佛呢。

——本篇作于一九四二年六月十七日，

原载《台湾文学》第二卷第三号，一九四二年七月出版

【导读】

张文环，嘉义梅山人，一九〇九年生，一九七八年逝世。属于殖民地中间世代的他，带有过渡世代知识分子的印记。幼年曾有书房经验，一九三〇年入东洋大学，因参与左翼组织遭取缔辍学。一九三五年成立台湾文艺联盟东京支部，并以小说《父之颜》获日本《中央公论》征文佳作。一九三八年返台，翻译徐坤泉大众小说《可爱的仇人》，担任《风月报》日文版编辑，报纸连载小说《山茶花》亦风行一时。一九四一年脱离西川满主导的台湾文艺家协会，创立《台湾文学》与《文艺台湾》分庭抗礼，为战时本土文坛灵魂人物。日据时期十二年间，是他文学创作的黄金时期，他以朴实、厚重同时充满幽默、野性的现实主义手法，透过日语书写，推出《落蕾》《重荷》《山茶花》《论语与鸡》《辣韭罐》《夜猿》《阉鸡》《云之中》《迷儿》等二十余篇脍炙人口的小说，《夜猿》曾获"皇民奉公会"台湾文化奖，此外尚有丰富的随笔、评论、座谈、编辑、译著等大量文字。一九四一年他以作家身份被网罗为"皇民奉公会"台北州参议，此后至光复初期，活跃于地方政治数年。战后无暇创作，"三一八"事件受累后，转事工商管理。一九七五年以文学遗嘱心情，在日本出版长篇小说《地に这うもの》（《滚地郎》），颇受肯定。

《阉鸡》发表于一九四二年夏季号《台湾文学》，故事设定约略在大正后期到昭和初年的某五年期间。小说以第三人称倒叙手法，透过主人公"月里"扮演车鼓旦的风波，铺陈一段在家父长交换婚姻下被牺牲的乡村女性的自觉故事。小说虽以女性自觉为主题，但是张文环擅长以女性书写与嘉义小梅的故乡书写作为殖民批判与主体建立的托喻，故而别具国族书写与社会反思的寓意。

小说以 SS 庄（小梅）和进出 R 市（台中州）的重要山产、交通集散地之 TR 庄（大林）为舞台，环绕铁道线（新高制糖会社轻便铁道）终点站延长所引发的房地产预期利益，进行郑三桂、林清漂两家家运兴衰与人物祸福的叙写。在新站建设的传闻、狐狸斗智般的老谋深算、媒人老辣的婚姻磋商、滑稽土气的半新式婚礼，以及林家店面改造、郑家新楼起建的相关描写中，情节一幕幕展开。充满变数的地方建设案、急功近利的谋略、传统祭典与戏剧、闺房心事与女儿命运、始终冷眼旁观的农民们，以前景后景的方式，互为表里，展演出传统社会在殖民现代化急流中，无德无学、投机算计、焦躁不安充斥，最后却难逃新兴资本洪流拨弄之荒谬本质。

张文环以怀旧复古的风格，引领战时下的读者跳脱"皇民化运动"与战时社会的高压与沉郁，回溯一个起飞期的传统社会空间与历史时间，进而在其中批判自利主义与传统沦丧的祸害，同时揭示殖民资本与拜金主义的渗透，不可抗阻、不可捉摸、无可争逐，对传统社会形构及传统道德造成强大的冲击与腐蚀。在锣鼓喧天的年中祭典中三桂与清漂开始了最初的利益磋商，而月里最后也在祭典中以车鼓旦的大胆演出宣告她对父权政治及男性沙文主义的怨怒。老人政治，运筹帷幄；尔虞我诈，真真假假；楼起楼塌，人生如戏；美满婚姻，梦幻泡影。整篇小说，充满戏剧的声音、节奏与启示，曾于一九四三年被厚生演剧研究会改编为戏剧演出，轰动一时。

《阉鸡》充满对殖民、资本、性别的深刻反思，作家却以幽默风趣的笔致，从生活与民俗中捕捉时代潮流进入传统乡镇引发的利益变动，凝视小乡绅阶级对新兴利益慌乱争逐、孤注一掷的浮躁气质，借此揭示短视近利者对个人幸福与社会发展造成的伤害。张文环举重若轻、笑中含泪的现实主义笔法，充分暗示这种唯利是图、不重德义的风尚，乃是社会文化日益无种性与无血气的"精神缺陷"的象征，它无疑将继续生产新世代的负担与悲剧。作家似乎寄望跛足的、无主体性的新生代，无论如何也要胼手胝足地与恶劣的社会潮流顽抗下去！

——柳书琴撰文

牛车

吕赫若　著·胡风　译

传统行业纷纷献祭于时间历程当中。

一

"小鬼，还要哭吗？"

恼了火，歪着自己也要哭的脸，木春敲了弟弟的头，弟弟就更"呀——呀"地张起了和破了喉咙一样的声音，睡到地上，胡乱地打着手脚，把油瓶弄翻了。

"这鬼儿……"木春捏紧了拳头，弯下身子。"又要打呢！"但抬起了的手臂陡然失去了气力。木春温和地说：

"发昏呀，哭，哭，怎么办呢？妈妈就要回来啦。衣服弄脏的呀！"

因为记起了回头在这个家里又要演出的场面是可怕的场面。木春早已被这种事情吓够了。每天如此，黄昏的时候从工作回来的父亲母亲，马上开始争吵，结局就打了起来。九岁的木春躲在床里边望，弟弟大声地哭着。"木春，你是木头吗？"妈妈咬着牙齿喊了。"呵呵，同哥哥玩去。"木春从床里面悄悄溜了出来，好像把弟弟抓住一样地牵着跑到了外面。在田岸上坐下以后，总是问弟弟："阿城，你怕不怕？刚才哭着——"

爬上了看得见裂缝的食桌上面，木春把手伸进饭桶去，把桶底的饭粒子集拢，捏成团子，塞进弟弟的手里。

"好了好了，不要哭，吃这。哭着，妈妈回来了就要吃大苦头呢，阿城。"

弟弟马上不哭了，用小嘴有味地嚼着。鼻涕和眼泪混合着饭一起流进了嘴里。

"好吃吧？"

兄弟们吃惯了冷饭。母亲早上上工的时候留下来的饭，到中午就冷了，粘着水气。大人们走了以后，自由地守着房子，饿了的时候就从饭桶里抓出来吃。兄弟俩是这样成长的。肚子渐渐胀大了，像怀了孕的女人。但病却没有生过。

玩了一天玩疲乏了，正昏昏茫茫地，外面的竹门响起了嘎声。木春吃惊地睁大了眼睛。"妈妈回来了呀！"摇起身边的弟弟，跑到门口一看，回来的却是父亲杨添丁。

木春用了像是诉说一天的等候又像是向父亲讨好的口气开口了：

"爸——今天呀。"

"啊——"杨添丁转向小孩这一面，回声了。

"你妈已经回来了吗？"

一面拿草给关进了牛栏里的黄牛吃，他把扣子解开了站着，用竹子做的小斗笠向胸口扇风。

"还没有哩。"

"嗯！"父亲轻轻地点了点头。"肚子饿吗？"过一会又问。

木春的头点了一点。

天气渐渐黑下来了。在流着血一样的天空上面，白鹭成列地飞，嘎嘎地叫着。没有风，苦重的闷热压着身子，蚊子在面前成群地唱。汗不停地从额上渗了出来。

杨添丁把一束甘蔗枯叶点着了火，抛进灶里。站起身子，舀水到锅里沙沙地洗起来了。

"木春，煮饭啦，你妈还不回来……"

为了使他们不哭，杨添丁向望着灶火的孩子们温和地说了。

这时候，母亲阿梅绕过后面的田回来了。

她也不向丈夫开口，静悄悄地把斗笠和饭盒子一放下就走到厨房，把小的孩子拉了拢来，上上下下地看了以后，似骂非骂地说："你又睡到地上了呀。衣服脏到这样子，洗都不能洗了呢——"木春被空气威吓着了，缩着身子躲在灶后面。

"怎么了？这样晚——"杨添丁正面地望着老婆说。"糊涂的女人，不早点回，孩子不可怜吗？……"

"哼，可怜……"阿梅和抢一样地从丈夫手里抓过锅来，跑到米桶边赶快掀开盖子看了一看。

"你既晓得这样，小孩子顶好是不吃冷饭，我也犯不着这样地跑到街上的工厂里去呀！没有用的男人说什么？"

"什么！你又——"离开了灶边两三步，然而，好像被铳着了一样，杨添丁站住了。

"是的，无论什么时候，无论多少遍，要说的。从早跑到晚，三十钱都赚不到的男人，不是没有用是什么？啊呀，米桶空了。明天的米从天上掉下来吗——"

阿梅故意把米桶底咚咚地敲着响。

"那么，你以为我偷了懒吗？"杨添丁一看到蛮横地顶上来的女人，马上气得按捺不住了。

"就是这样，我也是在拼命呀。连一闪眼工夫的懒都没有偷过。夜里也没有好好地睡，一绝早就爬起来出去，你不是也看到的吗！"

"啊啊，不要听——出去了以后，我晓得吗？想一想谁都懂的。从前米那样贵，过得很好，现在米便宜了，倒要着急米，没有这样的怪事。"

"正，正是这样。从前，随随便便地，一天赚得到一元，现在是，各处跑到了也弄不到三十钱。那道理你懂吗？"

杨添丁又正向了她，很厉害地咳嗽。

"懂什么？想瞒也瞒不了我呵。赌了钱，偷了懒，再不就贴了女人……"

把视线向着别处，阿梅在灶前灶后忙忙地做着事。

"不对。吃的都弄不到，我能做那样的事吗？是因为雇主少了呀。"

杨添丁确定地回答了。

"哼，把自己说得干干净净的。有人雇没有人雇，全在乎你。认真地去找，一切都做得好好的，有不雇的吗？没有用的人……"

"混蛋！"恼火了的杨添丁这样叫着，跑拢去把女人的头发抓住，用力地一拖。阿梅惨叫了一声，仰倒在地上，抓起手边的碗向男人抛去。小的孩子大声地哭了。

"贫穷也是命。这个混账的女人……"

虽然是那样无知的杨添丁，但也感到近年来自己一天一天地被推下了贫穷的坑里。慢吞吞地打着黄牛的屁股，拖着由父亲留下来的牛车，在危险的狭小的保甲道上走着的时代，那时候口袋里总是不断钱的。就是悠悠地坐在家里，四五天以前都争着来预定他去运米运山芋。当保甲道变成了六间（一间等于六尺）宽的道路，交通便利了的时候，就弄成这样子，自己出去找都找不着，完全不行了。后来弄到了连老婆都不能不把小孩丢在家里，到甘蔗田或菠萝罐头工厂去，否则明天的饭就没有着落。自己不够认真吗？——杨添丁自己问自己。不，比以前要认真一百倍，一天都没有偷懒过。老婆每天骂自己是懒人，没有用，性子躁的他愈想愈气，甚至想把老婆打死。但过后静静地想到那也是因为担心生活，憎恶的心境就常常消失了。在生活上面，不得不顽强地和某种同自己离开了的眼睛看不见的压迫搏战下去，这使他们心焦。

天一亮，昏昏地听着空牛车前进的声音在耳朵里响，杨添丁跟在黄牛的旁边走去。

夏天乡间的早晨是清凉的。杂草上的露水还重，每走一步就染湿了脚趾，受到一阵冷感。农夫和牛的影子零星地散布在田里，像游泳一样，从大路上可以望到。脚踏车和脚踏货车从后面赶过迟缓的牛车，每一个都望一望杨添丁的脸就跑了过去。

街市也是睡早觉的。由乡间拥来的农民们才把它摇醒了。但虽是这么说，街中央的楼上还是陷在深深的梦的陶醉里，只有街边的污脏的洋铁屋顶下的市场和破旧的板壁是拥挤的，充满了喧哗声。人们用刚刚起来的脸色不断地叫着什么，在早晨的空气里面跑来跑去。看来好像担心、竞争、怒号、欢喜在那儿卷成了一个旋涡。

"嘘，嘶，嘶，嘶……"

在小街的万发精米所前面，杨添丁轻轻地摸一摸牛的鼻梁，停了车子。把斗笠放在车上以后，无精打采地趄进了精米所的大门。房子里电动机呻吟着。

四五个农民在坐着谈话。

"哦，早呀。"

向从清早就啃住事务桌子打着算盘的精米所主人，杨添丁开口了：

"陈老板，今天没有什么……吗？"

"啊，"这个米店老板头也不抬，像回答又不像回答地"啊"了一声。

但就只那么一声，并不继续下去，默默不响地热心在算盘上面。杨添丁站在土间（大门进口处没有架地板铺席子的地方）上面，不动地望着。

先前就拿着烟管来敲着的，脸皮打皱的老头子在讲什么，杨添丁现在才听清楚了。

"米这样便宜，我出生以来才第一次看到。好像是种田的一分本钱不花种出来的一样。再加上在这儿的研费，无论卖多少也赚不到一个小钱！出奇的事情。"

一个听着话的牙齿黄污的人说：

"那，老头子，因为你是自耕农，有米卖，才那么说。看我吧，吃的米都不够，倒是便宜的好。"

"哼，你一个人说的吧。米价高景气才好，无论谁都唯愿价钱高的。——便宜了，伙计，那就算完了呢。"

把烟管重重地敲了一下，老头子用力地说了。

"不错！"把唾液吞下肚里，农民们侧起了耳朵。

"那样吗？在我，都是一样。左右是……"

把黄污的牙齿压住，老头子口角上喷着口水，大声喊了：

"胡说八道！"

"啊，算好了。八元五十一钱，一起在内——"

把算盘挂到壁上，米店老板向老头子说了。

"那，那……"老头子睁圆了眼睛，用下巴向刚才那个农民示意：你看，怎样。……

"陈老板今天——怎么样？"

杨添丁一直畏畏缩缩地，但抓着了机会就急忙地问了。

"啊，你吗！"好像才注意到了似的，米店老板望了一望杨添丁的脸。

"要装出去的糙米多得很——"

"那么，让我……"

"但是订了运货汽车，不凑巧。"

阴沉地，杨添丁站着不动，呆呆地望着米店老板的脸。

"但是陈老板，汽车走不到的地方，请用一用我的牛车——"

迫于生活的必要，他不能够说是的是的就轻易地走出去的。

"那固然是的。可是，添丁，你也想一想看。为了那，我有三四部脚踏货车。又不是非雇车子不可的那种大生意。而且，用你的牛车也是不划算的。——是一向帮我运货的你，这，我并不是没有想过，但现在牛车不能用了。到别处去看看吧。"

米店老板从椅子上用亲切的口气拒绝了。

脸皮打皱的老头子同意地点点头，轮流地望望米店老板和杨添丁，插嘴说：

"现在，牛车，谁都不做这行生意了。就是山里的人，也都有脚踏货车，因为那比迟缓的牛车要划算呢。我小的时候牛车很多，现在不是不大看得到吗？那赶不上走得快的运货汽车和脚踏货车呀。"

"嗯，说来说去是这样的不景气。我也不能只是担心别人的事啦。做生意总想赚钱，像从前那样，用慢吞吞的牛车，就划算不来。"米店老板苦笑地说了。

"唉唉，牛车这行买卖我也够了——"

陡然无力的杨添丁，慌乱地把茶喝干了。

脸皮打皱的老头子，像突然想起了什么似的，把烟管靠到肩上说：

"不但是牛车，从清朝时代有的东西，在这样的日本，都没有用。看那个放尿溪的水车，从前我家的谷都是拿到那里去做米的。但有了这样的精米机以后，那就没有用，既然要同样地出这么多的工钱，就拿到这边来了。不止我一家，大家都这么办，现在那儿不是连水车的影子都没有了吗？日本东西实在是可怕的。"

"实在的。"

农民听进了，呆呆地张开嘴，望住老头子的脸。农民们以为文明的利器都是日本特有的东西。

觉得说到了自己的身上，杨添丁有些不快。但第一次听到了这里也有和自己相像的人，他涌起了好奇心，站住不动。

街路已完全亮了，阳光照着。公共汽车时时跑过，喧闹地响着喇叭，载上乘客。

从店子里面望着的那三十上下的矮男子回转头来，望着大家的脸说：

"这么一说，我也记起来了，因为那混蛋汽车，不晓得吃了几多的苦头。农事闲的时候，和邻居合伙抬轿子，多少赚得到一点。自从那混蛋在各处的路上不客气地跑起来了以后，生意就倒霉了，赚来的钱不过刚好够轿子的租钱罢了。——"

"哈，哈，哈……白费了狗气力呀！"老头子大声地笑了。

"真的呀。实在是昏天黑地的事情。所以赶快歇手不做，把力气放到田里去。混呀混的，已经过了三年。"三十上下的男子屈着手指，感慨无量地低声说了。

"在日本，清朝时代的东西都不中用了。爽爽快快地把那样的家伙丢掉，就是种田也要有出息些。做那些讨厌的牛车买卖，不是失败了吗？——"米店老板说着望了一望杨添丁的脸。

"我也是，比较做这行牛车买卖，种田不晓得要好多少。但是，那……"说些不花本的乖巧话罢了——杨添丁想着就愤愤地走出了万发精米所。

然而，鞭着牛背把牛车一拖动，就又不得不决定目的地了。在街上，无论到哪里去都没有人雇——杨添丁早已知道得清清楚楚的。街上的商人是寡情的，虽然他心里这样怀恨，但为了生活的必要，没有把那在脸上表现出来。到不肯雇的地方去勉强地求情，十回顶多不过有一回成功。虽然心里这样算得到，但到谁也不肯雇的时候，他依然只得到街上的老地方去打转。

吞吞响地穿过小街的石头路走到田野，那里底河岸上有菠萝罐头工厂。杨添丁在涂着蓝色的事务室前面停住。

运货汽车噗噗地响着喇叭，从工厂旁边开走了。

"喂，不要！走开，走开！"

戴着眼镜的大模大样的男子从事务室里一望到他就一句话也不说地摇起手来，劈头就这样大声地吼。

因为对方是穿着西装的男子，杨添丁呆呆地站住了，忽然被这么一吼，他张开了嘴合不拢来。

"不要，不要呵——喂！"

没有法子，他又走到别的制材工厂、米店等的前面去。但雇的人一个也没有，都是客客气气地回绝了……

"在街上赚钱渐渐不行呀。——只能够在种田人里面找生意了。"

在牛车上面被摇拨着，杨添丁闭着眼睛想。

二

"哦，杨添丁，碰得巧。"

"哦，阿生哥吗，到哪里去？"

杨添丁在车上抬起头来，在前面十步的地方，乡里的王生向这边看着。他方脸上没有表情地走近了两三步。

"近来忙吗？"

一走近，王生这样说着就跳上了牛车，和杨添丁并排地坐着了。

"哪里！完全相反。"

"呵，这——在我看来，以为你非常好呢。第一，把这牛赶着走就可以赚钱，真是好买卖。"

"哼，有那样好事！种田不晓得要好多少。"

低着头，杨添丁沉思了。

"种田也苦呀！——可是，明天车子空吗？"王生敲着车板子问。

突然被一种可喜的预感所袭，杨添丁坐正了。

"啊，当然空的。有什么生意照顾我吗？"

第二天早上，杨添丁听到第一次的鸡声就爬了起来，把灯笼点着了。漆黑的房子马上和罩着烟一样，有了蒙蒙的光亮，拿出手巾来把头包了以后，向床上望了一眼，阿梅和小孩们都摊开手睡着。杨添丁赶忙地说：

"我走了啦！"

外面像涂了煤焦油似的那么黑，他到牛栏去给了一把干草给黄牛以后，把车子拖了出来。虽然是夏天，冷风吹得人缩颈，赤脚渐渐地湿了。车子嘎嗒嘎嗒地摇摇地向前走，每走一步，蜡烛的黄色火焰痉挛似的打战，好像要熄一样。纵横的道路上铺的小石头被车轮轧着，发出了悲鸣，在黑暗里那响得更大更悲哀。

到约定的地方一看，王生还没有来。约定是今天早上装上竹笋送到名谷芭蕉市。杨添丁停下车子，依然坐着不动地望着天空。

月亮也没有，漆黑的，只有像没有来得及逃掉的、数得清楚的几颗星，还有劲地睁着眼。从道路附近的农家，鸡叫的声音用了冲得破纸的劲儿彼此呼应地钻进耳朵来。杨添丁想，这么早就出来做事，恐怕只有像我这样的人吧。别人正舒舒服服地睡得有味的时候，我却在这里等生意。杨添丁突然心境阴暗起来了。——就是这样，老婆还骂我偷懒，没有用。唉，——杨添丁叹息了。我那老婆到底是一个什么女人。……那且不管，我这样苦做也赚不到钱，这是什么世界呢？菩萨瞎了眼睛吗？他忽然怨恨起不肯保佑这样苦做的自己的菩萨来了，被悲哀的心境所袭击。

"喂，来了吗？"

粗大的声音突然从黑暗里面神秘地响了。刚才的心境马上逃散了，杨添丁大声地回答说等了好久，站起来，高高地举起笼灯来给看了。——

"几点钟了？"

是王生。把挑来的竹笋在牛车旁边一放下就急忙地动手解绳子。还有像是家族里的一个姑娘和两个青年也挑来了。姑娘戴着斗笠，在朦胧的灯笼照不到的阴处忙忙地动着手。青年们也是低着头的。

"两点左右吧。第一次鸡叫还不久——"

一面急忙地推着竹笋，杨添丁回答，眼前得到了生意的欢喜涌到了喉头，他勇气百倍地拿出了力量。好不容易碰到了！——在这样明朗的心里面，连连叫着多谢多谢，感谢对方。

"帮助穷人的依然只有穷人呀！"

想到街上的人们不但不肯雇用，反而和赶狗一样地吼起来，杨添丁在亲密的感情里面声音打抖，时时望一望四十上下的王生。

"说哪里话！这点事情……"王生虽然是否定了的口气，但好像感到了杨添丁话里的意思，接着说，"起初我是想带着家里人挑去的，但路那么远，怎样行。有脚踏货车最好，但又没有人肯借。所以烦劳你。"

把竹笋装上简单的牛车，没有花十分钟。

对家里人吩咐了话，打发走了以后，王生跟在牛车旁边走起来了。

"到芭蕉市要走好久？"

出发了以后，王生担心时间，时时问。

"大约三个多钟头吧。五点过可以到的。靠得住——"

杨添丁时时回转过看一看对方的脸。

在黑暗的路上，听到了从岔路来的嘎托嘎托的响声，两三个灯笼摇摇地走近来了。杨添丁即刻晓得那也是牛车伙计。他们大抵是在这样的早上结队出来的。

认清楚了彼此的样子，对面首先开口了："啊，你也早呀，名谷吗——"

"啊，到芭蕉市。好久没有去呢。"

车轮声热闹地响着，牛车三四台列成了一个长串。一种愉快的过节似的感觉摇动王生的心。走在前面的一个，用了老年人的声音低低地议论着什么。

在黄牛身上打了一鞭，杨添丁问：

"怎么样？生意好吗？"

"生意好？哈哈哈……"紧接在前面的四十左右的男子笑着摇头了。

"此刻这么样地在这里赶路，想一想也懂的呀。生意好这时候不在睡觉吗！"

"不错，我也是。——"杨添丁心里感到了凄凉。

"那样的话不要谈啦。大家都是明白的。……"

四十上下的男子忙忙地走着，用大的嘎声唱起来了。

陈三一有主意

五娘小姐……

……

他的歌声冲破了黑暗，流着。有谁用鼻音跟着唱了。

杨添丁不能够那样做。因为生活，不能够唱歌不能够快乐的自己的心，现在才吃惊地发现了。觉得快乐地唱着歌的人可以羡慕。

牛车在道路中心走着。

突然四十上下的男子停止不唱，从车台旁边抽出棍子，向路边走去。

被灯笼的光蒙然地照着，路碑站在那里。

"你妈的！"一声喊，他动手打倒路碑。但只是发出啪啪的声音，无论怎么打路碑却一动也不动。他狠狠地低声喊了。

"一起来吧，这混蛋——"

"好的——来啦！"

喊着跳了出来的男子马上找来了一个大石头。两个人举了起来，用力地撞上去。撞了两三次，路碑就不费力地倒了。

"看你狠！"

抛到了田里以后，两个人大声地笑着转来了。

他们白天常常从路碑的旁边经过，每次经过，反抗心就按捺不住地涌了起来。常常想找机会把那弄掉。路碑上写着：道路中央不准牛车通过。因为用小石头铺得平坦的道路中心是汽车走的。

"我也交着税的呀。道路是大家的东西。汽车可以走的地方我们不能走，有这样的道理吗？"

虽是这么想，但白天觉得大人可怕，没有由那通过的勇气。他们晓得，如果不小心被发现了在道路中心走，罚钱以外，脑壳还要被打得咚咚响的。——这样地，道路中心渐渐地变好，路旁的牛车道都通行困难起来了。黄色的地面被车轮研成了沟，现出了很大的凹凸。因此车轮夹在沟里面，不容易前进，非常吃力。虽然这样，却一向没有修理，更加成了险阻的山和谷。

"这样的路能走吗！"

在没有人的早上，他们不在那上面走。主人们似的不客气地在道路中心沿着沟走去。

"想看看混蛋汽车要哭的样子。在这种时候不能把牛车老爷怎么样吧。哈哈……"

先前的四十上下的男子走到杨添丁的旁边，一个人快朗地笑了。

"真是，混蛋汽车可恶透啦。"

杨添丁同意地说了。

近年来愈发被推进了不景气的深坑，那是因为被混蛋汽车所压迫，无论是怎样没有知识的他们也是知道的。他妈的，混蛋机器，是我们的强敌。——敌意由心里涌了上来。

杂着车轮声，歌声又冲破了黑暗。都是想到什么唱什么。这里那里鸡在啼，还时时有狗叫，感到晓光迫近了。

从路旁的甘蔗田里跳出了一个人影。恰好在王生的身边。王生稍稍吃了一惊，睁大了眼。但即刻明白了那是前面的牛车夫。他胁下抱着一把甘蔗梢子。他急急地跑上前去，剥下嫩叶给牛吃的样子在朦胧的灯笼光里可以看到。

王生悄悄地向旁边的杨添丁说：

"喂，那样地把甘蔗梢子折来也不要紧吗？捉住了就不得了吧？"

"那有什么，并不丢地上，是给黄牛吃的。而且，这时候是我们的世界。全部折完了也不会有人晓得的呀。"杨添丁抛出来一样地说了。

这么早出来找生活的只有我们——这想头同时也掠过了杨添丁的脑子。

事情完了，走出名谷芭蕉市，快八点了。

天晴得很好，太阳炙烤着街道。

"啊，好运气，有四十钱。买得到四五天的米！"

杨添丁在心里算了一下。奇怪的是，睡眠不足的疲乏也没有，只是不断地想着赚到了钱的欢喜和钱的用途。

"老婆那家伙，这回可不会抱怨了吧！"

对于老婆，杨添丁意外地心境舒畅起来了。这一次有把握使她了解，想着就多少次微微地笑了。

街尾的污秽的平房被埋在尘沙里面。板子和洋铁屋顶吊了下来。鸡、吐绶鸡、鹅在路上跑来跑去地闹，屙着屎。这里汽车很少来，被叫作所谓台湾人街，政府认为这是不卫生的本岛人的巢，完全不管。

在路边菥檀树下面赶着黄牛车走着的杨添丁陡然停住了，"啊——"地叫了出来。一瞬间，他眼里耀着很大的惊愕。"你，现在……"

"啊……好久不见啦。好的好的。"

摇着手笑，站在他面前的汉子——也是牛车同行的老林。是因为好赌常常被关进猪窠（指警察署的拘留所）去的角色，杨添丁听说他因为做贼犯了案，被送进监狱去了。现在忽然在面前出现了，所以他底惊愕是不小的。

"你，不是被关进火砖城里去了吗？"杨添丁又一次高声地喊出来了。

"嘘……"老林锐利地盯住他。用指头按着自己的嘴，制住了对方以后，看了一看周围就小声地说：

"不错，你也知道吗？进去了一些时。"

"一些时？"

"嗯，六个月呀。也不是杀人犯……"

他们两个离开了街市，向田野方面走去。

从和铁路并行的火砖制造工厂喷出的黑煤烟把空气弄脏了，逼得过路的人把脸转向旁边。

"只有六个月？做了贼……"杨添丁偏着头，吃惊似地低声说，"只有六个月！我以为要坐两三年。"

"哈哈……好的好的，可是，你还是那么老实呀。"

"老实？这呵……"

杨添丁做了一个吃饭的样子给看了。接着记了起来：

"今天，你也是出来找生意吗？"

"哪里！已经歇手了呀。卖掉了。没有干头。现在这时世，做工是牛傻子，玩玩反而上算哩。"

老林望着杨添丁的脸爽直地说了。

"什么？"杨添丁眼睛睁大了。

"是呀。做工是傻子。能够大大赚钱的事情现在都被抢去了。我们做工是傻子呀。"

抛出来一样地说了，老林跳上了车台。

"但是，肚子不塞饱行吗？"

"嗯，做工也塞不饱呀，不是吗！"老林低声地说了。"用尽了心思，流着汗赚四十钱五十钱，还不如随随便便地玩玩，这么弄一手赢得十元二十元的上算呢。"

"弄一手？"杨添丁不知不觉地吞了一口唾液，望住了对手的嘴。

"是呀。如果输了，就花个夜把工夫，到有钱人的府上叨光叨光，靠得住又是钱。捉到了就在那里住个年把，那时候有饭吃，正好——"

"有饭吃？"杨添丁皱起了眉头。

"嗯，在火砖城里面给饭吃的啰。我是到无论怎样也没有办法的时候，还故意跑去吃呢。没有什么可怕的，看守已经成了朋友。"

"真的？我还以为是非常可怕的地方……"

杨添丁感动了似的眍着眼。

三

头发乱蓬蓬的，阿梅急急地走着，哭肿了的眼睛周围现出了红圈子，脸颊是湿的。小的孩子惊慌地在母亲的手腕里缩小了。

"无论哪个都懂的呀。"

杨添丁眼睛充血地跟在后面走。望望父亲又望望母亲，木春偷偷地跟着跑。

夫妇晚上回来又为钱打了起来。因为那是很久以前继续下来的，杨添丁终于忍耐不住爆发了。

"这样还——你到底为什么这样不懂道理！"

在力气大的男人前面，女的弱得像豆腐一样。狠狠地被打一顿以后，阿梅也是阿梅，满脸杀气，抓着男人的弱点叫了起来：

"滚！家是我的。没有用的王八，滚！"

杨添丁是招来的丈夫。家主是阿梅。

"啊——"

农民们从田里望着他们两个，惊奇地喊了。

"怎么？又来了？"

杨添丁装作没有听见，低着头，不向发出声音的那面看。阿梅也静了下来。他们夫妇的吵架在村子里是有名的，弄得什么人都知道。对于这，杨添丁觉得难堪，想避开碰到的人。

夫妇继续吵着。一米多宽的保甲道在田地中间弯弯曲曲地伸着，那终点是保正的家。夫妇两个走进了那里面。

保正的家非常漂亮。红的屋顶映着夕阳，从院子里的树叶中间望得见漆得雪白的壁。门口照着两盏电灯。是村里第一个大地主，做了将近十年的保正，说是官许的也不为过。

养得很好的肥狗叫着跳了出来。阿城叫了一声，紧紧抱住母亲。

保正从夫妇的嘴里从头到尾听了以后，在将近六十岁的打皱的脸上浮起了微笑。

"嗯，嗯，是的是的。但是，夫妇吵架这回事，气一平又会好的，不要担心。回到家里就什么都忘记了，想一想看。"

"不。"杨添丁马上用力地接着说下去。"这家伙呀，不把我当作丈夫呵。无论怎样说是因为景气不好，她不听，说是赌了啦，养了小老婆啦。这样的老婆哪里有！刚才叫我滚……"

"畜生！说得好神气——实在是那样，还怪人？我这样吃苦都不知道……走你的吧！"

阿梅马上回骂，抽噎地哭着。

"这已经懂了。添丁说的是实情。现在的时世不景气，而且，牛车是……"

保正用了什么都懂的声音说着，看不起地望了一望他们夫妇。

"生活很艰难吧。所以夫妇两个……"

在这里，保正用劲地劝慰他们夫妇有和合协力的必要。

"说是不景气不景气，有做工赚不到钱的么！米都没有吃的，怪哪个？不顾家的王八，畜生！"

阿梅摇着手叫了起来。

"这混蛋，又——"男的旁若无人地跳起来了。

"啊，好了好了，不错，你说得也有理。虽说不景气，只要认真，总不会吃苦的。这就是关键，或者变成富翁，或者变成叫花子。怎么样，添丁？"

保正用了侦探的眼色向着杨添丁。

"认真认真，我是认真过了度的。这还不算认真，我就不懂认真是什么一回事了。啊，不懂不懂！"杨添丁呻吟起来了。

"而且，到现在叫我滚……这算是夫妇吗？"

"你才是，没有夫妇恩情的王八！"

保正想，怎样才能把他们夫妇赶出去呢，这非马上解决不可。

"那么，这样好了。既然赚不到钱，牛车这行买卖歇手不做，夫妇两个都种田去好了。丈夫也不能够赌博养小老婆，女的也看得见丈夫认真不认真。而且，种田很好过活。"

杨添丁突然眼睛亮起来了。"哦，我早就希望这样。照我看，种田不晓得要好多少。"

但一瞬间他又无力地说了："可是，现在我是穷得连田都种不起。做佃农要押租钱吧？"

"当然要。没有押租钱就不能够租田种！"保正笑了。

杨添丁叹了一口气。接着，像想起来了一样，向保正磕了几个头。

"保正伯伯，请租些田给我种好不好？押租钱请您同情……"

一听到这保正就哼了起来，做出一个碰见了鬼似的表情。

"不要胡说，那哪里做得到？同情同情，世界上什么都要钱呀。"

保正不要他们夫妇说下去。从椅子站了起来，陡然改变了口气：

"已经可以回去了。回到家里就没有事！"

"我不，这样的男人，滚吧！家是我的。"

阿梅像小孩子似的反抗了。

闹得够了——保正含着怒意盯住阿梅。

"那么，等一等！保正伯伯不是你们两个的保正伯伯。就请大人来，那时候向大人说好了。冷饭总有吃的！（意指坐拘留所）"

夫妇两个惊慌地回到漆黑的草房子，擦着洋火点起灯，把角落的椅子拖出来一坐下，杨添丁用平静的声音对倒到床上睡下了的老婆说："喂，烧饭吧！"

望着父亲母亲的气色，孩子们温顺地缩小了，肚子饿得厉害，但不声不响地望着。阿梅不搭腔。

丈夫马上紧张起来了，不，再不要吵吧。——对于老婆的这种态度，杨添丁气得按捺不住，但是，生活呵，生活呵——他压下了自己，重新妥协地向着老婆：

"我想了一想呢。在日本，这种牛车买卖无论如何没有办法。和你也吵得不少，都是为的这。像保正伯所说的，我打算种田，那好得多……"

阿梅身子动都不动。但杨添丁还是平静地望着，说下去：

"存点钱吧！存起来做押租钱。那时候把牛车卖掉种田。呃，从现在起多多地存点钱吧——"

他的胸口塞满了奇妙的兴奋和决心。他感到了到现在为止没有过的清朗的希望照耀了出来。

"嗯。"

阿梅开始翻了一个身，转向了这面。杨添丁却又陡然着慌了。

"存钱？存你的骨头吧！"

对于嘴不好的老婆，杨添丁温和地问："为什么？"

"吃饭的钱都没有，存钱从哪里存起？"

"那——"虽然杨添丁觉得那说得不错，但暗示着什么意思地说了：

"就是啦。你也想一想看。暂时地忍耐一下，用能够赚钱的方法干一干。我做我的，你做你的……"

"方法？你总是说胡话。有方法赚钱，早就用不着吃苦了。说什么骗鬼的话呵！"

阿梅转向了里面。

对那望了一会儿，接着杨添丁无力地站起来走到床边去，胆怯怯地对老婆说：

"暂时的，是的，暂时的就行了。那……也可以。只要能赚钱，我是不要紧的。"

四

像是烧红了的铁板罩在头上一样的酷热的夏天。

"那个女人，阿梅呀。"

从什么时候起，村子的人们对牛车夫一家起了谣言。

"那家伙做起好买卖来了啦。干那哩！"

"呃？那——"

你望我我望着你，格格地笑了。

"不错，赚钱呀。添丁晓得吗？"

"那——近来没有看到。听说到别的地方去了。听总听到了吧。"

呆呆的脸上现着憎恶的颜色。四五个人顺着耳朵集在一起。

"喂，岁数几大了？"年轻人性急地插进来问。

"不要脸！混蛋！"有人叫了。

"哦，你去吗？三十上下呀。将就一点！"

好像觉得可笑得很，大家一齐哄笑了。

但阿梅装作不知道的样子由村里走过，和别人不搭腔，从来没有现出过像那回事的脸色。在她，较之谣言，度命的"钱"更为重要。

"畜生！造谣的是那些混蛋——"

有时候，阿梅一个一个地想起在街上的鬼洞里碰到过的村子里的认得脸的人，气愤了。但是，钱呀，生活呀，这念头一抬头，她就觉得满不在乎，想：只要装作没有听到的样子就行了。

"妈……"

夜深阿梅一走进门，小孩就叫着抱住她，接着一直像讨好似的望住她的脸。近来母亲总是夜深地从街上回来，小孩们也感到了。那使小孩们寂寞、不平。

"肚子饿吗？要睡吧。"

一看到小孩们的脸，陡然眼睛发热了。熄掉灯，母子们在漆黑的床上睡下以后，阿梅还是睁着眼睛。在黑街里的情景，历历涌上了心头。

虽说三十上下的女人了，这是第一次，受不住，不自然地觉得难堪。

被不认识的男子野蛮地用力把身子抱住，那时候真想哭了。但抓住钱的时候又有一种得救了的轻快。给了把在门口的主人老婆子一些钱走上回家的路后，就又被后悔的念头所袭击了。觉得做了很坏的事情，她愤愤地起了想即刻讯骂丈夫的欲望。

近来觉得一切都阴暗了。

阿梅用了悲哀的声音向两三天回来一次的丈夫说：

"想想法子吧。——真是讨厌的事情。你男子汉那样没有用吗！"

脸转向旁边，终于落下了泪。

"钱呀，只要有钱。……妈的，钱呀。"

杨添丁摇着被太阳晒黑的脸，叫了。

"我运了山芋，依然不行。山路险，牛走不动，不过三十钱。除掉我吃的饭钱，没有什么多的了。"

夫妇两个垂着头。

"难怪，小孩们可怜。"

"到夜深，孩子两个孤零零的呢。想想法子吧——"

"唉——"叹息一声，像向老婆抱歉似的，杨添丁伏下了视线。

"怎么样，你的钱……"

老婆出卖肉体的钱是一家的命脉。

"不要瞎想，还米店的债都不够。菠萝工厂最近要关了，怎么办？"

"没有法子——"

无论怎样依然是苦得不能抬头，杨添丁茫然地不晓得以后应该怎样才好。

这样的一家受到了再也爬不起来的致命伤，是四五天以后。

青空上像吐散了的唾沫一样的白雪飘着，热气不客气地四面围住。像张开两手向前拥抱似的迫近了的山，肚皮上有些地方现出了红肉，因了阳光那使人觉得刺眼。竹林、相思树林、甘蔗田，一切沉默着，被通红的太阳照着，生机盎然。

树林从山脚一直低低地倾斜下来，隔着一条碎石河的这边，有在上面飞着乌秋、蝴蝶、蜻蜓等的田亩。在错踏一脚就会跌下去的那样斜坡上的田里，农民刚刚种下的嫩苗，取了不动的姿势。被田亩夹着，铺着小石的白路伸过。

在那上面，汽车和脚踏货车轧轧地走。

皱着眉头的农民们，一个两个三个，前前后后地一面走一面讲。有的戴着竹斗笠，有的撑着旧式的伞，也有空着光头，把手反背着，不在乎地让汗水流下。

"今天，什么价钱？"后面的人问。

"豆饼又涨了呵。涨了十几钱——"前面的人回答。

于是大家都不作声，担心地顺着耳朵听。

"肥料贵，米便宜，我们真不得了。"有人侧着头说了。

在旃檀树下，从走着的路上望着田亩的一个人，像提起同伴们的注意似的指着田亩说：

"这里的水田碎石多呀，水也似乎不够！"

听的人点头同意，睁着眼睛想更仔细地看一看。谈话从自己的经验发展到水田，源源不绝了。

水色的公共汽车响着机器的声音，追过他们，吐出像浓白的雾一样的尘烟跑过了。

农民们把脸转向旁边，避着那走。

杨添丁坐在车台上面，略略睁开眼看了一看。黄牛什么也不知道似的缓缓地向前走。硬的车轮时时陷进了凹凸的路里，坐在板子上的他的头被震得发痛，但他还是抱着膝头坐着不动，浴着热的阳光，悠悠地打瞌睡。

杨添丁已经想倦了。为了钱，为了生活，追逐着他的压迫，始终是钉在他的脑子里，使他烦恼。为了寻求生路，虽然把老婆都推到兽道里去了，但依然不行，心想也许是前世的报应。在街上失望了以后，他就把目标转向了靠山的乡村，到各处招揽搬运山芋的生意，但靠山的乡村里也是很不容易找到钱的。并不是能够满足他的希望的现实。到今天走上归途为止，有十天了，剩下的纯利是现在装在口袋里的八十五钱。

十天八十五钱——靠这怎样能够活命呢？杨添丁想到老婆和孩子的时候，就被黯淡的心境所袭击，觉得一切都不懂了，都不懂了。生活、钱、老婆、混蛋、牛车，在脑子里翻来覆去的时候，他感到了虚无，自暴自弃地坐在车台上面打瞌睡。——

觉得的确有人走拢来了。杨添丁张开了眼睛，同时就大吃一惊。"完了！"叫着从车上跳下来的时候，已经迟了。

在他的前面，大人用了可怕的脸色望住这边，站着。

"哼，你好舒服！"

望见大人的粗手腕一动，马上脸上就挨到了一下。

感到似乎热潮涌到了脸上，杨添丁抖抖地打战了。

"不准坐在车上，不晓得吗？"大人脸上通红地喊了。

"呃，我——"

不晓得怎样说才好，吃吃地动着嘴，杨添丁底脸上又清脆地响了一声。

"这牛车，是你的吗？"

大人从口袋取出小本子和铅笔，弯下身子看一下车台上的牌照，敏捷地写起来了。

"大、大人，一次，饶过，求您——"

杨添丁要哭似的做出对大人作揖的样子，牌照被写去了以后，会受到怎样的处罚，杨添丁是早已知道的。

"有你的！"

收起了小本子和铅笔，大人鄙视地望了一望做着作揖的样子的杨添丁，狠狠地骂了一顿就骑上脚踏车走了。

"唉，运气坏，怎么办呀！"

望着那，处罚的事情涌上了胸头，杨添丁没头没脑地着急了。

罚款两元！甲长拿着奴库派出所的通知单来，是第二天的黄昏时候。

"明天上午九点交。记着！"回去的时候甲长郑重地吩咐了。

"明天？"杨添丁用了非常狼狈的表情回望了甲长。在生活穷困的现在，明天当然拿不出两元来。他哼哼地呻吟起来了。着慌得不知所措，那晚上，他向踏着夜露回来的老婆首先提出了这件事。

"喂，道理说过了。忍痛一下，凑足两元吧！"

小心地辩解了以后，杨添丁哀求一样地望着女人。最近对于老婆所抱的对不起的感情，使他无论什么事都对她取了这样的态度。

阿梅在换衣服，呆呆的脸上一瞬间飞满了怒色。

"唉，不成！"望着样子的杨添丁，反射地感到了失望。

"我，不晓得，没有钱呀！——"

阿梅过于激怒，反而用冷淡的声音说了。她的脸色看来反而像嘲讽一样。杨添丁从来没有觉得像现在那么恨她了。

"唉，不要那么说，因为对手是大人，拖延一下又得大大地吃苦头。喂，帮帮忙。"

努力地压抑制住自己，杨添丁用了买老婆的欢心的口气说了。

"帮帮忙帮帮忙，你未必曾经给了我钱吗？没有钱，还说帮帮忙帮帮忙，怎么帮法……"

阿梅认真地望着丈夫，激愤地喊了。

"没有那回事。到现在为止，在街上做什么的？——明天要交呀。喂，懂吗？"杨添丁焦躁地说。

"明天就要交，不要吵，拿出来罢。你未必愿意我吃大人的苦头吗？"

"不晓得。你这样的男人管得着吗？……家里这样苦，还能够在牛车上悠悠地打瞌睡呢。说是着急家，说说罢了。"

像是被推进了绝望里面，她流着泪大声地叹息了。丈夫说是要认真，原来是骗自己的，想到这她非常后悔了。

"为了家，忍痛地那样出卖自己的身子，我傻呀！"

后悔的念头高了起来，阿梅终于哭了。

懂得了老婆所说的意思，杨添丁陡然改变了态度。

"妈的！"他愤愤地叫了。"懂了。街上的男人比我更有味啦！"用了可怕的样子向着老婆，凶凶地站了起来。"到明天为止弄两元钱算什么！容易的事情。再不要你帮忙了。既是这样——"

杨添丁跑出外面，在漆黑的夜里消失了。

太阳虽还没有起来，天已经快亮了。

走了一整晚的两只脚，像棍子一样地那么硬。粗糙的红皮肤，被露水打湿了。脑袋整晚响，重重的。

"妈的，看吧！"一面走，杨添丁心里面冲动地低声说了。这么办最能够使她感到满足。

在秤杆两头吊着的麻袋子，涨得和香肠一样。里面满满地装着鹅。

时时地，从窒息似的苦痛中间发出了"嘎嘎"的嘎声叫着，鹅在狠狠地挣扎。在森森的冷静的空气里面，那叫声突然地响得很大。每一次，杨添丁被心脏给捏了一下似的。

"这不行，得更镇静些。完了以后——"

他装成英雄的样子，叱责自己，打起勇气来继续地走去。

"呃哟！"

勉强装作满不在乎，他换一换肩，在甘蔗田中间穿过。

黑黑的浮着的山渐渐清楚了。竹、相思树、芭蕉、甘蔗，在山腹上开始现了出来，像张着的烟幕似的云渐渐从空中散了。

山浴上了日光，山脚下西艺街的屋顶显得白了。一瞬间，清楚地看到这里升起了烟。不一会，像被踢散了火柴匣子一样的平房展开在眼前。

压制着打战的自己，杨添丁超然地走进了街里。照着定好了的目标，他向市场走去。

听到了从市场来的骚乱的声音。山里的人，乡里的农民们，在叫着骂着。李子、芋、蔬菜、柴，涌到了市场的入口，成了一长串。

杨添丁左右地望着，走进市场去了。

还没有走几步的时候，从后面来了"喂"的叫声。他惊慌地回头望了。

"哎呀！"

马上，他抛掉了担子，跑了起来，一面跑，感到皮鞋和嗒嗒的声音渐渐迫近了的时候，忽然，他的衣服被抓着了。

"大，大人——"

他像临死的时候似的叫了一声，以后就什么也不知道了。

——本篇译自日本纳乌卡社出版的月刊杂志《文学评论》一九三五年一月号。

原载于《山灵——朝鲜、中国台湾短篇集》，

一九三六年四月上海文化生活出版社出版

【导读】

吕赫若，本名吕石堆，台中潭子人，一九一四年生，卒年约在一九五一年。台中师范学校毕业后担任公学校教师。一九三五《牛车》刊载于东京的《文学评论》，从此扬名文坛。一九三九年辞去教职，赴东京学习音乐，师事长坂好子，并加入东宝剧团。一九四二年回台后，出任《台湾文学》编辑与《兴南新闻》记者。一九四三年进入兴业统制社，参与筹组"厚生演剧研究会"，十一月以《财子寿》获第二回"台湾文学奖"。一九四四年出版小说集《清秋》。战后曾任职《人民导报》记者。一九四八年受任教之"建国中学"校长陈文彬影响，思想逐渐"左倾"。一九五〇年逃亡至鹿窟武装基地，传闻于一九五一年间遭毒蛇咬死或遭枪杀，尸骨无存。近年间因一帧英挺的留影与兼具文学、音乐、演剧等才华，被研究者冠以"台湾第一才子"的封号。

《牛车》叙述经营传统牛车运输业的杨添丁，由于不敌运货汽车的竞争，逐渐沦落到无以维生的地步。虽然也曾积极寻觅对策，并有改行为佃农的打算，却因无力支付可观的地租而走投无路。肩负不起养家活口责任的添丁，成为妻子口中窝囊没用的男人，一家之主的尊严荡丧殆尽。添丁的妻子为了生计，不得不把两个小孩丢在家里，到甘蔗田和凤梨罐头工厂辛勤工作，但仍然无法换得全家人的温饱，后来又为了筹措佃租，听从丈夫之意出卖灵肉。故事结尾缴不出交通罚款的添丁铤而走险，最终因偷鹅而遭到逮捕的命运。

作者吕赫若为这篇小说所下的标题可谓饶富深意——"牛车"及其缓慢的步调本来就是台湾传统农业社会的象征，当现代化的脚步随着日本殖民统治逐渐迈开之际，台湾社会也从农业过渡到工商业的经济形态。面临新式机械的竞争，不仅迟缓的牛车被现代化的洪流所淘汰，水车和轿子也分别被精米机与汽车所取代，传统行业纷纷献祭于社会进步的历程当中。对噩运不明所以的添丁愈是认真地找工作，就愈发感到失望和无奈；无论如何奋力挣扎向上，也无法避免堕入贫穷痛苦的深渊。而添丁对这般命运的反抗，竟也只是利用警察不在场时，弄倒写着"道路中央不准牛车通行"的路碑，或是故意驾着牛车违规在马路中央行走，甚至用力咒骂"混蛋机器"来宣泄憎恨的敌意。如此消极的态度不仅无济于事，反而更加凸显当时台湾人面临社会变革时不知所措的困境与悲哀。

《牛车》里日本时代引进的现代法律制度，以及汽车、精米机等现代化的工具与设备，在台湾人的眼中终究成了可怕的日本东西。因为随之而来的不是舒适幸福的生活，而是传统农村社会的衰败！所谓"衣食足而知荣辱"，原也是牛车夫的老林改以赌博和盗窃度日，还有添丁夫妇男盗女娼的悲剧，这种种荒谬的情节，反倒揭露了所谓"日本天年"的欺罔，深刻地映照出殖民统治与资本主义对台湾人民的双重压迫。

——黄惠祯撰文

首与体

巫永福　著·李鸳英　译

两只动物合而为一，在不明底细的躯干

两端各接着狮子头跟羊头。

"他是个外表善良、内心邪恶的家伙。也就是所谓'口蜜腹剑'的那种人。"S靠在我的肩上这么说。

"哪里，那家伙正好相反，外表看来很坏，实际上却是个老好人哩，是属于'口剑腹蜜'的一型。"我直接地提出异议。

"也许是吧，谁知道？"他低语，算是勉强接纳了我的意见。迎着强劲的朔风，两人同时都拉高了衣领，戴紧帽子继续前进。

"再走一会儿吧？"我们走到富士见电车站，我才开了口。他没有回答，于是我们又迈开沉重的步子走下九段坡。

昨天学校放假，我跟S两人结伴喝了酒。我们都不喜欢甜酒，所以酤了一瓶一升装的辣味白鹰。随便买了点酒菜，在我住的宿舍二楼开怀畅饮。S的酒量不大，才喝不到半瓶，就醉倒了，直挺挺地在榻榻米上躺成一个大字，于是两人就和衣躺下睡了。前天S到我住处玩纸牌玩到深更半夜，他说："我干脆在你这儿过夜算了。"二人昨天起床时已经超过中午十二点二十分。这一天学校开会，所以我就没再去学校，我提议要不要去喝酒，于是两人在下午两点多的时候就去酤了酒，胡乱买了些下酒的菜，回到二楼据案喝将起来。

两人闲闲地聊着，一边吃菜，一边细细品啜着杯里的酒。两人经常有这样相聚的时光，可是不晓得为什么今天两人的兴致似乎都特别好，正当我们酒酣耳热，意兴正浓之际，S就醉了。

S既然醉了，不一会儿就鼾声大作，我一个人独酌也没什么意思。我想我必须把他先安顿妥当，于是先收拾酒菜残局（不过是收到能睡觉的程度），铺了床让他睡了。不知不觉间，我自己也感到迷迷糊糊的有几分醉意，头脑、眼皮都沉甸甸的，不一会儿也蒙眬睡去。

也许是昨晚七点就睡的关系，今天早上六点就睁开了眼睛，但还未能完全驱逐迷糊、恍惚的醉意。S也在棉被里翻来覆去，被我叫起来的时候已经八点。

二人到联队前漫步。来到阶行社前，我特别注意到那个狮子的头。每天上学却不会稍加留意的这个狮子头是朝着联队的方向张大着口，其中含着喷水口，一双厉眼圆睁。喷水口流出微量的水，冷冷地发着寒光。我们迎着扯人欲裂的凛冽寒风继续前行。

这平日吼声震天、威风八面的猛兽，如今为什么会只剩下一颗头颅塑在阶行社的外墙上？这颗百兽之王的首级在寒风中肃然昂挺究竟含有什么意义？看来这真是一个很有意思的问题。狮子是治理森林王国的动物之王，自有其威严、权势及慑人的气魄，阶行社跟狮子的首级之间的确有某些调和、相似的地方。

如果要牵强附会，或者可以说狮子的首级是在护守阶行社，代表联队的强盛、壮大。只是这一瞬间触发的这个怪念头猝然掠过脑际，最后印象里只留下狮首昂然咆哮、意兴风发的英雄姿态。原先在心里描绘的丛林之王种种威武雄姿，竟像孩子们剧烈的争逐、喧闹，骤现复又消失，融入脑海深处。

过了阶行社，他依然沉默无话。我自己却独自驰骋在对方一无所知的独想世界中，任由想象海阔天空地翱翔。沉湎于自由遐想，以内省的心情检视自己变成狮子的种种模样，并反观昨天、今天所发生的种种事情。而他似乎也被我感染，始终三缄其口，默默地逆着风挪动脚步。

"喂，听说今天帝国饭店的东京座开放观赏，是演出契诃夫的《樱桃园》吧？"朋友拉起衣襟遮着嘴，转过头来这样问我。

"呃。"被他突如其来这么一问，我的思绪骤然被打断，匆忙中只得毫无自信地这么含混回答一声。可是马上感到自己的回答是何等的牵强、敷衍了事，凭着反射作用，抓住他的话尾又再补充一句："哦，是《樱桃园》。"

蛇的身体一旦被砍断为二，就再也无法恢复原来的样子。我也无法再回头想我的狮子头，两人谈着今天参观的事一路谈到骏河台。

单凭想象跟期待，我们两个对契诃夫不甚了解的人，只是像谈论茶余饭后琐事一样，东拉西扯做一番没有什么自信的浅论。身为文学青年，对于能接触到伟大作家的戏曲，自然感到十分的兴奋跟欣慰，平常上学总是无精打采的，今天却不管风大，一路谈笑着到学校。

我们眺望着光秃的行道树、寂寥的街头风景。戏是在放学后一小时开演，我在三省堂面前跟二三个同学道了别，为了消磨时间，两人便徒步走到日比谷，一方面运动，一方面也可以节省电车费。通过帝国戏场前的壕沟，朝着锦町河岸的方向往日比谷走去。壕沟中的水迎着风轻荡涟漪，可以看到水底的水草也随着摇曳不止。

看到柳枝干枯，深深感觉冬日寂寥，也愈发感受冬的严寒。比起那冰凝的壕沟微波，高插入灰沉沉雪空的枝丫似乎将一份更刺骨的寒意直贯入人体内。我们两人都不说话，因为彼此熟悉，沉默并不会让我们感到难过。我们彼此了解对方的情意路线，能够当即掌握对方的心意动向。所以才会各自走各的路线，有如分离的两条线必相交一样（绝不会是平行线），任意交叉然后分离。彼此间随时可能遇上一致点。双脚把温热、泌汗的一种微痒感觉传遍僵冷的身体。经过壕沟，再走过电车站交叉口，来到日比谷公园警卫岗哨站的时候，我们已经忘记了寒冷，甚至内衣底下已微微汗湿，不过手指、脚趾依然冻得发疼。

进入美松并非谁的意思，而是近乎无意识的，彼此间意志交感，脚步自然挪向美松。皮肤首先感受到暖气的温热。这温暖像金属类的热传导一样，瞬间快速地传遍身体内部。在感觉温暖的同时，情绪也马上安稳、平静下来。

我知道朋友在为某一桩大事烦恼着。我们是中学以来的朋友，在大学里虽不同科系，但还是每天都能见面。我也知道他之所以跟我一起到日比谷，只是为了想跟我在一起。今天一放学，他就一直跟随在我身边。他是个对文学非常热衷的青年，所以经常跟我谈论着有关文学的事情，他之所以会在最近读契诃夫的作品，便是因为某一天我俩在放学途中发现了一本契诃夫的全集才开始的。

就像今天，也是数天前他提到想去看帝国饭店演出的《樱桃园》而有此行。我打算由学校直接去，他却说要另外买票自己去。后来又改变主意要跟我一道走，说是为了排遣满肚子烦恼，顺便也好到东京座见识一番。我们二人在一起，心头自然而然充满温馨感，获得喜乐妙谐的慰藉。友情在我们中间发荣、滋长，把彼此的心灵平抚得自在、舒帖。说起来，友情的确是人生中的一大慰安。

泥土中偶尔萌生翠绿的嫩芽，不起眼的小草时会孕育秀美的蓓蕾，垃圾堆积的墙角也时会飞来优秀的种子，在过路行人未会留意间，径自绽放美丽的花朵。同样地，我们也是很自然地凑在一起，甚至我们的父母也不会预期有这样的遇合，他们如果知道，或者也会觉得惊讶吧？

他的确是一个气质优雅的男孩，有胜似蜜糖的甘美性格。由于是早产儿的关系，父母对他始终照顾得无微不至，同样地，他的心也一直系在父母身上。又因为自小体弱多病，所以感情纤细，能敏锐反映父母的心意。长大以后身体是强壮起来了，可是心灵却依然比一朵波斯菊的花朵或枝干都更纤致、更脆弱。

最近他在烦恼着的是首跟体的问题。我们到美松来，主要并不是为看女店员的美目盼兮，也不是为浏览琳琅满目的商品，温暖的空气才是我们共同的目的。我们还没有上二楼、三楼，脚就已经酸了。

我抬头望他，见他正眉头深锁着，见我瞧他，便回我一个寂寞的笑容。然后就走下楼梯。

我实在想休息一下，可是他却径往前走。他步出美松时，我还在一楼的楼梯上。

我在想他的事情。原想去看剧展纾解胸中郁气的S，到底是美松里的什么东西刺激了他，触动了他的心头郁结？

我百般思索并没有得到任何结论，但却由衷地同情他的境遇。想对他讲几句安慰的话，脚下却不急着上前追赶他，因为我知道，有时安慰反而会成为痛苦的根源。

当我走出美松，他却已经跨越马路，走到公园门口伫立着，与其说他在望我，不如说他是在望着美松的屋顶；哦，不，是在眺望屋顶的上空更正确些。我也随着他的视线往上看，灰苍苍的天幕除了云雪之外什么也没有，那么他究竟是在望什么呢？

可是，我到底还是忍着不去问他为什么。因为他经常会有这样突如其来的动作，而且我想事情到后来总会见分晓。我追上他与他并肩而行，两人依然保持沉默，朝内幸町的方向走。

犹劲的寒风把我们的外套都翻卷起来。我扭转头避风，就在我急转身的刹那，我撞上了厕所前的洗手台，出现眼前的是一个羊头。

长而弯曲的一对角深深嵌入头里面，这颗羊首同样张大嘴喷吐着水，溜溜地滴进盆子里，水满了便静静地溢出盆外。

这时候我又猛然想起狮子的头。温驯的羊跟威猛的狮子在我脑海里构成了奇异的图像，错愕之中，我想到要从这奇异的对象上面寻找根据。虽说要追索解释的出发点其实有许多途径，但是我当时的想法却是这样，想在羊跟狮子这两个对象身上找出某种解释线索（不管解释为何，都能让我从中获得自我满足、体味牵强附会的妙趣）。

"时间还早呢。"朋友说。同样避着风走在我旁边。我这才舍弃那牵强附会之想——其实算不上是舍弃，更适切地说，根本就是把它搁在一旁。如果说千思百想都没有办法获得具体结果、达到目的，便只是徒然劳思伤神罢了。明知自己既无法断然割舍本身的意念，只有让自己的头脑陷入茫然空白的状态，一直要等到能摆脱自己的意念那时候！

"啊！"我含混地回答，惊觉于自己的声音暧昧含糊，便又抬头看看他——因为他个子比我高——

他的脸被帽檐及衣领遮去大半，看起来他遮掩着的脸比真实的脸更能显示他内心的真相，我再次感到黯然——仿佛他的心念波动正在跟我进行着无言的沟通。

事实上，我知道我们近期间就要分别了，可是他却不愿意离我而去。这是首与体的相反对立状态。因为他自己想留在东京，可是他的家却要他的"体"，一封接一封的家书频频催他返乡。理由是要他回家解决重大的结婚问题。所以他想留在东京。

　　我劝他暂时还是先回家解决了问题再说，只要想着别离只是暂时的，也就没什么困难了。

　　风再次把我的外套翻卷起来。我们横越过车道，来到帝国饭店的里门。戏是在下午一时开演。

　　而就在这时候，我碰到了四五个学校的同学，他不认识他们，我就跟他们道别了。

　　自然我也就忘了狮子头跟羊首的事情。今天我心里思想的重点都在他一人身上。而我的想法自然也跟他的不谋而合。我终于理解了在美松发生的那件事情。说起来其实只是偶然的灵光一闪，我突然想起张贴在美松三楼的那张和服布料的广告画来，对了，那模特儿的笑靥简直像极了他恋人的侧影。

　　由于还有时间，我们又在饭店旁的巷弄里随便走了一阵。我之所以跟他提这个，当然只是跟他开个玩笑。不只为了消磨时间、排遣无聊，更为了摆脱那些紧紧盘旋在脑海里的意念。

　　"譬如说，一个人四小时收费二元的话，三百个人一共是多少呢？一分钟究竟值多少呢？每个人两元，乘以三百人再除以二百四十分钟——"

　　"这个——"他显得兴味索然，绷着脸想了一会儿，然后才笑着回答：

　　"你想想看嘛，一个小时一百五十元，那个一分钟自然就是二元五十钱啰。"

　　他笑问我："为什么会想到这么怪异、离谱的问题？"我很高兴自己能不按牌理出牌，提出这么一个问题，竟然打动了他的心。他已经许久没笑了，至少是许久不会笑得这么开心、畅意过。

　　"今天的戏不是一点开演吗？通常都是演到五点散场，岂不是演出四小时之久？假设观众共有三百人的话，我是随便提出来问问看。"
我笑着仰起脸望他。

"这么说来，剧场内的一分钟报酬是蛮高的嘛。而平日我们绝不
会想到什么剧场价值、观众时间价值等问题。"我的视线挪向自己的
靴尖，继续述说着我突然触发的意念。

时间终于到了，我们进了场。

我们出了戏院的时间大约是五点半左右。外头已经笼上淡淡的一
层暮色。也许是要下雪的关系，今天的天色迥异于往常，除了片片的
断云、层云，天光反而较平日亮些。彤云除了显示时候已是黄昏，并
没有使暮色更深，相反地反倒给人比白天明亮的感觉。

"我想回家，看着戏我便一直想，想着父母的事情。"才一走出
剧院，朋友便开了口，可以听出是充满愁恼的声音，他或许在想着父
母跟自己，还有恋人的事情吧？"我想还是解决了那个问题以后再来。
我希望能顺从父母的心意再贯彻本身的意志。到底结婚的确是人生大
事。不过，孝亲跟爱情之间会不会起冲突呢？"

我早就料到他可能会回去，这么一个软心肠、善良的人，他绝不
肯坐视让父母替他操心或违抗父母的心意。

我默默地向电车站的地方挪移脚步。想到以后生活中的一部分就
要暂时告缺一段时日，心中不觉有些落寞。除了落寞之外当然还有一
些其他的成分。只是一提到这两个字，落寞当真就兜满胸怀。

"搭电车回去吧？"

在锦町河岸换了车，第二次要在骏河台再换车时，他提议："肚
子饿了，找个地方吃东西吧？"然后问我："今晚去逛逛神保町的夜
市怎么样？"但似乎又觉得自己的想法有些突兀，又说："也许腿要
走不动了。"

夜市已经开始。因为天刚黑，人也就逐渐多了起来。这么冷的天气，这些人居然还敢出门，真是精神可嘉。而那些生意人更令人同情，这么冷的天气还得——

"到哪家吃好呢？"

"须田町还是茉莉？"

"这两个地方都有饮茶吗？"

"你还想喝酒吗？省省吧。"

我们上了茉莉的二楼。点了鳗鱼饭跟佃饭。我顺手拿起桌上的铃摇了摇，我看看铃，再次想起狮子的头。女店员来到旁边，我却忘了鳗鱼饭和佃饭，后来还是由朋友代我点了。

"怎么啦？"服务生离去后，他注视着我问。"没什么，只是胡思乱想罢了。"我随即回答。

"我在想一件偶然的事情。刚才看到这个铃台，眼前便浮现满头鬃毛蓬飞的狮子头（我把铃拿给他瞧）。也想起早上看到的狮子头，就是阶行社墙上的。在两个狮子头中间还出现过羊首。所以我一时愣住了。"

接着饭送上来了，我们的谈话因此中止。我把盘旋脑海中的意象稍加整理，这么说，也许我的朋友会谅解吧？

有狮子头、羊身；有狮身、羊首的两头怪兽加速疾驰过来，猛烈地冲撞成一团。我忍不住眼睛一闭，眼睛立刻出现埃及的斯芬克斯（人面狮身兽）。两头怪兽还没有决胜负，倒出现了斯芬克斯，不由得让我有些张皇失措。

无意识地把汤匙送到嘴边。

我整个脑海里都是斯芬克斯。为什么会有斯芬克斯呢？曾经有个国王拿斯芬克斯出了一道谜：有两只动物合而为一，在不明底细的躯干两端各接着狮子头跟羊头。——这指的是人吗？

我们走出茉莉。寒风砭骨。迷离的灯火给人不真实的寂寞感觉。想到往后我们就要各奔东西、自辟新的天地，不免又念头一动：或者再到酒馆喝两杯，算是饯别？

【导读】

巫永福，南投埔里人，一九一三年生。明治大学文艺科毕业。日本留学期间与张文环、王白渊等组织"台湾艺术研究会"，发刊文学杂志《美丽岛》。一九三五年学成返台，曾先后加入"台湾文艺联盟"、《台湾文艺》及《台湾文学》杂志。战后因时局艰困，一度停笔，一九六七年始加盟"笠诗社"重新出发，一九七八年任《台湾文艺》发行人，来年设"巫永福评论奖"迄今。巫永福的创作，战前以日文小说见长，战后则以中文写诗，兼及时事评论、杂文。

巫永福战前的小说受日本新感觉派的影响甚深，善于书写"新兴市民、知识青年的精神层面与感觉领域"，最常被讨论的《首与体》为其代表作。这篇小说以留学日本的台湾知识分子自己虽想继续留在东京，台湾家人却一再来信催他回台的苦恼，写出了接受现代文明洗礼的台湾新知识分子，内心挣扎于不同文化之间的认同困境。本篇小说以叙述者的我与内心正为这个问题苦恼的朋友在帝国中心的东京漫游的一天为内容，用首与体分离的关系为主轴串联了这一游历过程的两部分内容，焦点清楚地表现了殖民地知识分子的这种心理挣扎。

作者一方面在"最近他在烦恼着的是首与体的问题""因为他自己想留在东京，可是他的家却要他的'体'，一封接一封的家书频频催他返乡，理由是要他回家解决重大的婚姻问题。所以他想留在东京。"的叙述中，以首、体分离的状态写他朋友所面临的困境。另一方面，随着他们漫游脚步的前移，在作者对一路所见景色的描写中，刻意捕捉与首、体分离有关的意象：阶行社前所看到的狮子头、厕所洗手台上张大嘴巴喷吐着水的羊头，以及餐桌上用狮头装饰的摇铃，并经由意识流的写作手法，对这些与朋友首、体分离的处境相近的意象开展种种的遐想，以渲染这位殖民地知识分子"身首异处"的身份认同困境。

小说所写的东京、台湾并不只是空间而已，这两个空间同时也隐喻着被殖民主义等级化的两种文化身份，这种两难困境是每个殖民地的知识分子所无法逃避的精神折磨。小说最后抛下："为什么会有斯芬克斯呢？曾经有个国王拿斯芬克斯出了一道谜：有两只动物合而为一，在不明底细的躯干两端各接着狮子头跟羊头——这指的是人吗？"的问题作结，"这指的是人吗？"的问题，是自台湾有殖民统治以来，就一直逼问着一代接着一代的台湾知识分子，但这个问题即使到了当下的台湾，似乎也还没有得到解决，每当"台湾人"相对外来统治者所强加的身份被召唤出来时，我们就被逼着要继续追索这个问题的答案。

——游胜冠撰文